Kommt Zeit, kommt Geist

Ein Paranormaler Cozy Mystery Crime
DIE GEISTERDETEKTIVIN BAND 8

JANE HINCHEY

BAYWOLF PRESS
BP
BAYWOLF PRESS

Baywolf Press

PO Box 2340

Normanville, SA, 5204

Australien

Kommt Zeit, kommt Geist

Was mir wirklich Sorgen macht? Meinen geliebten Kater Thor und meinen frechen Waschbären Bandit in der Obhut meines ahnungslosen Nachbarn zu lassen, während ich meine zukünftigen Schwiegereltern in Chicago besuche. Es ist nicht so, dass ich mir Sorgen um meine Haustiere mache, sondern vielmehr um das potenzielle Chaos, das auf meinen Nachbarn Seb zukommt.

Aber meine Sorgen nehmen schnell zu, als ich über die Leiche von Joyce, einer Golf-Enthusiastin, auf dem Grün stolpere. Und wie es der Zufall will, taucht Joyces Geist ausgerechnet in dem Moment auf, als ich meine zukünftigen Schwiegereltern zum ersten Mal treffe. Meine übernatürlichen Fähigkeiten geheim zu halten, ist ein aussichtsloses Unterfangen.

Um die Sache noch schlimmer zu machen, will meine zukünftige Familie bei den Ermittlungen mitmischen. Mit jeder verstreichenden Minute wird immer deutlicher, dass Joyce bis zum Hals in allerlei Intrigen des Seniorenwohnens steckte. Und als ob das nicht genug wäre, muss ich eine Hochzeit planen und habe eine herrische Schwägerin, die mehr Meinungen als gesunden Menschenverstand besitzt.

Ehrlich gesagt, frage ich mich manchmal, ob das Heiraten diesen ganzen Ärger überhaupt wert ist. Aber ich schätze, einen Mord aufzuklären und gleichzeitig eine Hochzeit zu planen, gehört einfach zum normalen Verlauf der Dinge.

Begleite Audrey Fitzgerald in den Geisterdetektiv-Mysterien, einem romantischen paranormalen Cozy-Krimi mit einer sprechenden Katze, einem Geist und einem Mordfall, den es zu lösen gilt.

KAPITEL 1

„Nervös?" Galloway beobachtete, wie ich zum dritten Mal den Rufknopf drückte, um die Flugbegleiterin zu rufen.

„Pft, als ob." Es war natürlich eine Lüge. Wie könnte ich nicht nervös sein, seine Eltern kennenzulernen? Als ich Kade Galloway zum ersten Mal traf, waren seine Eltern sicher auf der anderen Seite der Welt verstaut und lebten ihr bestes Leben in Australien. Nur jetzt waren sie das nicht mehr. Jetzt hatten sie eine Wohnung in der Torres Place Seniorenresidenz in Chicago. Aber ich war nicht wirklich *nervös* wegen des Kennenlernens. Ich hatte nervös längst hinter mir gelassen und war bei verängstigt angekommen. Was, wenn sie mich hassen würden?

„Madam?" Die Flugbegleiterin erschien, ganz weißes Lächeln und roter Lippenstift, ihre Haare zu einem perfekten Dutt zurückgebunden, ohne dass auch nur eine Strähne entwich. Ich fuhr mir mit der Hand durch die Haare. Hatte ich sie heute überhaupt gebürstet?

„Ich hätte gerne noch einen, bitte." Ich lächelte zurück und hielt ihr meinen leeren Becher hin. Sie nahm ihn mit einem gezwungenen Lächeln entgegen, drückte meinen Rufknopf und versprach, bald zurück zu sein.

„Noch einen?" Der Mann zu meiner Linken schnaubte. „So viel Koffein kann nicht gut für dich sein."

„Hoffentlich hilft's."

Galloways Hand landete auf meinem Oberschenkel, was mich zusammenzucken ließ. „Alles in Ordnung?"

„Bestens. Alles bestens." Nichts war bestens. Zunächst waren wir im Morgengrauen von zu Hause losgefahren, um zum Flughafen zu fahren und den Flug SA0321 nach Chicago zu erwischen. Ich vertrage Morgengrauen überhaupt nicht gut. Galloway war ein Schatz gewesen, hatte mich mit Koffein auf den Tag vorbereitet, unser Gepäck getragen, die einstündige Fahrt zum Flughafen übernommen und für den Kurzparkplatz bezahlt.

„Ich mag mir gar nicht vorstellen, wie deine Leber aussieht", setzte der Typ zu meiner Linken seine ungebetene Kritik fort. „Hohe Koffeinmengen können die Leberfunktion beeinträchtigen."

„Du hast mir nicht erzählt, dass du Flugangst hast", sagte Galloway von rechts. Mein Kopf schwenkte so schnell hin und her, dass mir schwindelig wurde. Oder vielleicht war es das Koffein. Oder die Tatsache, dass ich mich in 10.400 Metern Höhe befand, während ein toter Typ Kommentare zu meinen Lebensgewohnheiten abgab. Es war nicht so sehr die Tatsache, dass mein Sitznachbar verstorben war, die mich verunsicherte. Aber dem toten Kerl auf Sitz 17F? Dem fehlte die Hälfte seines Kopfes. *Ich weiß!* Ich war auch total erschrocken.

Und als ob das nicht schlimm genug wäre (glaub mir, das war es!), hatte der tote Typ auch noch Freunde. Es mussten mindestens ein Dutzend Geister mit uns im Flugzeug sein – alle mit grausamen Verletzungen. Einigen fehlten Gliedmaßen. Es war die schlimmste Bordunterhaltung aller Zeiten.

„Ich habe keine Flugangst", versicherte ich

Galloway und legte meine Hand über seine auf meinem Oberschenkel. „Ich habe Absturzangst."

„Schatz, Fliegen ist völlig sicher."

Ich schnaubte. „Ja? Sag ihm das." Ich ruckte mit dem Kopf in Richtung des toten Typen. Galloway beugte sich um mich herum und musterte den leeren Sitz. „Wir haben Gesellschaft?" Er senkte seine Stimme, damit niemand uns hören konnte.

„Und ob wir die haben", bestätigte ich. „Und nach seinem Aussehen zu urteilen, würde ich vermuten, dass er bei einem Flugzeugabsturz ums Leben kam."

„So schlimm, hm?"

„Schlimmer."

Die Flugbegleiterin kam mit meinem Getränk zurück. Nachdem ich die dampfende Tasse entgegengenommen hatte, wandte ich mich an den toten Kerl und sagte: „Das ist meine letzte." Es war wirklich schwierig, sein entstelltes Gesicht nicht anzustarren. Stattdessen konzentrierte ich mich auf das Fenster und den blauen Himmel dahinter.

„Hey." Der tote Kerl warf die Hände in die Luft. „Lass dich von mir nicht aufhalten."

„Ich dachte, genau darum geht es?" Obwohl ich mir gesagt hatte, nicht mit ihm zu reden, tat ich es doch. „Dass ich laut dir zu viel Kaffee trinke. Nicht dass du auch nur das Geringste über mich wüsstest", fügte ich leise hinzu.

„Äh, Schatz?" Galloway drückte fest mein Knie und machte mich auf das Publikum auf der anderen Seite des Ganges aufmerksam, das mich beobachtete, während ich mit einem leeren Sitz sprach. Seufzend nahm ich einen kräftigen Schluck meines geliebten Lieblingsgetränks, ohne mich um die sengende Hitze zu kümmern, die meine Speiseröhre verbrannte.

Galloway hob die Armlehne zwischen uns an, legte seinen Arm um meine Schultern und zog mich in eine tröstende Umarmung an seine Seite. Soweit es mein Sicherheitsgurt zuließ, jedenfalls. „Tut mir leid", flüsterte ich. „Hier, willst du?" Ich hielt ihm meine Tasse hin, und er lachte. „Nein, die ist ganz für dich. Und es stört mich nicht, dass du Kaffee trinkst. Nimm ruhig noch einen, wenn du willst. Du siehst offensichtlich etwas Beunruhigendes... Ich nehme an, nicht dein üblicher Geist?"

„Überhaupt nicht." Mein üblicher Geist war *vollständig*, in Ermangelung eines besseren Wortes. Ich hatte noch nie einen so grausigen Geist gehabt. Und ich war ganz sicher nicht auf seine Entourage vorbereitet gewesen, das steht fest.

„Was ist dir überhaupt passiert?", fragte ich den

toten Typen und ignorierte die Leute auf der anderen Seite des Ganges, die miteinander flüsterten und zweifellos über das verrückte Mädchen auf Sitz 17E urteilten.

„Was meinst du?", Der tote Typ lehnte sich vor, um um mich herumzuschauen. „Siehst du? Sie finden auch nicht gut, dass du so viel Kaffee trinkst."

Ich schnaubte, ein lautes, unweibliches Geräusch. „Alter, sie sehen, wie ich mit der Luft rede. Sie halten mich für reif für die Klapsmühle."

Jetzt war es an dem toten Typ zu schnauben. „Mädchen, du hast eindeutig deine Medikamente nicht genommen. Du redest Unsinn."

„Schatz?" Galloway drückte mich wieder warnend und erinnerte mich – erneut – daran, dass ich bei meinem einseitigen Gespräch Publikum hatte.

„Tut mir leid", murmelte ich, trank meinen Kaffee aus und stellte die Tasse auf mein heruntergeklapptes Tablett. „Vielleicht versuche ich zu schlafen."

„Brillante Idee." Der tote Typ nickte. „Ich werde das Gleiche tun."

Ich lehnte meinen Kopf gegen Galloways Schulter und schloss meine Augen, aber so sehr ich mich auch nach Schlaf sehnte, es sollte nicht sein, denn jetzt sagte mir meine Blase, dass die drei Kaffees, die ich schnell hintereinander getrunken hatte, nach einem Ausgang suchten. Ich setzte mich aufrecht hin und öffnete meinen Sicherheitsgurt. „Ich muss pinkeln."

Galloway öffnete seinen Sicherheitsgurt und stand auf, eine stützende Hand an meinem Arm, die jedoch nicht verhinderte, dass ich mit dem Kopf direkt gegen das Gepäckfach stieß. „Autsch. Alles okay bei dir?"

„Alles gut", sagte ich durch zusammengebissene Zähne und spürte, wie meine Wangen heiß wurden, als sich alle umdrehten, um zu schauen. „Mir geht's gut." Als ich mein T-Shirt glatt strich, bemerkte ich einen kleinen nassen Fleck, wo ich etwas Kaffee verschüttet hatte. Ich rieb daran, als würde er magisch trocknen und verschwinden. Ich trat in den Gang und machte mich auf den Weg zu den Toiletten im hinteren Teil des Flugzeugs, in der Annahme, dass das Shirt bis zur Landung trocknen würde und Galloways Familie einen kleinen Fleck nicht bemerken würde. Ich konnte hinter mir Galloways tiefe Stimme hören, die zweifellos allen versicherte, dass ich kein verrückter Psychopath sei.

Ich huschte in den Schrank, den sie Bad nannten,

und schloss die Tür ab, dankbar, einen Moment für mich zu haben.

„Reiß dich zusammen, Audrey", flüsterte ich und fuhr mir mit den Händen übers Gesicht. Der Kaffee hatte zu diesem Zeitpunkt wie eine gute Idee gewirkt, aber jetzt zweifelte ich an meinen Lebensentscheidungen, denn meine Hände zitterten und ich fühlte mich... nervös. Eindeutig Koffein-Überdosis. Ich würde Galloways Familie in – ich blickte auf meine Uhr – einer Stunde kennenlernen. Hoffentlich würden die Auswirkungen des Koffeins bis dahin nachlassen.

Ich hatte aufgehört zu pinkeln, blieb aber sitzen und überlegte, als etwas geschah, was noch nie, wirklich noch nie zuvor passiert war.

Ein Geist erschien. Nichts Ungewöhnliches, oder? Aber diese Frau? Sie erschien in mir! Oder ich war in ihr. Jedenfalls war sie eiskalt! Eisschauer durchfuhren meinen Körper, was besonders schockierend war, weil ich auf der Toilette saß, und sie auch. Ich konnte nicht anders. Ich schrie. Sie schrie. Und dann klopfte jemand an die Badezimmertür und fragte: „Ist alles in Ordnung da drin?"

Ich schlug mir die Hand vor den Mund, sprang auf die Füße und versuchte, von dem Geist wegzukommen, was in so engen Verhältnissen schwierig war, besonders mit meiner Jeans und Unterhose um die Knie. „Was zum Teufel?", zischte ich die Frau an, die allem Anschein nach am Pinkeln war. Ich drehte mich um und zog meine Kleidung wieder hoch, um meinen nackten Hintern zu bedecken.

„Enstchuldigung?" Ihre Stimme triefte vor Verachtung. „Dieses Bad ist besetzt."

„Ja", zischte ich zurück. „Von mir! Ich war zuerst hier, Lady!"

Jemand klopfte wieder an die Tür. „Miss? Geht es Ihnen gut?"

„Ja, mir geht's gut." Ich rief es laut, dann funkelte ich den Geist böse an, der nur grinste und mit den Schultern zuckte. Ohne den Blickkontakt zu unterbrechen, drückte ich trotzig auf den Spülknopf, in der boshaften Hoffnung, dass sie dorthin gesaugt würde, wohin auch immer Toilettenabfälle in einem Flugzeug gesaugt werden. Leider blieb sie an Ort und Stelle und erwiderte meinen bösen Blick. Ich wusch und trocknete meine Hände, entriegelte die Tür und trat hinaus, was die Flugbegleiterin zwang, einen Schritt zurückzutreten. „Oh, Entschuldigung", entschuldigte ich mich automatisch, obwohl sie diejenige war, die direkt vor der Tür stand und meinen Ausgang blockierte.

„Geht es Ihnen gut, Miss?", fragte sie und musterte mich von oben bis unten. „Kann ich Ihnen etwas bringen?"

Xanax? Vielleicht Valium? „Mir geht's gut."

„Brauchen Sie Hilfe, um zu Ihrem Sitz zurückzukommen?", bot sie an, und mein Gesicht brannte vor Verlegenheit. Ich war mir nicht sicher, ob sie dachte, ich wäre betrunken, auf Drogen oder einfach wackelig auf den Beinen, und ehrlich gesagt, wer könnte ihr das verübeln? Ich war die tollpatschigste Person, die ich kannte. Aber ein kleiner Schrei in der Toilette rechtfertigte kaum eine Begleitung zurück zu meinem Platz.

„Mir geht's gut", wiederholte ich, und um es zu beweisen, schaffte ich es den ganzen Weg zurück zu meinem Sitz, ohne einmal zu stolpern, obwohl ich direkt durch einen Geist gehen musste, der den Gang blockierte.

<h1 style="text-align:center">KAPITEL 2</h1>

Ich schwitzte. Ich konnte fühlen, wie der Schweiß sich unter meinen Brüsten sammelte. Ich zupfte an meinem BH und fächelte mir dann Luft ins Gesicht. Wir standen am Gepäckband und warteten auf unser Gepäck. Galloway hatte die Sache mit den um uns herum sitzenden Leuten geklärt, und ich war trotz des Koffeins, das durch meinen Körper strömte, prompt eingeschlafen und hatte dadurch die Geister, die den Flug SA0321 heimsuchten, ausgeblendet.

Galloway warf einen Blick auf mich und sah dann noch einmal hin. „Alles okay?", fragte er und strich mir die Haare aus dem Gesicht. Ich nahm an, dass ich so schlecht aussah, wie ich mich fühlte.

Ich biss die Zähne zusammen und lächelte. „Mir geht's gut."

„Sie werden dich lieben", versicherte er mir, seine Berührung tröstend. Ich lehnte automatisch meine Wange in seine Handfläche, wie ein Kätzchen, das nach Zuneigung sucht. Er lachte leise und gab mir einen Kuss auf die Nase, bevor er seine Aufmerksamkeit wieder dem Gepäckband zuwandte.

„Ich bin ein bisschen besorgt", gab ich zu. „Nicht so sehr wegen des Kennenlernens deiner Familie. Aber es geht um den Ort, wo sie wohnen." Mir war im Flugzeug, umgeben von den Geistern, die in einer grässlichen Zeitschleife feststeckten und ihre letzten Momente vor ihrem Tod in dem, was ich für einen Flugzeugabsturz hielt, immer wieder durchlebten, der Gedanke gekommen, dass ich bei seinen Eltern in eine ähnliche Situation geraten könnte.

„Oh?" Er drehte sich nicht um, seine Augen scannten das erschienene Gepäck auf der Suche nach unseren Taschen.

„Die Torres Place Retirement Community?" Ich hoffte, er würde den Hinweis verstehen, denn ich konnte ja schlecht sagen, dass ich besorgt war, dass die Wohnung seiner Eltern von den Geistern früherer Bewohner heimgesucht wurde, da wir Schulter an Schulter mit Mitreisenden standen, die alle nach ihren Taschen drängten.

Er warf einen Blick über seine Schulter. „Oh!" Er hatte es verstanden. Die Torres Place Retirement Community am Ufer des Lake Michigan war riesig, mit einem Apartmentkomplex für selbstständiges Wohnen und einem Pflegeheim für diejenigen, die zusätzliche Betreuung benötigten. Es gab ein Fitnessstudio, einen Pool, einen Neun-Loch-Golfplatz, Wanderwege, einen Speisesaal, der einem Fünf-Sterne-Restaurant Konkurrenz machte, und einen Salon. Ich hatte gegoogelt und mir die Bilder gründlich angesehen, und der Ort war ein Traum. Aber jetzt konnte ich nicht anders, als mir Sorgen darüber zu machen, wie viele der Nicht-Lebenden dort wohnten.

„Die Wohnung von Mom und Dad sollte in Ordnung sein." Er schnaubte, hob eine Tasche vom Gepäckband und stellte sie zu meinen Füßen. „Der Makler muss offenlegen, wenn jemand... " Er hielt inne und traf meinen Blick. „Du weißt schon. Wir sind auf der sicheren Seite."

Ich sank erleichtert in mich zusammen. Wenn niemand in ihrer Wohnung gestorben war, sollte sie theoretisch frei von Geistern sein. Er holte unsere andere Tasche, nahm beide auf, und ich trabte neben ihm her, als wir den Flughafen verließen.

„War es dann schlimm? Im Flugzeug?", fragte er, während er auf den Taxistand zusteuerte.

Ich nickte. „Es waren viele. Einer hat sogar die Toilette benutzt."

Er blieb stehen, und ich lief geradeaus weiter und brauchte ein oder zwei Sekunden, um zu merken, dass er nicht mehr an meiner Seite war. „Ist das der Grund für den ganzen Aufruhr?" Er holte mich ein.

„Jep." Ich holte tief Luft und stieß sie in einem Schwall aus. „Ich möchte wirklich, dass das reibungslos läuft, und ich gebe zu, ich bin nervös, deine Eltern zu treffen, also ist das Letzte, was ich brauche, eine geisterhafte Einmischung."

„Es wird schon gut gehen", sagte er zum millionsten Mal.

„Oh mein Gott, Kade, sie ist wunderschön!" Sylvia Galloway legte ihre Hände auf meine Schultern und musterte mich von oben bis unten, ihre grauen Augen identisch mit denen ihres Sohnes. „Willkommen, Audrey. Wir freuen uns so sehr, dich endlich kennenzulernen."

Ich räusperte mich. „Äh, ich mich auch." Sylvia war eine pensionierte Lehrerin mit einer farbenfrohen Perlenkette, die von der Brille auf ihrer Nase baumelte. Sie trug einen weichen pfirsichfarbenen Pullover mit Blue Jeans und war barfuß. Sie führte uns in die Wohnung.

„Bist du sicher, dass es okay ist, wenn wir hier übernachten, Mom?" Galloway küsste sie zur Begrüßung auf die Wange und trug in jeder Hand eine Tasche.

„Natürlich, Liebling. Wir haben eine Dreizimmerwohnung genau für diesen Zweck gekauft. Eins für uns, eins als Arbeitszimmer für deinen Vater und ein Gästezimmer. Oder, weißt du, für zukünftige Enkelkinder."

„Mom." Galloways Stimme hatte ein warnendes Knurren.

Ich kaute auf meiner Lippe und fragte mich, ob er ihnen erzählt hatte, dass ich mir nicht einmal sicher war, ob ich Kinder wollte. Und selbst wenn, waren Mini-Galloways noch in seeeehr weiter Zukunft.

„Entspann dich, Liebling, hör auf, dir Sorgen zu machen." Sie wischte seine Warnung mit einem Zwinkern zu mir beiseite. „Audrey, komm und lern Dennis kennen. Er ist im Wohnzimmer. Du musst ihm verzeihen, dass er nicht aufgestanden ist, um dich zu begrüßen, aber wie du siehst, ist der Eingangsbereich nicht sehr groß und wir Galloways sind nicht gerade klein." Sie wandte ihre Aufmerksamkeit Kade zu und zeigte mit dem Finger. „Das Gästezimmer ist da durch. Stellt eure Taschen ab und komm und sag hallo zu deinem Vater."

Ich ließ mich in den offenen Wohn-, Ess- und Küchenbereich führen. Die Küche selbst war winzig, ebenso wie der Essbereich, aber die riesigen Fenster vom Boden bis zur Decke im Wohnzimmer mit einem spektakulären Blick auf den Lake Michigan machten das mehr als wett. „Wow!", hauchte ich. „Diese Aussicht ist unglaublich."

Sylvia stand neben mir und lächelte. „Nicht wahr? Wir lieben es hier."

„Und du musst Audrey sein."

Ich war so begeistert von der Aussicht gewesen, dass ich Kades Vater übersehen hatte, der in einem Sessel am Fenster saß. Er stand auf, sein Gewicht auf einen Gehstock gestützt, und lächelte mich an, wobei ein Grübchen in seiner glatt rasierten Wange aufblitzte. Kade Galloway war das Ebenbild seines Vaters, mit den Augen seiner Mutter.

Ich trat vor und schüttelte seine Hand,

unvorbereitet darauf, dass er mich zu einer Bärenumarmung heranzog. „Freut mich, dich kennenzulernen, Audrey."

„Mich auch", keuchte ich.

„Die Wohnung sieht toll aus, Mom." Kade gesellte sich zu uns und klopfte seinem Vater mit einem „Hi, Dad!" auf den Rücken.

„Ich habe Audrey gerade erzählt, wie sehr es uns hier gefällt." Sylvia strahlte vor Stolz. Sie wandte sich mir zu und erklärte: „Wir haben Australien geliebt, aber es war Zeit, nach Hause zu kommen. Dennis' Kriegsverletzung machte sich bemerkbar, jetzt wo er etwas älter ist, also dachten wir, ein Ort wie dieser wäre perfekt. Wir haben immer noch unsere Unabhängigkeit, aber Hilfe ist zur Hand, falls wir sie brauchen sollten."

„Kriegsverletzung? Ich wusste nicht, dass Sie in der Armee waren."

Dennis schnaubte. „Kade hat dir meine heroische Geschichte nicht erzählt?"

Ich schüttelte den Kopf. „Er hat mir gesagt, dass Sie ein pensionierter Polizist sind."

„Einer von Chicagos Besten", fügte Kade hinzu.

„Ja, bis ich eine Kugel ins Bein bekam. Hat den Knochen zerschmettert. Bin wegen Behinderung in Rente gegangen." Er klopfte auf seinen

Oberschenkel. „Das wird mich lehren, einem Verbrecher in eine Sackgasse zu folgen. Verdammter Hu-"

„Dennis!" warnte Sylvia mit einem Fingerwackeln und klang dabei sehr nach einer Schullehrerin.

„Verdammter *Hund*", verbesserte Dennis und zwinkerte mir zu. „Hatte eine versteckte Waffe."

„Das tut mir so leid."

„Muss es nicht. Es ist nicht deine Schuld." Dennis' Lächeln war warm und so tröstlich, genau wie das seines Sohnes. Kade legte seinen Arm um meine Taille, und ich entspannte mich an ihm. Vielleicht würde es doch nicht so schlimm werden.

„Oh, hallo. Ich wusste nicht, dass wir Besuch haben!"

Ich drehte mich um und sah eine ältere Frau, die eine weiße Hose trug, die knapp unter dem Knie endete, dazu eine passende Kappe und einen blau-weißen Argyle-Pullover mit passenden Socken.

„Hallo." Ich lächelte und musterte sie von oben bis unten. „Auf dem Weg zum Golfen?"

„Allerdings! Es ist ein wunderschöner Tag dafür. Und wer bist du, Liebes? Kenne ich dich?"

Ich vermutete, sie war vielleicht Kades Tante, obwohl er keine anderen Familienmitglieder erwähnt hatte, die heute anwesend sein würden. Sie sah ein paar Jahre älter aus als Sylvia, aber es gab keine Familienähnlichkeit, die ich erkennen konnte. Vielleicht war sie von Dennis' Seite der Familie?

„Ich bin Audrey." Ich streckte meine Hand aus.

„Spielst du heute mit uns Golf, Audrey?" Die Frau kam näher, um meine Hand zu schütteln. „Oh, wo sind meine Manieren? Ich bin Joyce."

„Äh... Audrey?" Galloways Finger umklammerten meine Schulter im gleichen Moment, als Joyces Hand die meine berührte, und ein bekannter Eisschauer durchfuhr meine Handfläche.

„Mist", flüsterte ich, während mein Kinn auf meine Brust sank. Das war gar nicht gut. Ich hatte mich ganz offensichtlich mit einem Geist unterhalten, direkt vor Kades Eltern. Sie konnten es unmöglich übersehen haben. Ich warf Kade einen panischen Blick zu, und die Besorgnis in seinem Gesicht bestätigte meine Befürchtungen. Ich war erledigt.

Ich holte tief Luft, straffte die Schultern und wandte mich Sylvia und Dennis zu. „Entschuldigung deswegen." Ich zuckte mit den Schultern, wusste nicht, wie ich erklären sollte, was sie gerade miterlebt hatten.

Sylvia faltete ihre Hände unter ihrem Kinn, ihre

Augen funkelten. „Du hast gesagt, sie sei etwas Besonderes, Schätzchen, aber du hast nie erwähnt, dass sie hellsichtig ist!"

„Ähm, es ist nichts, was viele Leute wissen", antwortete er verlegen.

Sylvia ignorierte ihn, ihre Aufmerksamkeit auf mich gerichtet. „Ist jemand hier?"

Ich kaute auf meiner Lippe. Ich konnte entweder alles gestehen oder versuchen, mich rauszureden. Wenn Ben hier wäre, würde er mir raten, den Weg des geringsten Widerstands zu gehen – aber er war nicht hier. Ich hatte ihm verboten mitzukommen, falls ich von Kades Eltern beim Gespräch mit ihm erwischt würde. *Oh, die Ironie!*

„Ist es schon so spät?" Joyce lenkte meine Aufmerksamkeit wieder auf sie. Sie tippte auf die Uhr an ihrem Handgelenk. „Es war schön, dich kennenzulernen, Audrey, aber ich muss los. Wir sind gleich dran mit Abschlagen, und ich will nicht zu spät kommen." Sie eilte davon und ging geradewegs durch die Wohnungstür. Ich hob automatisch die Hand zum Gruß und ließ sie dann langsam sinken.

„Nicht mehr", sagte ich zu Sylvia. „Sie ist gerade gegangen."

„Sie? Wer war es, Liebes?"

Ich holte tief Luft und ging aufs Ganze. „Sie heißt Joyce. Sie spielt Golf."

„Willst du damit sagen, dass unsere Wohnung von einem Geist heimgesucht wird?" fragte Dennis, seine Augenbrauen kämpften darum, seinen Haaransatz zu erreichen.

Ich schüttelte den Kopf. „Nein, nicht unbedingt. Ich bin so etwas wie ein Geistermagnet. Sie scheinen mich zu finden, egal wo ich bin."

Galloway legte seinen Arm um meine Schultern und sprach mit seiner Polizeistimme zu seinen Eltern. „Mama. Papa. Das muss unter uns bleiben, versteht ihr? Diese Gabe, die Audrey hat? Sie kann ein Fluch sein, und das Letzte, was sie braucht, ist, dass sich das herumspricht. Nur einige wenige Leute wissen davon."

„Wie wenige?" fragte Sylvia und hob eine zierliche Augenbraue.

„Ihr seid die dritte und vierte lebende Person, die es weiß. Die andere Person ist mein Nachbar."

„Du meinst, deine eigene Familie weiß es nicht?" Sylvia schlug sich die Hand vor den Mund.

Ich schüttelte den Kopf. „Nein. Und ich möchte, dass das so bleibt. Sie würden sich nur Sorgen machen."

Sie mimte, ihre Lippen zu verschließen. „Dein Geheimnis ist bei uns sicher. Nicht wahr, Dennis?"

Dennis zuckte mit den Schultern. „Natürlich." Er ließ sich wieder in seinen Sessel sinken. „Aber die Frage ist, wer ist Joyce? Und wie ist sie gestorben?"

Sylvia wandte sich mir zu, ihr Gesicht strahlte. „Du hast gesagt, sie war beim Golfen? Wir müssen nachsehen, mit wem sie sich getroffen hat!"

„Moment mal." Kade hob eine Hand. „Es gibt keinen Hinweis auf ein Verbrechen. Kein Grund, mit gezückten Waffen reinzustürmen und zu ermitteln, was ihr anscheinend für einen möglichen Mord haltet."

Ich stimmte ihm hundertprozentig zu. Nur hatte ich den heimlichen Verdacht, dass die älteren Galloways richtig lagen – warum sonst hätte Joyces Geist mich gefunden?

„Aber auch keinen Grund anzunehmen, dass es nicht so ist, Sohn", sagte Dennis. „Deine hübsche Verlobte hat es selbst gesagt. Sie ist ein Geistermagnet. Und wir alle wissen, dass Geister herumhängen, weil sie unerledigte Angelegenheiten haben. Und was ist unerledigter, als sich plötzlich ermordet zu finden?"

KAPITEL 3

„Wie kann das überhaupt passieren?", zischte ich aus dem Mundwinkel, als wir alle vier in den Aufzug stiegen.

Kade legte seine Hand auf meinen Nacken und zuckte mit den Schultern. „Keine Ahnung. Ich meine, Mama hatte schon immer Interesse an Wahrsagern und Hellsehern und schaut Fernsehserien wie *Mord ist ihr Hobby* und *CSI*, außerdem ist sie eine intelligente Frau. Sie hat gerade mal zwei Sekunden gebraucht, um eins und eins zusammenzuzählen."

„Audrey?" Sylvia Galloway warf mir einen Blick über die Schulter zu. „Gibt es ein Problem?"

„Nein, außer dass ich eigentlich hier bin, damit wir uns kennenlernen, nicht um Morde zu untersuchen. Falls überhaupt ein Mord geschehen ist", beeilte ich mich hinzuzufügen.

Dennis platzte heraus: „Welche bessere Art gibt es, eine Bindung aufzubauen, als gemeinsam ein Mysterium zu lösen?"

Meine Augen rollten nach hinten, während ich innerlich stöhnte. Kade musste meine Besorgnis gespürt haben, denn er gab meinem Nacken einen mitfühlenden Druck. Ich meine, ich wusste, dass das Kennenlernen seiner Eltern eine Herausforderung sein würde, aber mit ihnen ein Mysterium lösen? Was kam als Nächstes, ein Escape Room? Ich musste zugeben, das hatte ich nicht erwartet, aber wer weiß – vielleicht würden wir alle einen Club gründen und in unserer Freizeit anfangen, Verbrechen zu lösen. Ich konnte mich kaum zurückhalten, nicht in hysterisches Gelächter auszubrechen.

Während ich darüber grübelte, wie die Dinge so spektakulär schiefgelaufen waren, brachte uns der Aufzug ins Erdgeschoss, und ich folgte den älteren Galloways hinaus.

„Der Golfplatz ist in diese Richtung." Dennis deutete mit seinem Gehstock. „Wir können uns einen Wagen schnappen."

Weg des geringsten Widerstands, Fitz. Bens Stimme hallte in meinem Kopf wider. „Okay."

Kade verschränkte seine Finger mit meinen, während wir durch den Apartmentkomplex schlenderten und Sylvia zuhörten, die auf interessante Dinge hinwies. „Ich habe für heute Abend einen Tisch hier reserviert", sagte sie und zeigte auf das Fünf-Sterne-Restaurant, über das ich gelesen hatte. „Und natürlich, wenn du jemals einen Snack oder Kaffee oder was auch immer möchtest, das Sunset Café ist fabelhaft."

Als ich das Sunset Café betrat, verschlug mir der atemberaubende Blick auf den Golfplatz den Atem. Die warmen Farbtöne der Sonne, die durch die Fenster strömte, erleuchteten den Raum und tauchten das Café in ein weiches, goldenes Licht. Die offenen Türen ließen die malerische Aussicht als perfekte Kulisse für ein entspanntes Essen mit Freunden dienen, bevor man eine Runde Golf genießt. Das Wort idyllisch kam mir in den Sinn, und wenn wir nicht nach einem Geist suchen würden, wäre ich versucht gewesen, mich hinzusetzen und etwas Leckeres zu bestellen, während ich die Atmosphäre genoss.

Ein halbes Dutzend runder Tische, jeder mit lebhaften rot-weiß karierten Tischdecken geschmückt, signalisierte, dass das Café bereits mit Gästen gefüllt war. Mit umherschweifenden Augen scannte ich die Gesichter der Gäste, eifrig nach Joyce unter ihnen suchend. „Sie ist nicht hier", flüsterte ich Kade zu.

„Vielleicht ist sie auf dem Platz?", schlug er vor. „Aber wir können das Personal fragen, ob sie heute Morgen hier war. Ich wette, sie kennen die Stammgäste ziemlich gut."

„Ausgezeichneter Vorschlag, Sohn." Dennis steuerte direkt auf die Theke zu, Sylvia dicht auf seinen Fersen. Ich brachte Kade zum Stehen.

„Was ist los?", fragte er.

„Könnte es sein, dass deine Eltern... sich langweilen? Dass diese *Ermittlung*" – ich machte Anführungszeichen in der Luft – „ihnen ein bisschen Aufregung verschafft, die ihnen vorher gefehlt hat?"

„Sie scheinen wirklich übermäßig begeistert zu sein", stimmte er zu. „Sich nach einer Reise durch ganz Australien wieder an einen ruhigeren Lebensstil zu gewöhnen, braucht sicher eine Eingewöhnungszeit. Es tut mir leid, wenn sie übertrieben wirken – normalerweise sind sie nicht so."

„Nein, nein, nein, es ist in Ordnung", versicherte ich ihm. „Das" – ich machte eine Handbewegung – „ist nicht das, was ich erwartet hatte. Ich dachte an

Nachmittagstee, lockere Kennenlern-Gespräche, vielleicht über die Hochzeit reden. Nicht, dass meine Tarnung sofort auffliegt und wir dann nach einer Frauenleiche suchen."

Sylvia und Dennis waren vollkommen in ihr Gespräch mit dem Kellner hinter der Theke vertieft und gestikulierten wild, während sie jedem seiner Worte lauschten. Er zeigte auf einen Tisch auf der Terrasse draußen.

„Was gibt's, Kinder?", erwiderte Sylvia, während Dennis sich weiter mit dem Kellner unterhielt und anscheinend Notizen machte. „Egal. Wir haben einen Hinweis!" Sie strahlte förmlich, ihre Worte überschlugen sich, so schnell sprach sie. „Eine Bewohnerin namens Joyce golft hier dreimal pro Woche. Sie war heute Morgen mit ihren zwei Freundinnen Sally und Hazel hier. Sie haben auf der Terrasse gegessen, dann einen Golfwagen genommen und sind auf den Platz gefahren."

Ich warf Kade einen Blick zu, der über die Begeisterung seiner Mutter grinste. „Gute Arbeit", sagte er.

Sein Kompliment ignorierend packte sie seine Hand und zog ihn durch das Café, während ich pflichtbewusst hinterherlief. „Kommt, Dennis organisiert ein Golfcart für uns."

Es war ein wunderschöner Tag in Chicago; die Sonne schien, Vögel zwitscherten in den Bäumen und eine kaum wahrnehmbare Brise brachte den Duft des Sommers mit sich, und dennoch fühlte ich mich innerlich kalt. Ein Gefühl der Beklemmung lastete schwer auf mir, als wir uns in das Golfcart quetschten, Kade und ich hinten, Dennis am Steuer und Sylvia auf dem Beifahrersitz.

Kade drückte mein Knie. „Alles okay?"

„Ich habe ein furchtbares Gefühl dabei", brummte ich, während mir Schauer über den Rücken liefen.

„Hey", beruhigte Kade mich, legte eine tröstende Hand unter mein Kinn und hob sanft mein Gesicht, damit ich seinen Blick erwiderte. Sein Ausdruck war voller Sorge. „Wir werden Joyce finden und die Behörden kümmern sich darum. Du musst keine Heldin sein."

„Das sagst du so leicht", entgegnete ich mit einem Seufzer. „Normalerweise wird es zu meinem Problem, wenn mir ein Geist erscheint, ob ich will oder nicht."

Kade beugte sich vor, um mich zu küssen, und für einen Moment vergaß ich alles andere. Es war die perfekte Ablenkung, und ich schmolz in seine Umarmung, schlang meine Arme um seine Taille und verlor mich in der Wärme seiner Umarmung.

Gerade als ich dachte, es könnte nicht besser werden, hielt das Golfcart plötzlich ruckartig an, und ich wäre fast von der Sitzbank gefallen.

„Nun, das ist eine Möglichkeit, die Stimmung zu killen", scherzte ich und fing mich nach dem plötzlichen Halt wieder.

„Abschlag eins!", verkündete Dennis.

Ich löste mich von Kade und richtete meine Aufmerksamkeit auf das Panorama vor uns. Hektar von Grün, übersät mit Golfcarts und Golfern in verschiedenen Spielphasen.

„Ich sehe sie nicht", sagte ich und suchte nach einem Anzeichen von Joyce.

„Lass uns weiterfahren", sagte Sylvia zu ihrem Mann. „Realistisch betrachtet könnte sie überall auf dem Platz sein, aber eigentlich hätten wir inzwischen einen Tumult hören müssen. Es sei denn..." Sylvia drehte sich zu mir um. „Ist Joyce frisch?"

„Frisch?"

„Im Sinne von frisch verstorben. Oder ist sie ein alter Geist? Vielleicht ist sie nicht heute gestorben, wie wir annehmen – in diesem Fall sind wir auf einer wilden Geisterjagd."

„Es ist ein schöner Tag für eine wilde Geisterjagd." Dennis zwinkerte ihr zu und trat aufs

Pedal, wodurch wir erneut ruckartig in Bewegung gerieten. Ich tastete nach meinem Sicherheitsgurt und legte ihn über meine Hüften.

„Hat der Typ da hinten nicht gesagt, dass er Joyce heute Morgen beim Frühstück gesehen hat? Mit ihren Freundinnen?", sagte Galloway.

Sylvia drehte sich um und lächelte ihren Sohn an. „Ja, das hat er! Natürlich, wie dumm von mir. Sie muss frisch sein."

„Ich bin nicht in Bestform", sagte ich leise, aber Kade hörte mich.

„Du hast keinen Heimvorteil, das ist alles", flüsterte er mir ins Ohr. „Du schaffst das schon, Schatz. Entspann dich einfach. Hör auf, dir Stress zu machen."

Ich drehte meinen Kopf, um zu prüfen, ob er keine zwei Köpfe hatte. *Aufhören, mir Stress zu machen? Ist das sein Ernst?*

Mein Gesicht muss mich verraten haben, denn er schnaubte lachend und hob kapitulierend die Hände. „Okay, okay, schlechte Wortwahl."

„Schaut!", unterbrach Sylvia und zeigte mit dem Finger. „Da drüben scheint etwas am Boden zu liegen."

Am Horizont lag etwas, das wie ein Satz Golfschläger am Boden aussah. Aus dieser

Entfernung konnte ich nicht erkennen, ob Joyces Körper dabei war, aber ich würde Geld darauf wetten, dass dem so war.

Ich lehnte mich nach vorne und legte meine Hand auf Dennis' Schulter. „Fahr in diese Richtung."

Er kam der Bitte nach, und je näher wir kamen, desto mehr wurde mir klar, dass ich recht hatte. Was ich für Golfschläger gehalten hatte, war tatsächlich Joyce selbst. Nun, der physische Körper von Joyce, denn Joyce als Geist stand neben ihrer Leiche und winkte wie wild zu mir herüber.

„Huhu! Guten Morgen!", rief sie. „Hast du dich doch entschieden, zu uns zu stoßen? Es ist ein wunderschöner Tag für eine Runde."

Ich stöhnte, und Kade warf mir einen Blick zu. „Ich glaube nicht, dass sie begreift, dass sie tot ist", flüsterte ich zur Erklärung.

„Wie kann sie das nicht wissen? Ihr Körper liegt direkt da!"

„Was ist los?", fragte Sylvia und drehte sich halb zu uns um.

„Joyces Geist ist hier." Kade lehnte sich nach vorne, seine Hand ruhte auf der Schulter seiner Mutter. „Denk daran, lass Audrey ihre Sache machen, okay?"

Sylvia scheuchte ihren Sohn weg, als wäre er eine

lästige Fliege. „Natürlich. Du musst mir das nicht ständig sagen. Ich habe keine Demenz."

Dennis brachte den Golfwagen zum Stehen, griff nach seinem Gehstock und stieg steif aus. Sylvia und Kade taten es ihm gleich, und ich wollte mich ihnen anschließen, wurde jedoch unzeremoniell vom Sicherheitsgurt zurückgerissen. Vor Verlegenheit errötend, löste ich schnell die Schnalle und fiel praktisch heraus.

Während sich alle um Joyces Körper versammelten und Kade niederkniete, um ihren Puls zu überprüfen, entfernte ich mich und bedeutete Joyce mit einem Kopfnicken, mir zu folgen. Glücklicherweise tat sie das.

„Du weißt, dass du tot bist, oder?", fragte ich unverblümt. Normalerweise näherte ich mich dem Thema mit mehr Takt und Diplomatie, aber heute war nicht normal, und die Zeit war nicht auf meiner Seite.

Joyce seufzte, ihre Schultern sackten zusammen. „Ich weiß. Ich meine, die plötzliche Fähigkeit, durch feste Gegenstände zu gehen, hat es verraten."

„Ganz zu schweigen von deinem Körper auf dem Boden."

„Das auch", stimmte sie zu.

„Also, was ist passiert? Herzinfarkt beim

Golfspielen?" Das war Wunschdenken. Wäre das der Fall gewesen, hätte Joyce höchstwahrscheinlich bereits weitergezogen und wäre nicht in Geistform an die Erde gebunden geblieben.

Joyce kaute an einem Fingernagel. „Weißt du, es ist die verrückteste Sache..."

„Sag mir nicht, du erinnerst dich nicht?" Ein weiteres häufiges Thema unter den Untoten. Die meisten von ihnen erinnerten sich nicht an ihren Tod. Was das Aufklären ihrer Morde zu einer Herausforderung machte, aber nicht unmöglich. Tatsächlich hatte ich eine ganze Liste gelöster Fälle, seit ich das Rätsel um den Mord an meinem besten Freund Ben geknackt hatte.

Joyce ließ ihren Arm sinken und sah mich an. „Das Letzte, woran ich mich erinnere, ist, dass ich mit Sally und Hazel gefrühstückt habe."

„Du erinnerst dich nicht daran, in das Golfcart gestiegen zu sein? Auf den Golfplatz gekommen zu sein?"

Sie schüttelte den Kopf.

„Hast du eine Ahnung, wer dich tot sehen wollte?"

Ihre Hand flatterte zu ihrem Hals, und ein Ausdruck des Entsetzens huschte über ihr Gesicht. „Überhaupt nicht! Ich bin ein äußerst liebenswürdiger Mensch. Wer würde *mich* umbringen wollen?"

„Das habe ich vor herauszufinden", sagte ich und verschränkte die Arme vor der Brust.

„Du denkst, ich wurde *ermordet*?" Offensichtlich hatte Joyce diese Möglichkeit nicht in Betracht gezogen, aber warum sonst war ihr Geist hier und sprach mit mir?

„Auch das habe ich vor herauszufinden."

„Wer bist du überhaupt?

„Audrey Fitzgerald, Privatdetektivin.

Joyce warf mir einen Blick zu, der deutlich zeigte, dass sie beeindruckt war. „Ich sehe, Sie sind mit Dennis und Sylvia hier. Und der Mann an Ihrer Seite hat eine auffallende Familienähnlichkeit, also vermute ich, er ist deren Sohn? Ist er auch Privatdetektiv?"

„Er ist Detektiv", antwortete ich. „Ich wusste gar nicht, dass Sie die Galloways kennen. Die sind doch erst kürzlich eingezogen."

„Oh, ich *kenne* sie nicht. Ich weiß *von* ihnen. Sie wissen ja, wie die Gerüchteküche ist. Sobald jemand Neues ins Gebäude zieht, sind alle in deren Angelegenheiten, um herauszufinden, was Sache ist."

Ich nickte. „Stimmt."

Kade fing meinen Blick auf und nickte mit dem Kopf in Richtung von Joyces Körper.

„Also, die Sache ist die, Joyce", sagte ich hastig. „Ich bin die Einzige, die dich sehen und hören kann, also wenn andere Leute in der Nähe sind, kann ich nicht antworten, okay? Das muss unser kleines Geheimnis bleiben."

„Verstanden!"

Ich ging zu Kade, Joyces Körper lag zu unseren Füßen. Dennis entfernte sich, um die Behörden anzurufen, Sylvia an seiner Seite.

„Schau dir das genauer an", forderte Kade mich auf und hockte sich neben Joyce. Ich machte seine Bewegungen nach und fragte mich, wonach ich eigentlich suchte, als ich es zwischen einem Blinzeln und dem nächsten sah. Reifenspuren.

Ich schaute Kade entsetzt an. „Sie wurde überfahren?" Mein Blick huschte über seine Schulter zum grünen Golfplatz, in der Hoffnung, einen Blick auf das Golfcart mit ihren Freundinnen zu erhaschen. Hatten Sally und Hazel sie überfahren und waren dann abgehauen?

„Das sind definitiv Reifenabdrücke", stimmte Kade zu. Die Spuren selbst waren nicht deutlich sichtbar, keine schmutzigen schwarzen Abdrücke wie in Filmen, eher grünliche Schleifspuren auf Joyces weißer Capri-Hose.

Ich schaute zu unserem Golfcart, dann zu Joyce und wieder zurück. „Okay, nehmen wir an, sie wurde überfahren... ist so ein Cart schwer genug, um sie tatsächlich zu töten?" Ich schlug zur Betonung mit der Hand gegen das Golfcart, was mir einen stechenden Schmerz in der Handfläche bescherte und meine Augen tränen ließ.

Kade legte den Kopf schief und dachte einen Moment nach, bevor er mit den Schultern zuckte. „Normalerweise würde ich nein sagen, aber sie ist eine ältere Frau. Zerbrechlicher. Wenn das Golfcart über ihre Brust gefahren wäre, hätte er genug Druck ausüben können, um ihr Herz zu schädigen."

Ich zeigte auf Joyces Beine. „Aber er ist über ihre Beine gefahren. Nicht über ihren Oberkörper. Schau, keine Anzeichen von Reifenspuren, nur ein —" Ich schaute mir die Argyle-Weste, die Joyce trug, genauer an. „Ist das... Orangensaft?" Da war ein kleiner Fleck, kaum bemerkbar.

„Ich bin eine unordentliche Esserin", gestand Joyce.

„Ich auch, Joyce, ich auch." Ich seufzte.

Dennis beendete das Telefonat und kam zu uns

zurück. „Die Behörden sind unterwegs. Was haben wir hier?"

„Verstorben", bestätigte Kade, richtete sich auf und nahm meine Hand, seine Finger umschlossen meine.

Dennis deutete mit seinem Gehstock auf Joyces Beine. „Fahrerflucht?"

Kade zuckte mit den Schultern und sah ratlos aus. „Sie wurde definitiv überfahren, aber ob das sie getötet hat? Schwer zu sagen."

„Das würde aber erklären, warum ihr Geist hier ist, oder?" sagte Sylvia und schaute von mir zu Kade und wieder zurück. „Du hast doch gesagt, ein plötzlicher Tod lässt sie herumhängen?"

„Möglicherweise", wich ich aus, da ich nicht eindeutig sagen wollte, ob Joyce von einem Golfcart getötet worden war oder nicht.

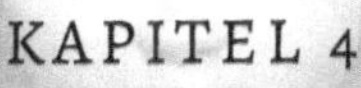

*K*ade hielt tröstend eine Hand auf meiner Schulter, während wir zusahen, wie die Sanitäter Joyces Körper auf eine Trage schnallten. Ein Mann und eine Frau in identischen dunkelblauen Anzügen waren dem Krankenwagen in einem Golfcart gefolgt und sprachen nun mit Dennis und Sylvia. Joyce hatte mir erzählt, dass sie zur Verwaltung gehörten, und sie war ziemlich sicher, dass die beiden miteinander schliefen.

„Zweiter Einsatz heute in Torres Place", hörte ich einen der Sanitäter sagen, während sie Joyce zum wartenden Krankenwagen schoben.

„Hoffen wir, dass das nicht der Anfang eines

Trends ist", antwortete der andere, bevor sie außer Hörweite waren.

„Ach, richtig!", rief Joyce laut in mein Ohr, sodass ich zusammenzuckte.

„Erinnerst du dich an etwas?", murmelte ich aus dem Mundwinkel.

„Ja, ja. Wenn die Sanitäter mehrmals am Tag gerufen werden, gilt das als ein Trend. Von Todesfällen. Ich muss die zweite Person sein, die heute gestorben ist. Wenn es eine dritte gibt, dann..."

Ich nickte leicht, um ihr zu zeigen, dass ich sie gehört hatte, konnte aber nicht verbal antworten, weil die beiden Manager in ihren knackigen Anzügen auf uns zukamen.

„Vielen Dank für Ihre Hilfe bei dieser bedauerlichen Situation heute Morgen", sagte die Frau und strich mit den Händen über ihre Hüften. „Ich bin Hayden Lee, Leiterin der Personalabteilung, und das ist Paul Wilson, unser Betriebsleiter."

„Eher Hauptschleppmanager", sagte Joyce sarkastisch. Ich biss mir auf die Zunge und tat mein Bestes, sie zu ignorieren.

Kade übernahm. „Detektiv Kade Galloway, Polizei Firefly Bay, und das ist meine Verlobte Audrey und meine Eltern, Sylvia und Dennis Galloway."

Hayden lächelte ein künstliches Lächeln. „Ja, wir haben uns gerade kennengelernt. Wie gefällt es Ihnen bisher bei uns?"

„Ich denke kaum, dass dies der beste Zeitpunkt ist, um das zu fragen, Hayden." Paul schaute von oben herab auf die Frau an seiner Seite. Wenn die beiden miteinander schliefen, dann fresse ich einen Besen. Es war kein Blick der Liebe, der Lust oder auch nur ein entfernter Funke von Anziehung, der über Pauls Gesicht huschte, als er die hübsche Rothaarige an seiner Seite anstarrte. Wenn überhaupt, war es Verachtung und Abneigung.

Hayden errötete. „Natürlich. Ich bitte um Entschuldigung."

„Überhaupt nicht", sagte Dennis. „Eine völlig angemessene Frage unter den gegebenen Umständen, würde ich meinen. Wir sind neu hier. Hayden hat gefragt, wie wir uns einleben. Kaum ein Verbrechen. Was ein Verbrechen ist, ist das, was heute auf dem Golfplatz passiert ist."

„Sie glauben, der Tod dieser Frau ist ein Verbrechen?" Pauls Augenbrauen schossen nach oben, und er blickte zum Krankenwagen, der zur Abfahrt bereit war.

„Jeder ungeklärte Todesfall sollte als verdächtig

behandelt werden, finden Sie nicht auch?", sagte Dennis.

Paul glättete die Aufschläge seines Anzugs und schaute von oben herab. „Sie müssen verstehen, dass in einer Einrichtung wie Torres Place Todesfälle nicht nur unvermeidlich, sondern häufig sind. Ich wage zu sagen, erwartet werden."

„Wollen Sie *mir* sagen", schoss Dennis zurück, sein Gesicht errötete und seine Hände ballten sich zu Fäusten, „dass Sie keinen Ihrer Todesfälle überprüfen? Dass Sie einfach annehmen, sie seien alters- oder krankheitsbedingt?"

Kade bemerkte offensichtlich, dass sein Vater zunehmend aufgebracht wurde, und legte sanft eine Hand auf die Schulter seines Vaters. „Ist schon gut, Dad. Wir werden der Sache auf den Grund gehen. Wir werden herausfinden, was passiert ist."

Ich begegnete Kades besorgtem Blick und schlug vor: „Vielleicht sollten wir zurückgehen? Ich hätte nichts gegen eine Pause und eine Tasse Kaffee." Das war nicht ganz unwahr, aber ich spürte auch, dass Dennis nachließ, möglicherweise Schmerzen hatte, aber zu stur war, es zuzugeben.

„Großartige Idee", dröhnte Dennis, der sich wieder sammelte. „Ich könnte einen Kaffee gebrauchen, und wir können uns neu formieren."

„Dann ist das geklärt." Sylvia begann, uns zum gemieteten Golfcart zu führen. „Halten wir im Sunset Café für eine Erfrischung."

Als wir in den Cart stiegen, konnte mein Geist nicht anders, als Bilder von schaumigen Cappuccinos und fluffigen Cupcakes heraufzubeschwören, die meine Geschmacksknospen reizten. Mein Appetit wurde jedoch schnell gedämpft, als ich einen letzten Blick über meine Schulter warf und bemerkte, dass Paul und Hayden dort standen und uns aufmerksam beobachteten. Paul Wilsons steinerner Blick hätte durch Stahl brennen können, und er war unverkennbar auf uns gerichtet.

Als sich unsere Blicke trafen, spürte ich einen Schauer über meinen Rücken laufen. Dann entspannten sich seine Gesichtszüge, als er etwas zu Hayden murmelte und auf ihr eigenes Golfcart deutete. Es war klar, dass sie in dieselbe Richtung fuhren wie wir, aber der Gedanke, in so unmittelbarer Nähe zu Paul zu sein, machte mich unruhig.

„Alles in Ordnung?" flüsterte Kade mir ins Ohr, und ich lehnte mich an ihn, fand Trost in seiner Nähe.

„Ich mache mir wirklich Sorgen, dass hier etwas

nicht stimmt", flüsterte ich, wobei ich meine Stimme senkte, damit seine Eltern nichts mitbekamen. „Ich habe ein richtig schlechtes Gefühl bei Paul."

Kades Augenbrauen schossen nach oben. „Du denkst, er ist in Joyces Tod verwickelt?"

„Ich meine... wie groß ist die Wahrscheinlichkeit? Ich hatte schon einmal mit einem Todesengel zu tun..." Ich brach ab und erinnerte mich an einen früheren Fall, bei dem eine der Pflegekräfte in einem Altersheim, das viel kleiner war als Torres Place, die Bewohner umbrachte. Aber in diesem Fall war es nicht ein Geist, der mich verfolgte. Es waren Dutzende.

„Das ist eine ziemlich schwerwiegende Anschuldigung."

Ich riss mich in die Gegenwart zurück. „Nein, ich weiß." Ich seufzte. „Er ist wahrscheinlich überhaupt nicht involviert. Ich hatte nur ein ungutes Gefühl bei ihm. Und das ist kein Verbrechen."

„Gibt es mehr Geister?", fragte Kade und blickte über die Grünfläche, als könnte er sie selbst sehen. Was er nicht konnte, weil A) er keine Geister sehen konnte und B) es keine Geister zu sehen gab.

„Nein. Nur Joyce, und sie ist verschwunden. Vorerst."

Vor dem Sunset Café stand eine Reihe Golfcarts,

und Dennis flitzte in einen Parkplatz am Ende, wobei er mit einem kleinen Quietschen der Reifen zum Stehen kam.

Sylvia drehte sich zu uns um und lehnte sich über die Rückenlehne des Sitzes. „Entschuldigt seine Fahrweise. Er darf nämlich nicht mehr fahren, also ist er ein bisschen übereifrig, wenn er doch mal am Steuer sitzt."

„Es ist nicht so, dass ich nicht fahren darf", brummte Dennis und schwang seine Beine aus dem Cart, bevor er seinen Gehstock holte. „Vielmehr kann ich es nicht. Physisch. Ich habe meinen Führerschein nicht verloren, wie sie es klingen lässt."

„Schon gut." Sylvia verdrehte die Augen, zwinkerte mir dann zu und formte lautlos mit den Lippen „Männer!"

Als ich Kades Eltern ins Café folgte, sagte ich zu Kade: „Sollte er überhaupt das Golfcart gefahren haben? Seine Schmerzen scheinen schlimmer zu sein."

Nun war Kade an der Reihe, einen Seufzer auszustoßen. Sorge um seinen Vater blitzte in seinen Augen auf, und ich drückte seine Hand zur Unterstützung. „Ein Cart ist viel leichter als ein Auto, leichter zu kontrollieren. Ich werde nicht mit ihm darüber streiten. Wenn er ihn fahren will, kann er ihn fahren."

Ich war schockiert von seinem Tonfall. Kade war nicht der Typ, der gereizt wurde. Tatsächlich war er der entspannteste Mensch, den ich kannte. Nicht viel brachte ihn aus der Ruhe. „Schatz." Ich wusste nicht, was ich sagen sollte, aber mein Tonfall verriet wohl meine Gefühle, denn er blieb stehen und zog mich in seine Arme, hüllte mich in eine Umarmung.

„Tut mir leid", brummte er in mein Ohr. „Ich bin es nicht gewohnt, ihn so zu sehen."

„Das ist beschissen." Ich hatte keine persönlichen Erfahrungen, auf die ich zurückgreifen konnte. Beide meine Eltern waren bei guter Gesundheit, aber dann gab es Bens Vater, für den ich jetzt verantwortlich war, seit Ben gestorben war. Der arme Bill Delaney litt schrecklich an Alzheimer und verbrachte seine Tage in der Vergangenheit. Es war irgendwie dasselbe, aber doch anders.

Als ich über die Schwelle trat, stolperte ich, während meine Augen versuchten, sich vom hellen Tageslicht draußen an die relative Dunkelheit des Cafés zu gewöhnen. Als ich endlich wieder fokussieren konnte, sah ich denselben Mann hinter der Theke, mit dem Dennis und Sylvia vorhin gesprochen hatten, der uns zuwinkte.

„Mom, Dad, sucht uns einen Tisch. Ich schau mal, was er will", sagte Kade.

Ich dachte, dass Kade nicht brauchte, dass ich wie ein verlassener Welpe hinter ihm hertrottete, also setzte ich mich zu den Senior-Galloways und bemerkte, dass Dennis sich eine Pille einwarf, sobald er saß.

„Geht es dir gut?"

Er warf mir ein schiefes Grinsen zu. „Tut mir leid, wenn ich brummig bin."

„Es ist sein Bein", fügte Sylvia hinzu.

„Je mehr es schmerzt, desto mürrischer werde ich."

„Er hasst es, wie es ihn verlangsamt. Das macht ihn auch grummelig", warf Sylvia ein, aber der liebevolle Blick, den sie mit ihrem Mann teilte, nahm ihren Worten jeglichen Stachel.

„Allerdings", stimmte er zu und beugte sich dann zu seiner Frau. Sie kam ihm auf halbem Weg entgegen, und der schnelle Kuss, den sie teilten, zeigte, wie sehr sie einander liebten, grummelig oder nicht.

Kade kam zurück und zog den Stuhl neben mir heraus. „Ich habe für uns bestellt. Hoffe, das ist okay?"

„Solange in meiner unmittelbaren Zukunft ein

Kaffee auftaucht, habe ich überhaupt nichts dagegen", sagte ich.

„Was wollte er?", fragte Dennis und nickte mit dem Kopf zum Kellner hinüber.

„Er wollte dir mitteilen, dass die Damen, nach denen du heute Morgen gefragt hast, die mit Joyce Golf gespielt haben, vor ein paar Minuten ohne sie zurückgekommen sind. Sie sitzen dort drüben." Mit tief gehaltener Hand zeigte er auf einen Tisch auf der anderen Seite des Raumes, an dem zwei Seniorinnen saßen. Natürlich drehten wir uns alle in unseren Stühlen um und starrten sie an. Die Frauen bemerkten uns nicht, zu beschäftigt mit einem lebhaften Gespräch, bei dem sie mit den Armen gestikulierten, aber ihre Stimmen leise genug hielten, damit die anderen Gäste sie nicht mithören konnten.

Beide Frauen waren für Golf gekleidet. Eine trug ein türkisfarbenes Polohemd, einen Strohsonnenvisor und eine große Sonnenbrille, während die andere ein dunkelblaues ärmelloses Hemd und eine Lesebrille trug.

„Warum trägt sie ihren Hut und die Sonnenbrille drinnen?", fragte Sylvia das, was ich dachte.

„Die sehen verdächtig aus." Dennis kniff die Augen zusammen und betrachtete die Frauen, sein

Polizistengehirn arbeitete auf Hochtouren. Er machte Anstalten aufzustehen, aber Sylvia schlang ihre Finger um sein Handgelenk und hielt ihn auf seinem Stuhl.

„Nein", schalt sie ihn. „Du musst dich ausruhen. Und komm mir nicht mit Widerspruch, Dennis Galloway. Wir wissen beide, dass dieser kleine Ausflug über den Golfplatz dich erschöpft hat, und wenn du nicht nach oben zum Mittagsschlaf geschickt werden willst, lässt du deinen Hintern schön auf diesem Stuhl und überlässt es deinem Sohn, die Ermittlungen diesmal zu führen. Kade, sag deinem Vater, dass du ihm jedes einzelne Wort berichten wirst, das sie sagen."

„Dad, ich kümmere mich darum. Mom hat recht. Warte hier. Außerdem sind es nur zwei kleine alte Damen. Kein Grund, sie mit uns allen vieren zu überfallen."

„Mann." Dennis zwinkerte mir zu. „Da verbündet sich ja alles gegen einen. Na gut, ich warte hier."

Kade stand auf und sah auf mich herab. „Kommst du mit?"

„Natürlich!"

Wir schlängelten uns durch die Tische und blieben neben den beiden Frauen stehen. Naja, zwei Frauen und ein Geist. Joyce strahlte von ihrem Platz zu mir hoch, ihr Oberkörper ragte durch den Tisch, da der Stuhl, auf dem sie saß, herangeschoben war.

„Meine Damen, ich glaube, Sie sind Freundinnen von Joyce Harrison?", begann Kade, wurde jedoch von der Frau mit der Sonnenbrille unterbrochen.

„Warum? Was hat sie angestellt?"

Kades Kopf zuckte von einer zur anderen, aber seine Stimme war sanft, als er sagte: „Es tut mir leid, Ihnen mitteilen zu müssen, dass sie verstorben ist."

Die schauspielerischen Fähigkeiten der Frauen waren grauenhaft. Übertriebene Überraschungskeucher, Münder, die perfekte Os formten, Hände, die gegen ihre Brust gepresst wurden. Kade warf mir einen Blick zu, und ich biss mir auf die Lippe, um nicht zu grinsen. Ja, ich kaufte ihnen das auch nicht ab.

„Aber ich denke, das wussten Sie bereits", fuhr er fort. „Da Sie drei heute Morgen zusammen Golf gespielt haben, und wir sie gerade auf dem Grün gefunden haben."

Sie weigerten sich, uns anzusehen. Stattdessen entwickelten sie plötzlich ein intensives Interesse an der karierten Tischdecke, und ich wusste, was das Problem war. Kade war ein Polizist im Polizeimodus, der Polizeiarbeit machte. Sie würden sich ihm gegenüber niemals öffnen.

Ich lächelte und streckte meine Hand aus. „Ich bin Audrey. Und das ist Kade, und dort drüben an dem Tisch sitzen seine Eltern, Dennis und Sylvia."

„Schön, Sie kennenzulernen. Ich bin Sally." Die Frau im blauen Hemd schüttelte meine Hand. „Und das ist Hazel."

Hazel warf ihrer Freundin einen frustrierten Blick zu, klebte dann ein falsches Lächeln auf ihr Gesicht und schüttelte widerwillig meine Hand. „Tut mir leid. Das scheint kaum der richtige Zeitpunkt zu sein, um Ihre Bekanntschaft zu machen. Sie haben uns gerade gesagt, dass unsere Freundin tot ist."

„Ignorier sie einfach", sagte Joyce und stand auf. „Sie tut immer so, als hätte sie einen Stock im A—"

„Ich verstehe", versicherte ich Hazel. „Es tut mir so leid wegen Ihrer Freundin. Können Sie uns sagen, was passiert ist?"

„Sie ist einfach umgekippt!", erklärte Sally und fächelte sich Luft zu.

„Vor oder nachdem Sie sie überfahren haben?", fragte Kade gedehnt. Sally wurde blass und sah aus, als würde sie jeden Moment ohnmächtig werden, während Hazel ihre Augen verengte und ihn scharfsinnig musterte, bevor sie sich ihrer Freundin zuwandte.

„Sag kein weiteres Wort, Sally."

Kade warf mir einen Blick zu, den ich nicht deuten konnte. War er wütend? Neugierig? Musste er auf die Toilette? Ich konnte es nicht sagen.

Joyce schien sich zu amüsieren und stellte sich mit einem Kichern neben mich. „Die werden dir nichts erzählen, solange er über ihnen aufragt und so grüblerisch und männlich wirkt."

„Grüblerisch und männlich?", wiederholte ich, woraufhin Sally und Hazel ihre Aufmerksamkeit sofort auf mich richteten.

„Schau, wir sind nicht unbedingt Männerhasser. Also, ich besonders nicht." Joyce stieß mir ihren Ellbogen in die Rippen. „Aber Hazel hier? Kein Fan der männlichen Spezies. Und Sally? Nun, sie schließt sich einfach der jeweiligen Mehrheitsmeinung an, und da ich jetzt aus der Gleichung bin..."

Ich verstand. Sie würden sich nicht öffnen und mir nichts Nützliches vor Kade erzählen. Besonders weil er ganz schöne Polizisten-Schwingungen ausstrahlte. „Schatz?", wandte ich mich zu ihm und lächelte süß. „Warum schaust du nicht nach deinen Eltern?"

„Was?", runzelte er die Stirn. „Denen geht's gut."

Ich verdrehte die Augen, musste aber nichts sagen, weil er, Gott sei Dank, eins und eins zusammenzählte und sagte: „Oh! Klar." Er ging zurück zu ihrem Tisch, wo Sylvia und Dennis uns mit unverhohlenem Interesse beobachteten.

„Also", sagte ich hastig und wandte mich wieder Hazel und Sally zu. „Er ist weg. Ihr habt genau zwei Minuten, um mir zu erzählen, was heute hier passiert ist, bevor er entweder zurückkommt oder die Polizei eintrifft." Es war ein Bluff. Ich wusste nicht, ob Kade die Polizei rufen würde oder nicht.

„Woo-hoo!", klatschte Joyce vor Vergnügen. „Ich mag deinen Stil, Mädchen."

„Wer genau bist du eigentlich?", fragte Hazel und betrachtete mich misstrauisch.

„Ich bin Audrey Fitzgerald, Privatdetektivin, und ich bin eure beste Chance, die Wahrheit über das, was heute passiert ist, herauszufinden."

Sally wandte sich an Hazel, ihre Augen riesig hinter ihrer Brille. „Sie ist eine Privatdetektivin! Das ist gut... oder?" Sie schaute von ihrer Freundin zu mir und wieder zurück. „Oh, warte... das ist nicht gut, oder? Denn dann wird sie herausfinden..."

„Sally! Sei still!", schnappte Hazel.

„Was herausfinden?", hakte ich sofort nach. Ich begann zu denken, dass diese zwei süßen, siebzigjährigen Damen vielleicht doch für den Tod ihrer Freundin verantwortlich waren. Sie verhielten sich verdächtig wie sonst was, und die Tatsache, dass sie nach dem Überfahren ihrer Freundin keine Hilfe gerufen hatten, war ein deutliches Warnsignal.

„Ich hab dir gesagt, sie ist stur“, sagte Joyce.

Ich holte mein Handy heraus, öffnete meine Notiz-App und tippte: „Was ist es, das sie nicht wollen, dass ich es weiß?“

„Hä?“, Joyce zuckte mit den Schultern. „Ich weiß nicht, was du meinst.“

„Ihr drei versteckt etwas. Was ist es?“, schrieb ich.

Joyce tippte sich an die Lippe und starrte in die Ferne, bevor sie mit den Fingern schnippte und ihre Aufmerksamkeit wieder mir zuwandte. „Ich glaube, ich hab's!“

Ich sah sie an und wartete.

„Oh, ja, richtig.“ Sie grinste. „Also, weißt du, Hazel, Sally und ich haben so eine kleine Nebenbeschäftigung.“

„Nebenbeschäftigung?“, fragte ich und vergaß für einen Moment, dass Sally und Hazel direkt vor mir saßen.

„Du weißt schon, dass Torres Place sowohl Eigentumswohnungen für selbstständiges Wohnen als auch ein Altenpflegeheim hat?“

„Ich weiß.“ Ich nickte und bedeutete ihr mit einer Handbewegung fortzufahren.

„Nun, einige dieser Bewohner im Pflegeheim

können sich manchmal ein bisschen… gefangen fühlen. Als wären sie Gefangene. Und sie haben all diese *Regeln*!"

„Regeln? Was für Regeln?"

„Kein Alkohol, kein Besuch in den Zimmern der anderen nach dem Lichterlöschen, kein Austausch von Medikamenten mit deinen Freunden. Kein Spaß."

„Ich glaube kaum, dass 'kein Spaß' eine Regel ist." Und die Regel gegen den Austausch von Medikamenten erschien mir durchaus vernünftig.

„Nun, es fühlt sich so an." Joyce schmollte. „Es fing alles an, als Margaret uns um Hilfe bat."

„Wer ist Margaret?"

„Sie ist die neunundachtzigjährige Diabetikerin in Zimmer 37C. Sie hat um Schokolade gebeten."

„Du willst mir sagen, ihr habt einer Diabetikerin Schokolade gegeben?" Ich hatte das ungute Gefühl, dass das nicht gut für Margaret ausgegangen war.

„Natürlich haben wir das!" Joyce schnaubte. „Sie ist neunundachtzig. Die wenige Zeit, die ihr noch bleibt, sollte voller Freude sein und nicht im Elend versunken. Und wir sind nicht dumm. Wir haben ihr dieses grauenhafte zuckerfreie Zeug besorgt."

„Mit wem zum Teufel redest du da?" unterbrach Hazel und sah mich an, als hätte ich zwei Köpfe.

„Bist du, du weißt schon"—sie tippte sich an die Schläfe—"nicht ganz richtig?"

„Nicht ganz richtig?" wiederholte ich, ohne zu verstehen.

„Sie meint, ob du verrückt bist? Einen Dachschaden hast. Simpel", erklärte Joyce vergnügt.

„Oh! Nein, bin ich nicht."

„Was bist du dann? Denn Sie führen offensichtlich ein Gespräch mit jemandem, der nicht wir ist."

„Sprichst du mit Joyce?" fragte Sally und faltete ihre Hände vor ihrer Brust.

„Du kannst es ihnen ruhig sagen. Glaub mir, diese Mädels können ein Geheimnis bewahren."

„Das fange ich an zu merken", sagte ich, legte dann den Kopf in den Nacken und schaute zur Decke. Chicago tat mir nicht gut. Da war ich noch nicht einmal einen Tag hier und schon war mein Geheimnis aufgeflogen. Zweimal!

Ich richtete meinen Blick auf Hazel und Sally. „Okay, gut, ich erzähle euch mein Geheimnis, wenn ihr mir eures erzählt. Ich sehe Geister. Ich kann mit Verstorbenen kommunizieren. Und ja, Ihre Freundin Joyce ist hier bei mir."

Hazel warf beide Hände in einer Ich-hab's-euch-doch-gesagt-Geste in die Luft. „Na bitte!" erklärte sie. „Frage sie einfach, was passiert ist. Sie wird dir sagen, dass wir sie nicht umgebracht haben."

„Ich habe sie gefragt. Sie kann sich nicht erinnern."

„Wirklich, Joyce?" Hazel verdrehte die Augen. „Wirklich?"

„Hört zu." Ich beugte mich näher heran, mein Tonfall verriet mein Gefühl der Dringlichkeit. „Wir haben nur begrenzt Zeit, bevor die Behörden eintreffen. Joyce hat mir bereits erzählt, dass ihr einer Diabetikerin in der Pflegeeinrichtung von Torres Place Schokolade besorgt haben. Was muss ich noch wissen?"

„Joyce, du Petze!" brummte Hazel, aber ihre schlauen Augen trafen meine. „Na gut. Wir helfen den Leuten dabei, die Sachen zu besorgen, die sie brauchen."

„Wie was?"

„Ach, du weißt schon, Dinge wie Viagra für diejenigen, die—"

Ich hob meine Hand und unterbrach sie. „Kein Bedarf an Details." Ich brauchte wirklich keine geistigen Bilder von Senioren und Viagra, vielen Dank auch. „Irgendetwas Illegales?" drängte ich. „Irgendetwas, das Joyce das Leben gekostet haben könnte?"

„Was meinst du damit, Joyce das Leben gekostet?“ flüsterte Sally entsetzt. „Sie hatte einen Herzinfarkt. Oder nicht?“

„Hört mal, es ist durchaus möglich, dass Joyce tatsächlich einen Herzinfarkt hatte. Aber nach meiner Erfahrung, wenn ein Geist mich nach seinem Tod findet, bedeutet das gewöhnlich, dass ein Verbrechen im Spiel war.“

Hazel schüttelte den Kopf. „Nein. Nichts in der Art.“

Sally kaute auf ihrer Lippe herum, mit Sorge quer über ihr Gesicht geschrieben.

„Sally?“ forderte ich sie auf.

Sally warf einen Blick auf Hazel und wandte dann schnell ihre Augen ab. „Da war diese eine Sache, als wir meinen Enkel dazu gebracht haben, Stanleys Hörgeräte so umzufunktionieren, dass sie auf der Funkfrequenz der Schwesternstation liefen.“

„Wozu um Himmels willen?“

„Stanley war ein ziemlicher Idiot. Er war besonders gemein zu Joyce, nannte sie alle möglichen widerlichen Namen. Wir dachten, eine kleine Vergeltung wäre angebracht“, sagte Sally.

Hazel schnaubte. „Der Mann dachte, er würde von Jesus besucht werden.“

„Er hörte definitiv Stimmen, nur nicht die unseres Herrn und Erlösers." Sally kicherte.

Joyce schlug sich aufs Knie und beugte sich vor Lachen nach vorne: „Oh ja, daran erinnere ich mich. Wir haben uns ab und zu in die Schwesternstation geschlichen und ihm durch das Radio zugeflüstert."

„Und ihr wurdet nie erwischt?" Diese drei Frauen waren schlauer, als ich dachte.

„Nö", sagten sie im Chor, stolz wie Bolle.

Ich räusperte mich und brachte sie wieder zum Thema zurück. „Ich möchte, dass ihr gründlich nachdenkt, ob es jemanden gibt, der Joyce schaden wollte", sagte ich zu den beiden Frauen vor mir. „In der Zwischenzeit erzählt ihr mir, was heute Morgen passiert ist."

Hazel hatte sich offensichtlich entschieden, mir zu vertrauen, denn sie sprach ohne zu zögern. „Wir haben uns wie üblich zum Frühstück im Café getroffen. Joyce hatte Rührei und Orangensaft. Es ging ihr gut, bis es ihr plötzlich nicht mehr gut ging. Sie wurde ganz bleich, griff sich an die Brust und sank dann in ihrem Stuhl zurück. Tot."

Ich blinzelte schockiert. „Du meinst, Joyce ist im Café gestorben?"

„Ja." Sally nickte und klammerte sich an den Arm ihrer Freundin.

„Lasst mich das richtig verstehen. Sie ist im Café gestorben, nach dem Frühstück?"

Sie nickten.

„Und dann habt ihr...?"

„Wir haben sie in den Golfwagen gelegt und sie auf den Platz gebracht", sagte Sally.

„Bei allem, was heilig ist, warum? Warum habt ihr sie bewegt?"

„Weil wir dachten, wenn man schon sterben muss, ist es besser, auf einem Golfplatz zu sterben als hier. Joyce liebte es dort draußen, und wir wollten, dass ihr Tod... passender ist", sagte Hazel.

„Aber dann ist sie aus dem Wagen gefallen", fügte Sally hinzu.

„Wir haben sie nicht angeschnallt." Hazel hatte den Anstand, schuldbewusst auszusehen. „Ich hatte nicht erwartet, dass sie so schlaff sein würde. Bei der kleinsten Kurve rutschte sie direkt aus dem Golfcart, und bevor ich es wusste, hatte ich sie überfahren."

„Ha ha ha." Joyce lachte laut in mein Ohr. „Das ist unbezahlbar. Sie wollten, dass alle denken, ich sei beim Golfspielen gestorben. Ach, diese beiden sind die besten Freundinnen aller Zeiten."

„Warum habt ihr sie liegen lassen? Nachdem sie aus dem Cart gefallen war?"

„Ich bin in Panik geraten. Das war nicht mein

Glanzmoment", gestand Hazel. „Ich versuchte gerade, sie zurück in den Wagen zu bekommen, als wir dich kommen sahen. Wir haben unseren Plan aufgegeben und sind weggelaufen."

Sally streckte die Hand über den Tisch aus und tätschelte die Hand ihrer Freundin, während sie zu Joyce sagte: „Nichts für ungut, Joyce, aber als tote Person bist du schwer. Und rutschig."

„Schon okay", erwiderte Joyce strahlend zu Sally. Ich musste sagen, sie nahm das alles ziemlich gelassen. Ich hingegen fühlte mich, als wäre ich in eine Sitcom aus den Siebzigern geraten.

KAPITEL 5

„Ihr seht also, der Zusammenstoß mit dem Golfwagen hat sie nicht umgebracht. Sie war bereits tot." Ich beendete meinen Bericht darüber, was sich an diesem Morgen zwischen Sally, Hazel und Joyce zugetragen hatte.

„Wie konnte das niemand bemerken?", murmelte Sylvia mit weit aufgerissenen Augen. „Wie konnte niemand bemerken, dass zwei alte Damen eine Leiche hier rausschleifen?"

„Ich vermute, jeder ist mit seinen eigenen Angelegenheiten beschäftigt", schlug ich vor, aber ehrlich gesagt, hatte ich keine Antwort für sie. Sally und Hazel hatten ihre Freundin zwischen sich gestützt, als sie die Terrasse verließen, weil Joyce von Anfang an in sitzender Position war. Es war einfach genug, ihre Arme um ihre Schultern zu legen, ihre eigenen Arme um ihre Taille zu schlingen und sie praktisch zum Golfwagen zu schleifen. Aber als sie aus dem Wagen fiel und sie versuchten, sie vom Boden aufzuheben? Das war eine völlig andere Geschichte. Und dann waren wir am Horizont aufgetaucht, und sie gerieten in Panik und ließen ihre Freundin zurück.

„Ich finde das irgendwie rührend", sagte Sylvia mit feuchten Augen. „Aber auch traurig."

„Rührend?", bellte Dennis. „Sie haben eine Leiche manipuliert!"

Die Art, wie er es sagte, ließ es eklig und so grundfalsch klingen. Richtig unheimlich sogar.

„Sie wollten ihrer Freundin die letzte Ehre erweisen", argumentierte Sylvia. „Sie hatten keine bösen Absichten."

„Wie dem auch sei", warf ich ein, „Joyces Geist hat mich gefunden. Was mich glauben lässt, dass sie nicht eines natürlichen Todes gestorben ist. Und ihre Freundinnen haben sie nicht getötet. Die Frage bleibt also, wer hat sie umgebracht und wie?"

Dennis zog sein Handy hervor und murmelte vor sich hin, während er durch seine Kontakte scrollte. „Ich habe Freunde bei der Polizei. Ich kann sie bitten, Joyces Autopsie zu beschleunigen."

„Würden sie überhaupt eine Autopsie durchführen, bei ihrem Alter?", fragte Kade.

„Ich kann Zweifel säen, sagen, dass sie überfahren wurde – das können sie nicht bestreiten. Jeder Idiot kann die Reifenspuren an ihrem Körper sehen – also braucht die Einrichtung, ganz zu schweigen von ihrer Familie, eine eindeutige Todesursache."

Wer auch immer Dennis anrief, nahm ab, und während Dennis mit seinem Kumpel plauderte, lehnte ich mich zu Kade hinüber. „Kann er das wirklich tun?"

Kade zuckte mit den Schultern. „Ich weiß nicht, ob er so viel Einfluss hat, aber es schadet nicht, etwas Druck auf die Gerichtsmedizin auszuüben, ihnen mitzuteilen, dass jemand Joyces Tod untersucht, damit sie wissen, dass sie ihn nicht einfach durchwinken können."

„Durchwinken?"

„Es als natürliche Ursachen oder sogar als Herzinfarkt abzustempeln, ohne eine Autopsie durchzuführen."

Mein Handy begann zu vibrieren, und ein schneller Blick auf den Bildschirm zeigte einen Videoanruf von Seb. Seb war mein unglaublich attraktiver, schwuler Nachbar, der auf Thor, meinen übergewichtigen und derzeit auf Diät gesetzten British Shorthair Kater, und Bandit, meinen adoptierten Waschbären, aufpasste.

Ich nahm den Anruf an und eilte aus dem Café, um niemanden zu stören.

„Seb!", strahlte ich in den Bildschirm. „Wie läuft's? Ist alles in Ordnung?"

„Guten Morgen, Sonnenschein. Wie ist Chicago?", Seb strahlte mich an, seine weißen Zähne blendeten wie üblich.

„Lass mich sehen, lass mich sehen." Bandit kam für einen kurzen Moment ins Bild, wurde aber von Thor beiseite geschoben, dessen großer grauer Teddybärkopf den Bildschirm füllte.

„Wann kommst du nach Hause?", miaute er. „Ich sterbe hier. Seb versucht, mich zu Tode zu hungern!"

Ich schnaubte vor Lachen. Thor war auf Diät, wie vom Tierarzt angeordnet, und zu sagen, dass er dabei dramatisch war, wäre eine Untertreibung.

„Ich bin erst seit ein paar Stunden weg", beruhigte ich ihn. „Du verhungerst nicht und du stirbst schon gar nicht."

„Mama! Mama! Mama!", Bandit war zurück, kletterte auf Thors Rücken und drückte ihre Nase an den Bildschirm. Alles, was ich sehen konnte, waren Nasenlöcher.

„Hey, Bandit, vermisse dich‘, gurrte ich, und ich schwöre, sie wurde praktisch ohnmächtig, fiel um und rieb ihre Schnauze über Sebs ganzes Handy.

„Sie sind in Ordnung“, rief Seb halb über den Lärm. „Uns geht es gut. Ich weiß nicht, was Thor dir erzählt hat, aber er verhungert nicht, und es ist Trockenfutter in seiner Schüssel.“

„Lügen! Alles Lügen!“, brüllte Thor.

„Nein, Thor, schau mal.“ Bandit packte Thors Kopf mit beiden Pfoten und drehte ihn so, dass er auf die Futterschalen an der Hintertür blickte. Einen Moment lang hatte ich Angst, sie würde ihm den Kopf komplett abreißen. „Da ist Trockenfutter.“

„Oh!“ Thor hellte auf, sprang von der Küchentheke und tappte zum Futternapf hinüber. „Tatsächlich.“

„Du weißt, dass sie nicht auf der Arbeitsplatte sein sollen, Seb“, sagte ich, nachdem die beiden entschieden hatten, dass sie nicht in Lebensgefahr schwebten und der Hungertod nicht unmittelbar bevorstand.

„Ich dachte, wir könnten eine Ausnahme machen, während ich dich anrufe.“ Seb winkte meine Bedenken weg, aber was er nicht verstand: Jetzt, wo sie das grüne Licht hatten, dachten sie, es gelte für immer. Von nun an würde ich einen Kampf führen müssen, um sie von der Arbeitsplatte fernzuhalten, und Kade hatte so eine Sache mit Haustieren, die nicht auf Essensvorbereitungsflächen durften. Ich fand, dass er dieses Recht hatte, da er das meiste Kochen übernahm.

„Außerdem hast du andere Sorgen", fuhr Seb fort. Er lehnte das Handy gegen etwas auf der Arbeitsplatte und gestikulierte beim Sprechen. „Niemand Geringeres als die außergewöhnliche Rechtsanwaltsgehilfin, die einzigartige Amanda Fitzgerald, hat mich heute nicht nur zweimal angerufen, sie ist tatsächlich vorbeigekommen und hat mich mit ihrer Anwesenheit beehrt."

„Amanda ist vorbeigekommen? Warum?" Amanda war meine Schwägerin, verheiratet mit meinem Bruder Dustin, und sie hatten zwei entzückende Kinder, Madeline und Nathaniel. Amanda war umwerfend schön, klug und ein Schmerz in meinem Hintern. Sie versuchte ständig, meine tollpatschige Art zu *reparieren*. Ich wusste, dass ihre ständige Einmischung aus guten Absichten geschah, aber du lieber Himmel, sie konnte *zu viel* sein.

„Das wird dir nicht gefallen", sagte Seb dramatisch.

„Sag's mir einfach."

„Sie will dein Hochzeitsalbum."

Ich runzelte verwirrt die Stirn. „Mein Hochzeitsalbum? Ich bin noch nicht verheiratet. Ich habe kein Album."

„Nein, kein Fotoalbum. Einen Planer. Das Scrapbook, das Frauen erstellen, wenn sie ihre Traumhochzeit planen."

Ich blinzelte überrascht. „So was gibt's?"

Seb kicherte. „Ich wusste, dass du keins hast. Das habe ich Amanda auch gesagt. Es ist, als würde sie dich gar nicht kennen. Du bist das am wenigsten mädchenhafte Mädchen, das ich kenne. Sich vorzustellen, dass du deine Hochzeit seit deiner Kindheit planst, ist lächerlich. Nichts für ungut."

„Keine Beleidigung. Es stimmt ja. Aber selbst wenn ich so ein Hochzeitsplanungsalbumding hätte, wozu will sie es?"

Seb stieß einen tiefgefühlten Seufzer aus und machte Anführungszeichen in der Luft: „Sie hat Bedenken."

Ich stöhnte auf, und ein schweres Gefühl breitete sich in meinem Magen aus. Es war schon stressig genug zu heiraten, ohne sich mit Amandas Einmischung herumschlagen zu müssen. Deshalb hatte ich Seb als Hochzeitsplaner engagiert. Er war viel besser in diesen Dingen als ich, und ich war dankbar, ihn nicht nur als Nachbarn, sondern auch als Freund zu haben.

„Das kann ich mir denken", brummte ich. „Was ist es diesmal? Sie meint, ich sollte keinen Schleier tragen, weil ich ihn wahrscheinlich in Brand setzen würde? Ich kann kein weißes Kleid tragen, weil ich Wein darauf verschütten würde? Ich sollte meine Haare nicht hochstecken, weil mein Gesicht zu rund ist?"

Seb lachte schallend, fast gebeugt vor Lachen. „Alles davon", gluckste er, offensichtlich sehr amüsiert, aber dann wurde er ernst. „Sie sagt, dass sie glaubt, es sei in deinem besten Interesse, wenn sie das letzte Wort hätte."

„Das letzte Wort wobei?" Ich meine, es würde nicht passieren, aber ich war neugierig, was Amanda kontrollieren wollte.

„Bei allem!" Seb breitete seine Arme weit aus. „Das Kleid, die Torte, den Veranstaltungsort, die Dekorationen, den Fotografen, den Standesbeamten."

„Aber du bist der Standesbeamte", wies ich hin. „Das ist doch schon geregelt."

„Wir"—er zeigte von mir zu ihm—"wissen das beide, aber Amanda hat Schwierigkeiten zu akzeptieren, dass du nicht in einer Kirche mit einem Pfarrer heiraten wirst."

Ich zuckte mit den Schultern. „Das ist dann eben Pech. Hör zu, ignorier alles, was sie sagt. Sie hat überhaupt kein Mitspracherecht hierbei."

„Schätzchen, ich weiß das", versicherte mir Seb. „Ich wollte dir nur Bescheid geben, dass sobald die Katze aus dem Haus ist, die Maus vorbeikommt und anfängt, sich einzumischen."

Ich rieb mir die Nasenbrücke. „Tut mir leid, dass sie das macht." Ich wusste, wie nervig meine Schwägerin sein konnte, und das Schlimmste war, dass sie nicht so war, um gemein oder furchtbar zu sein. Es kam aus einem Ort der Liebe, und ich verstand das vollkommen. Aber das hieß nicht, dass es mir gefiel.

„Hey", protestierte Seb und beugte sich vor, sein Gesicht füllte den Bildschirm, „ich hab's dir nicht erzählt, um dich runterzuziehen. Ich wollte nur, dass du es weißt, das ist alles. Ich hab das im Griff. Wenn ich mit Dragqueens mit fehlenden Wimpern klarkomme, dann schaffe ich es auch, mit jemandem wie Amanda fertig zu werden – mit einer Hand auf dem Rücken und einem Martini in der anderen."

Dann erschauderte Seb und lehnte sich von

seinem Handy zurück. „Ich glaube, Ben ist hier. Ich kann ihn spüren."

Ben war der Geist meines besten Freundes. Er war der Anfang meiner verrückten Reise als Privatdetektivin gewesen, als ich mit seiner geisterhaften Hilfe seinen Mord aufgeklärt hatte. Ich hatte auch sein Haus, sein Geschäft und seinen Kater Thor geerbt. Die ganze Sache mit dem Sprechen und Verstehen von Tieren war eine weitere Kurve, mit der ich mich abfinden musste, und obwohl ich nicht vollständig verstand, wie das alles zustande gekommen war, dachten Ben und ich, dass es etwas mit der Vorliebe seiner früheren Nachbarin für Hexerei zu tun hatte.

„Ben?" Ich schaute über Sebs Schulter, konnte ihn aber nicht sehen. „Ben?" versuchte ich es erneut. Nichts. Ich seufzte. Ich wünschte, ich hätte ihm nicht gesagt, zu Hause zu bleiben. Er könnte mir mit Joyce helfen.

„Nein?" Seb unterbrach meine Gedanken. „Du kannst ihn nicht sehen? Ich bin sicher, er ist hier. Meine Haut kribbelt überall."

Ich schüttelte den Kopf. „Nein. Vielleicht ist er da, aber weil ich nicht dort bin, habe ich die Verbindung verloren."

Bevor ich noch etwas sagen konnte, füllte sich

der Bildschirm mit Rauschen. „Seb?“ Ich schüttelte mein Handy und hätte es fast fallen lassen, als Bens Stimme aus dem Lautsprecher kam. „Echt jetzt, Fitz? Du denkst, Schütteln wird das Problem lösen?“

„Ben!“ Ich lächelte, glücklich, seine Stimme zu hören. Sein Gesicht tauchte auf, aber es war verzerrt, verschwommen und verpixelt. „Ich kann dich kaum sehen.“

„Ja, das liegt daran, dass ich in Sebs Handy bin. Also, wie ist Chicago? Und was noch wichtiger ist, wie lief es mit den Eltern?“

„Oh Gott, Ben, du würdest es nicht glauben! Nur wenige Minuten nach dem Kennenlernen taucht ein Geist auf, nur dass ich nicht erkannt habe, dass sie ein Geist war. Ich dachte, sie sei eine Freundin oder Verwandte der Galloways, und hier bin ich, und unterhalte mich offen mit der Luft!“

„Wie haben sie es aufgenommen?“

„Überraschend gut“, gab ich mit einem wehmütigen Grinsen zu. „Sylvia Galloway steht auf alternative Sachen, Kristalle und Horoskope und so, und natürlich ist Dennis ein pensionierter Polizist, also war er ganz ›Wie ist diese Person gestorben? Wir müssen ermitteln‹, und bevor ich es wusste, waren alle vier von uns auf der Suche nach Joyces Leiche.“

Ben erstarrte. „Willst du mir sagen, Audrey Fitzgerald, dass du bei deiner Reise nach Chicago, um die Eltern deines Verlobten zum ersten Mal zu treffen, jetzt in eine Mordermittlung verwickelt bist?"

„Ist das schlimm?" flüsterte ich. Wenn er es so ausdrückte, klang es schlimm.

„Nun, ich schätze, solange du eine Bindung zu deinen zukünftigen Schwiegereltern aufbaust, spielt es keine Rolle wie ihr das macht."

„Wirklich?" fragte ich hoffnungsvoll. Ich war wegen des Kennenlernens total nervös gewesen, war beschämt, dass ich beim Gespräch mit einem Geist erwischt wurde, aber das Lösen des Mysteriums hinter Joyces Tod *war* tatsächlich eine gemeinschaftsfördernde Erfahrung.

„Audrey... was ist los? Seit wann brauchst du meine Zustimmung für irgendetwas, was du tust?" Ben war sowas von scharfsinnig. Wahrscheinlich, weil wir miteinander aufgewachsen waren. Er war mein bester Freund mein ganzes Leben lang gewesen. Und jetzt sein Nachleben.

„Nichts, es ist alles in Ordnung." Ich schüttelte den Kopf und platzte dann heraus: „Es ist nur der ganze Hochzeitskram. Amanda hat Seb belästigt und verlangt, dass sie das letzte Wort bei meinen

Vorbereitungen hat. Unseren Vorbereitungen“, verbesserte ich hastig, denn die Hochzeit drehte sich nicht nur um mich. Es war auch Kades besonderer Tag.

„Du machst dir Sorgen wegen Amanda?“ Die Art, wie er es sagte, ließ es klingen, als hätte ich Steine im Kopf. Er bestätigte das, indem er sagte: „Hast du Steine im Kopf? Von allen Dingen beunruhigen dich ihre Mätzchen am meisten? Fitz, reiß dich zusammen. Seb hat das im Griff – außer dass er es dir gesagt hat. Er hätte es für sich behalten sollen, weil du jetzt darüber grübelst – aber abgesehen davon weißt du, dass er hinter dir steht. Er wird nicht zulassen, dass sie irgendetwas zum Entgleisen bringt. Entspann dich einfach, genieße deine Zeit in Chicago, lerne deine Schwiegereltern kennen. Löse einen Mord, wenn du musst, aber hör auf, dir Sorgen zu machen, was zurück in Firefly Bay passiert. Das ist ein Befehl.“

„Jawohl, Sir!“ Ich kicherte. Mir war nicht klar gewesen, wie sehr ich das hören musste, bis Ben mir im Grunde sagte, ich solle meinen Kopf aus meinem Hintern ziehen und aufhören, mir Sorgen zu machen. „Na ja, ich sollte wohl zurückgehen. Wir haben schließlich einen Mord zu lösen.“

„Alles okay?", fragte Kade, als ich zurückkam.

Ich ließ mich zurück auf meinen Sitz gleiten und nickte. „Das Übliche. Thor glaubt, er wird ausgehungert, Bandit vermisst uns, und Seb hält die Hochzeitsfront in Schach."

Kades Augen verengten sich, da ihm mein Tonfall beim Erwähnen der Hochzeit nicht entging. „Was ist passiert?"

„Nichts. Nichts, worüber du dir Sorgen machen müsstest. Wo stehen wir jetzt mit unseren Ermittlungen?" Ich klebte ein Lächeln auf mein Gesicht und ignorierte den Blick, den Kade und seine Mutter austauschten. Mir ging es gut. Alles war in Ordnung.

Als die Gruppe schweigend blieb, verspürte ich einen wachsenden Drang, das Gespräch in eine andere Richtung zu lenken, weg von unserer bevorstehenden Hochzeit.

„Joyce hat übrigens vorhin etwas Interessantes erwähnt", begann ich, begierig darauf, den Fokus zu verlagern. „Offenbar haben sie und die Damen ein kleines Nebengeschäft am Laufen."

Dennis lehnte sich vor, seine Neugier geweckt. „Nebengeschäft?", fragte er, seine Augen leuchteten auf.

Ich hielt einen Moment inne, um meine Gedanken zu sammeln. „Nun, sie haben wirklich alle möglichen Dinge getan", erklärte ich. „Hauptsächlich haben sie den Bewohnern in der Pflegeabteilung der Einrichtung geholfen. Aber ich habe das Gefühl, da steckt mehr dahinter."

„Du glaubst, dass eine dieser Aktivitäten Joyce das Leben gekostet haben könnte?", fragte Kade mit hochgezogenen Augenbrauen. Ich wusste, es klang weit hergeholt, aber meine Gedanken kehrten immer wieder zu dem zurück, was Joyce mir vorhin erzählt hatte, über Margaret, die Diabetikerin, und ihre Sehnsucht nach Schokolade. Wenn Bewohner Medikamente tauschten und etwas schrecklich schiefgelaufen wäre, wäre es nicht abwegig, sich vorzustellen, dass jemand Joyce, Hazel und Sally dafür verantwortlich machte.

Bevor ich antworten konnte, leerte Dennis den Rest seines Kaffees und knallte seine Tasse auf den Tisch. „Also gut, lass uns loslegen!" Er machte Anstalten aufzustehen, aber ich hob eine Hand, um ihm zu signalisieren, dass er anhalten sollte.

„Moment mal", drängte ich. „Nicht so schnell. Wir müssen uns aufteilen und erobern. Hazel mag keine Männer. Sie wird sich eher mir und Sylvia öffnen und mit uns kooperieren als mit euch beiden."

„Was schlägst du vor?", fragte Kade.

Ich tippte einen Moment lang an meine Lippe und musterte Dennis. Jetzt, da er einen Moment Zeit zum Ausruhen gehabt hatte, sah er besser aus, klang definitiv munterer. „Dennis, als wir vorhin die Betriebsleiter getroffen haben, habt ihr beide eine kleine Diskussion darüber geführt, wie mit Todesfällen in Torres Place umgegangen wird. Kannst du dem nachgehen? Herausfinden, ob es andere verdächtige Todesfälle gegeben hat?" Ich wandte mich an Kade. „Ich dachte, du und dein Vater könnten dieser Spur nachgehen, während Sylvia und ich mit den Damen sprechen."

Dennis und Sylvia tauschten einen Blick aus, dann wandte Dennis seine Aufmerksamkeit wieder mir zu und öffnete den Mund, um zu sprechen, aber Kade kam ihm zuvor.

„Klar. Gegen etwas Vater-Sohn-Zeit hätte ich nichts einzuwenden. Wie sieht's bei dir aus, Dad?"

„Oh, nun—", polterte Dennis los, seine Wangen nahmen einen rötlichen Farbton an. Er räusperte sich und sagte: „Ja, das klingt gut."

Das war einer der Momente, in denen ich Ben vermisste. Ben hätte diesen seltsamen Austausch bemerkt und mir gesagt, worum es seiner Meinung nach ging. So wie die Dinge standen, hatte ich keine Ahnung, aber jetzt war keine Zeit, mir darüber Gedanken zu machen. Über Dennis' Schulter sah ich, wie Hazel und Sally sich vorbereiteten, das Café zu verlassen.

„Komm", sagte ich zu Sylvia. „Sie sind im Aufbruch. Ich will sie nicht verlieren."

„Oh, richtig!" Sylvia trank hastig aus, tupfte sich mit einer Serviette den Mund ab und gab ihrem Mann einen schnellen Kuss auf die Wange, bevor sie mir folgte, als ich Hazel und Sally hinterherhastete. Ich glaubte zu hören, wie Dennis sagte: „Ist sie immer so?", aber ich konnte mir nicht sicher sein.

Vielleicht projizierte ich. Vielleicht interpretierte ich den Blick, den er mit seiner Frau ausgetauscht hatte, völlig falsch.

Als wir um die Ecke bogen, kamen Hazel und Sally in Sicht, die sich an den Fahrstuhltüren unterhielten, die zum Ostflügel führten. Ich beschleunigte meinen Schritt, begierig darauf, sie einzuholen.

„Meine Damen", rief ich, als wir näher kamen. „Wir müssen reden."

Joyce, die bei ihren Freundinnen war, drehte sich um, um uns zu begrüßen, ein Lächeln breitete sich auf ihrem Gesicht aus. „Oh, hallo", sagte sie. „Ihr seid hier. Das ist großartig. Das gibt euch die Möglichkeit, Hazel und Sally besser kennenzulernen. Sie sind keine schlechten Menschen. Sie sind sehr liebe Freundinnen, die versucht haben, das Richtige für mich zu tun."

Ich nickte verständnisvoll, gab aber keine Antwort, als wir alle in den Fahrstuhl stiegen. Hazel drückte den Knopf für den sechsten Stock und warf mir einen schlauen Blick zu. „Wir haben Joyce nicht getötet, weißt du", sagte sie und verschränkte die Arme. „Warum sollten wir? Sie war unsere Freundin. Und ihr wisst nicht einmal, ob sie ermordet wurde.

Ihr ratet nur. Ich denke immer noch, sie hatte einen Herzinfarkt." Hazel hatte offensichtlich Zeit gehabt, über die Dinge nachzudenken.

„Hatte sie Herzprobleme?", fragte Sylvia. „Entschuldigung, wir wurden nicht richtig vorgestellt. Ich bin Sylvia Galloway. Mein Mann Dennis und ich sind vor kurzem ins Torres Place gezogen."

„Ich bin Sally." Sally hob ihre Hand zum Gruß. „Das ist Hazel. Wie gefällt es euch hier? Ich weiß, als ich hierher gezogen bin, war alles so anders, so fremd, aber ich hatte auch bei meiner Tochter und ihrer Familie gewohnt und, nun ja, es war gelinde gesagt ziemlich eng, aber dann wird Meghan natürlich wieder schwanger und sie brauchten mein Zimmer fürs Baby, also musste ich neu vermittelt werden."

Ich blinzelte überrascht. Neu vermittelt? Sally ließ es klingen, als wäre sie ein ausrangiertes Haustier.

„Eigentlich gefällt es uns hier sehr gut. Davor sind wir mit einem Wohnmobil durch Australien gereist, also nach dem Leben in einem Wohnmobil für länger, als ich zugeben möchte, ist das Wohnen in einer Wohnung geradezu luxuriös", sagte Sylvia.

„Sally", zischte Hazel und stieß ihrer Freundin in die Rippen. „Das ist kein Höflichkeitsbesuch. Sie sind hier, um nach Joyce zu fragen."

Sally runzelte die Stirn. „Was ist mit ihr?" Sie klang aufrichtig verwirrt, und ich fragte mich, ob Sally vielleicht an leichter Demenz litt.

Hazel verdrehte die Augen. „Sie denken, wir haben sie umgebracht. Habe ich Recht, meine Damen?"

„Eigentlich denke ich das überhaupt nicht", sagte ich etwas selbstgefällig. „Ehrlich gesagt wissen wir nicht, ob Joyce getötet wurde oder eines natürlichen Todes gestorben ist. Es gibt wirklich keine Hinweise auf ein Verbrechen, außer der Tatsache, dass ihr Geist hier ist. Ich hatte noch nie einen Geist, der auftaucht, wenn eine Person einfach nur gestorben ist. Sie kommen nur zu mir, wenn sie ermordet wurden."

„Dir ist schon klar, dass du wahnsinnig klingst, oder?" Hazel schaute auf mich herab, und ich zuckte mit den Schultern. Ich ging ein Risiko ein. Joyce hatte für ihre Freundinnen gebürgt, und ich machte das lange genug, um zu wissen, dass Hazel mir glaubte, obwohl sie nicht glauben wollte, dass Geister existieren. Ich dachte auch, dass Hazel entsetzt war über das, was mit Joyce passiert war, wie ihre große Geste, sie ein letztes Mal zum Golfen mitzunehmen, schrecklich schiefgegangen war, und jetzt steckte sie voller Prahlerei und Getöse, während sie gleichzeitig versuchte, mit ihren Emotionen klarzukommen. Ich verstand das. Mir ging es täglich so.

„Gehen wir von der Theorie aus, dass Joyce von einer oder mehreren unbekannten Personen getötet wurde." Ich ignorierte ihre Spitze. „Wen habt ihr heute Morgen gesehen? Mit wem hatte Joyce Kontakt?"

„Und gibt es jemanden, mit dem sie Streit hatte?" warf Sylvia ein. „Mit diesem Kauf-, Tausch- und Verkaufsunternehmen, das ihr hier habt, ist da etwas passiert? Hat Joyce jemanden verärgert? Jemanden verletzt – unbeabsichtigt natürlich."

Sally runzelte die Stirn. „Joyce würde nie jemandem wehtun!"

„Unbeabsichtigt, Sally." Hazel wandte sich ihrer Freundin zu. „Das bedeutet nicht mit Absicht."

„Ich weiß, was das bedeutet." Sally schnüffelte beleidigt.

Der Aufzug klingelte und die Türen glitten auf. „Ihr könnt genauso gut zu mir kommen", lud Hazel uns wenig gnädig ein, als sie aus dem Fahrstuhl trat. „Ich habe Snacks."

„Hey, ich habe auch Snacks", protestierte Sally und folgte ihr hinaus.

„Ja, aber deine Snacks sind ungenießbar." Hazel schaute nicht zurück, und Sylvia und ich trotteten hinter ihr her, während wir zuhörten, wie die beiden Frauen über Sallys Snacks stritten. Anscheinend backte sie sie selbst, und es klang, als wären Sallys Backkünste auf einer Stufe mit meinen. Nicht vorhanden.

„Hazel hat recht", sagte Joyce in mein Ohr. „Du würdest Sallys Snacks nicht mal deinem Hund zu fressen geben. Aber Gott segne sie, sie versucht es immer wieder. Und wieder. Und wieder. Wenn mich etwas umbringen würde, dann wäre es einer ihrer Snacks."

Ich hörte auf zu gehen, wobei Hazel, Sally und Sylvia nicht bemerkten, dass ich zurückgeblieben war. „Natürlich", flüsterte ich und drehte mich zu Joyce um, die bei mir stehen geblieben war. „Du musst vergiftet worden sein. Ich hatte nicht wirklich darüber nachgedacht, wie du getötet wurdest, aber Gift ergibt vollkommen Sinn. Du wurdest weder erstochen, erschossen noch erdrosselt. Das war ein Mord aus Gelegenheit. Jemand hat dir etwas untergeschoben."

„Audrey?" Sylvia rief meinen Namen. Sie stand in

der offenen Tür von dem, was ich für Hazels Wohnung hielt, die anderen waren nicht mehr zu sehen. „Ist alles in Ordnung?"

„Ich komme."

„Es war nicht Sally." Joyce packte meinen Arm, als ich mich beeilte aufzuholen. „Ich esse ihre Snacks nicht, weil die dich umbringen könnten. Es sei denn, ich habe Selbstmord begangen? Oh mein Gott, habe ich das getan?"

Ich warf ihr einen Blick zu. „Nein, Joyce, ich glaube nicht, dass du dir das Leben genommen hast. Und ich glaube auch nicht, dass Sally dich getötet hat. Oder Hazel. Wenn eine deiner Freundinnen dahinterstecken würde, hätten sie dich im Café gelassen und nicht zum Golfplatz für eine letzte große Nummer mitgenommen."

„Oh, gut. Alles klar. Lass uns dann meinen Mörder schnappen.

„Alles in Ordnung?", fragte Sylvia und führte mich in Hazels Wohnung.

„Hatte nur ein kurzes Gespräch mit Joyce." Mein Mund verzog sich zu einem angespannten Lächeln, das meine Augen nicht erreichte. Es fühlte sich irgendwie seltsam an, mit Kades Mutter über meine Fähigkeit, mit Geistern zu sprechen, zu reden. Meine eigene Mutter wusste nicht einmal davon, und seltsamerweise fühlte es sich wie ein Verrat an, obwohl ich nicht ganz verstand, warum ich so empfand.

Hazels Wohnung war direkt aus den Siebzigern. Oder vielleicht aus den Achtzigern, aber auf jeden Fall war sie *speziell*. Rattanmöbel mit Palmenbaum-Kissen, dazu passende Palmenvorhänge und ein grüner Flokati vor dem beigen Sofa. Dazu der obligatorische Sessel an der besten Stelle zum Fernsehen.

„Wow", flüsterte ich. Der Grundriss ähnelte dem der Galloway-Wohnung. Offener Grundriss. Eine kleine Küchenzeile wurde dominiert von einer olivgrünen Arbeitsplatte und einer senfgelben Fliesenrückwand mit dekorativen Sonnenblumenfliesen dazwischen, ein Essbereich mit einem runden Glastisch auf einem Rattansockel und Strohuntersetzer vor jedem Stuhl. Die Aussicht war anders. Während die Wohnung der Galloways auf den Lake Michigan blickte, schaute Hazels auf das Museum auf der gegenüberliegenden Straßenseite.

„Oh, ich liebe es", schwärmte Sylvia. „Sehr Florida-mäßig."

„Es war schon so, als ich es gekauft habe", sagte

Hazel trocken. „Bin nie dazu gekommen, es neu einzurichten."

„Ha!", bellte Joyce und ließ mich zusammenzucken. „Lass dich nicht von ihr täuschen. Sie liebt die Einrichtung. Sogar diese verdammte Palmenbaumtapete. Ich meine, wenn dieser Ort mir gehören würde, würde ich alles rausreißen und von vorne anfangen. Hazel behauptet, sie hätte nicht die Mittel, aber ich weiß, dass sie ein sehr gesundes Bankkonto hat. Sie gibt einfach nicht gerne Geld aus."

„Wo ist Joyces Wohnung?", fragte ich. „Wohnt sie in der Nähe?"

„Sie ist nebenan. Ich bin in der Mitte. Sally ist auf der anderen Seite."

„Oh, ihr seid Nachbarn. Habt ihr euch so kennengelernt?", fragte Sylvia und machte es sich auf dem Sofa bequem.

„Joyce und ich sind zur gleichen Zeit eingezogen und wurden schnell Freundinnen", sagte Sally und setzte sich neben Sylvia. „Hazel ist ein paar Jahre später eingezogen."

„Sie haben mich in ihre Freundschaft hineingezogen, ob ich wollte oder nicht", sagte Hazel trocken.

„Und es war das Beste, was ihr je passiert ist",

fügte Joyce hinzu. „Sie war einsam, bis sie uns getroffen hat."

„Habt ihr einen Schlüssel? Ich würde mich gerne umsehen.

„Du glaubst, es gibt einen Hinweis in meiner Wohnung?", fragte Joyce.

„Warum?", Hazel verengte ihre Augen, ihr Rücken versteifte sich.

Ich seufzte und schüttelte den Kopf. „Schaut, ich werde nichts mitnehmen. Ich habe eine Theorie."

„Lass hören." Hazel forderte mich mit einer Geste auf fortzufahren. Sie war definitiv eine harte Nuss.

„Ich glaube, Joyce wurde vergiftet."

Sally keuchte und schlug die Hände vor die Wangen. „Und du denkst, das Gift ist in Joyces Wohnung?"

Hazel verdrehte die Augen und stieß einen tiefen Seufzer aus. „Nein, Sally. Offensichtlich wird der Mörder keine große Flasche Gift für uns zum Finden dalassen. Nein, ich glaube, was Audrey sagt, ist, dass der Mörder etwas in Joyces Wohnung vergiftet haben könnte. Etwas, das sie gegessen oder getrunken hat."

„Oder womit sie irgendwie in Kontakt gekommen ist", fügte ich hinzu.

„Angenommen, sie wurde vergiftet", warf Sylvia ein.

„Angenommen, ja", stimmte ich zu. Es war nur eine Theorie. „Wenn Dennis' Freund das Gerichtsmedizinische Büro dazu bringen kann, einen toxikologischen Bericht zu beschleunigen, dann werden wir es mit Sicherheit wissen."

KAPITEL 7

„Joyce", zischte ich und hielt einen zerknüllten Zettel in meiner Hand. „Warum hast du mir nichts davon erzählt?"

„Das ist nichts", wies sie mit einer Handbewegung ab und war stattdessen damit beschäftigt, mit ihren Fingern über die Möbel in ihrer Wohnung zu streichen, die in starkem Kontrast zu Hazels stand. Anstelle von Palmendruck und Schattierungen von Grün und Orange war Joyces Einrichtung in sanftem Weiß gehalten, mit natürlichen Fasern, sehr erdig. Das gefiel mir.

Hazel hatte widerwillig zugestimmt, dass es keine schlechte Idee sei, Joyces Wohnung nach giftigen Substanzen zu durchsuchen, und hier waren wir nun alle und durchstöberten ihre Habseligkeiten. Ich hatte befürchtet, dass Joyce gegen diese Verletzung ihrer Privatsphäre protestieren würde, aber sie schien davon fasziniert zu sein, verschiedene Gegenstände zu berühren und aufzuheben, was sie natürlich nicht konnte, weil sie ein Geist war.

„Was ist das?", fragte Sylvia und eilte zu mir herüber. Sie hatte Bücher aus Joyces Bücherregal gezogen und geschüttelt, um zu sehen, ob etwas herausfiel. Ich hatte nicht das Herz, ihr zu sagen, dass ich stark bezweifelte, dass die Bücher die Quelle des Gifts waren.

„Es ist ein Brief von Jay Perry, in dem er rechtliche Schritte androht", sagte ich. Ich hatte ihn zerknüllt im Papierkorb neben der schmalen Kommode im Esszimmer von Joyce gefunden.

„Was?" Hazel stürmte herüber und riss mir den zerknitterten Brief aus der Hand, überflog schweigend den Inhalt. Fassungslos hob sie den Kopf, ihre Hand sank an ihre Seite, der Brief flatterte aus ihren Fingern und fiel lautlos auf den Teppich. „Sie hat nie ein Wort davon gesagt."

„Ich wollte euch nicht beunruhigen", sagte Joyce.

„Sie wollte euch nicht beunruhigen", gab ich die Nachricht automatisch weiter.

„Außerdem ist nichts daraus geworden. Jay hat sich beruhigt, und es ist nie etwas passiert.“

„Er hat dich beschuldigt, seine Mutter getötet zu haben. Bitte sag mir, dass seine Mutter nicht Margaret heißt, die Diabetikerin, für die du Schokolade gekauft hast“, sagte ich.

„Es war *zuckerfrei*“, betonte sie und zuckte mit den Schultern. „Und tatsächlich, ja. Ja, seine Mutter war Margaret, die Diabetikerin, für die *wir* die Schokolade gekauft haben.“ Sie zeigte auf Hazel und Sally.

„Was sagt sie?“, fragte Hazel mit zu schmalen Schlitzen verengten Augen.

„Sie sagt, dass Jay sich beruhigt hat und dass das hier“ – ich bückte mich und hob den Brief auf – „alles wieder verschwunden ist. Dass Jays Mutter Margaret war. Sie war Diabetikerin und ihr habt ihr Schokolade gekauft.“

„Zuckerfrei“, sagten Hazel und Sally gleichzeitig.

Mein Kinn sank auf meine Brust, während ich über die Konsequenzen nachdachte, die sich daraus ergaben. Diese Frauen hatten Schokolade für eine bekannte Diabetikerin gekauft, die anschließend gestorben war. Ihr Sohn hatte offensichtlich davon Wind bekommen und mit einer Klage gedroht. „Woher wusste er, dass du involviert warst?“, fragte ich Joyce. Denn der Brief war nur an sie allein adressiert.

Sie zuckte mit den Schultern. „Ich habe es ihm natürlich gesagt. Nachdem Margaret verstorben war. Ich ging, um nach ihr zu sehen, aber sie hielten mich an ihrer Tür auf, sagten, sie sei verstorben, und dann kam er – Jay – zur Tür und fragte, ob ich seine Mutter kenne, ob wir Freunde seien. Ich sagte ihm, dass wir es waren und dass ich ihr Schokolade gekauft hatte und hoffte, dass sie sie genossen hatte, weißt du, ein letztes kleines Stückchen Glück, bevor sie durch die Himmelspforte schritt."

„Was sagt sie?", fragte Hazel.

„Sie sagte, sie hat Jay erzählt, dass sie seiner Mutter die Schokolade gekauft hat."

„Joyce!" Hazel warf die Hände in die Luft. „Wie oft muss ich dir sagen? Was wir tun, ist ein *Geheimnis!*"

Joyce zuckte zusammen. „Tut mir leid."

„Sie sagt, es tut ihr leid", wiederholte ich pflichtbewusst. „Warum ist es ein Geheimnis?"

„Weil uns manche Leute Geld geben", platzte Sally heraus.

Hazel drehte sich auf dem Absatz um und funkelte ihre Freundin an. „Halt den Mund", zischte sie.

„Okay, okay." Ich winkte den Frauen zu, still zu sein. „Meine Damen, ich brauche jetzt klare Worte von euch. Wir glauben, eure Freundin wurde *ermordet*. Das ist kein Zeitpunkt, um Geheimnisse zu bewahren. Ich kann gar nicht genug betonen, wie wichtig es ist, dass ihr mir sagt, was vor sich geht. Wer hat euch Geld bezahlt und wofür?"

Hazel presste ihre Lippen zusammen und verschränkte die Arme, der Inbegriff von Sturheit. Sally brach wie ein Kartenhaus beim leisesten Windhauch zusammen.

„Es gibt einen boomenden Markt für Viagra für die Männer und Valium für die Frauen", sagte Sally. „Wir haben ein ziemlich gutes Netzwerk von... Quellen aufgebaut."

„Was sie damit sagen will", fuhr Joyce fort, „ist, dass Leute, die ein Rezept für solche Dinge haben, sie aber nicht mehr brauchen, uns erlauben, die Medikamente von ihnen zu kaufen, und wir verkaufen sie dann an jeden weiter, der Bedarf hat."

„Oh mein Gott! Ihr seid Drogendealer?" Ich meine, ich hätte nicht überrascht sein sollen, aber ernsthaft, wer hätte das gedacht? Diese drei Frauen in ihren Siebzigern verkaufen Viagra und Valium?

Hazel und Sally tauschten einen Blick aus, sagten aber kein Wort. Sylvia, die mit gespannter

Aufmerksamkeit zugehört hatte, platzte schließlich heraus: „Wie unternehmerisch. Findest du nicht auch, Audrey?"

„Das ist auf jeden Fall eine Bezeichnung dafür", sagte ich. „Also, was ist passiert?"

„Nichts", bellte Hazel. „Absolut nichts ist passiert. Business as usual."

„Niemand ist gestorben? Niemand ist krank geworden? Ihr seid nicht aufgeflogen?"

„Nein." Diesmal antworteten alle drei.

Ich begann auf und ab zu gehen, während ich diese neueste Information verdaute. Joyce hatte einen bedrohlichen Brief bezüglich Margarets Tod erhalten, aber das war nicht im Zusammenhang mit Drogen gewesen, sondern mit Schokolade. Ich blieb mitten im Schritt stehen. „Joyce, du hast Margaret doch keine Drogen verkauft, oder?"

„Eigentlich war sie eine von denen, von denen wir sie gekauft haben. Valium. Die Ärzte haben sie vor ein paar Jahren darauf gesetzt, aber sie sagte, sie möge es nicht, sie zu nehmen. Sie fühlte sich ganz benebelt und schwindelig davon und konnte nicht klar denken, also tat sie so, als würde sie sie nehmen, und versteckte sie dann in ihrem Nachttisch. Wir haben angeboten, sie ihr abzunehmen."

„Ihr habt Valium gegen Schokolade getauscht?" Meine Augen müssen hervorgetreten sein.

„Zuckerfreie."

„Was sagt sie?" Sylvia packte meinen Arm, begierig, mehr zu erfahren.

„Sie sagt, dass Margaret eine ihrer Lieferantinnen war." Ich musterte Hazel und Sally. „Meine Damen, das muss aufhören. Es ist gefährlich. Medikamente wie diese müssen überwacht werden, und ihr gebt sie einfach so heraus. Es ist ein Wunder, dass ihr noch niemanden umgebracht habt!"

„Aber–" begann Sally, doch ich unterbrach sie.

„Das hört auf. Jetzt. Entweder ihr beendet es, oder ich rufe die Behörden an, und es wird Konsequenzen geben, die euch vielleicht nicht gefallen." Ich wollte sie wirklich nicht verpfeifen, aber ich würde es tun, wenn es sein müsste. Was sie taten, war unbesonnen und gefährlich.

Hazel presste ihre Lippen zusammen, ihre Zunge fuhr über ihre Zähne, während sie mich anfunkelte. Sie wusste, dass ich recht hatte, aber es fiel ihr verdammt schwer, das zuzugeben.

„Hazel?" drängte ich. „Sind wir uns einig? Der Drogenhandel muss aufhören."

Ihre Lippen wurden so schmal, dass sie verschwanden. „Na gut."

„Gib mir deinen Vorrat. Und sag mir nicht, dass du keinen hast." Diese kleinen alten Damen hatten sich ein nettes Angebot-und-Nachfrage-Geschäft aufgebaut, und um die Nachfrage zu befriedigen, mussten sie den Vorrat haben. Sally schaute Hazel mit großen Augen an und kaute auf ihrer Lippe. Ich glaubte nicht, dass Sally den Vorrat hatte. Sie war zu leicht zu knacken. Was nur Hazel oder Joyce übrig ließ.

„Joyce? Bewahrst du sie hier auf?"

Joyce war in die Küche geschlendert und versuchte, den Kühlschrank zu öffnen. „Was ist, Liebes?" fragte sie geistesabwesend, dann schüttelte sie den Kopf. „Nein. Hazel verwaltet den Bestand. Ich übernehme die Lieferungen."

„Und was macht Sally?"

„Oh, sie kümmert sich um das Geld." Joyce zuckte mit den Schultern. „Sally wird schnell verwirrt. Hat Donald einmal Valium statt Viagra gegeben, und der arme Mann ist auf seiner Verabredung eingeschlafen. Auf der positiven Seite hat er zwölf Stunden durchgeschlafen und erklärt, dass er nie besser geschlafen hätte. Sally ist zwar vergesslich, aber sie hat ein Händchen für Zahlen."

„Lass mich das klarstellen", sagte ich in den Raum hinein. „Hazel kontrolliert den Bestand, Joyce ist für den Vertrieb zuständig und Sally kümmert sich um das Geld. Richtig?"

Sally nickte, und Hazel schlug ihr auf den Arm.

„Au!" jammerte Sally. „Wofür war das denn?"

„Hör auf, ihr alles zu erzählen!" jammerte Hazel.

„Tu ich doch gar nicht!" protestierte Sally. „Joyce ist es. Oder vielleicht ist Audrey einfach schlau und hat es selbst herausgefunden."

„Meine Damen, meine Damen, meine Damen." Sylvia drängte sich zwischen die beiden streitenden Frauen. „Beruhigt euch. Die Wahrheit ist, dass das, was ihr getan habt, illegal ist. Ihr könnt euch glücklich schätzen, dass Audrey und ich hier sind und nicht mein Sohn, der ein echter Polizeidetektiv ist. Er hätte keine andere Wahl, als euch zu verhaften. Und das wollen wir nicht. Oder, Audrey?"

„Nein, das wollen wir nicht. Wir sind hier, um herauszufinden, was mit Joyce passiert ist."

„Und mir scheint, es ist höchst wahrscheinlich, dass ihr Tod mit diesem kleinen Drogengeschäft zusammenhängt, das ihr am Laufen habt. Es wäre also in eurem Interesse, die Wahrheit zu sagen und uns helfen zu lassen", schloss Sylvia.

„Siehst du?" schnaufte Sally. „Manchmal, Hazel, musst du Menschen helfen lassen."

„Hazel hat Vertrauensprobleme." Joyce gab es auf,

den Kühlschrank zu öffnen. „Hauptsächlich wegen der drei Ex-Ehemänner. Alles Versager." Sie wandte sich an ihre Freundin. „Komm schon, Hazel, hol den Vorrat. Wir hatten eine gute Zeit, solange es gedauert hat, aber jetzt ist Schluss."

„Joyce sagt, du sollst den Vorrat holen", sagte ich. „Sie sagt, das Spiel ist aus."

„Na gut!" Hazel warf die Hände in die Luft und drehte sich weg. „Kommt schon mit."

„Sylvia, ist es okay, wenn du dich darum kümmerst? Ich möchte die Durchsuchung von Joyce' Wohnung beenden."

Sie sah schockiert aus. „Oh. Okay, sicher. Ähm, was mache ich mit den Drogen?"

„Nimm sie mit in deine Wohnung. Diskret. Wir werden dann entscheiden, was wir damit machen." Ich wollte vor den anderen nicht sagen, dass ich durchaus vorhatte, Kade und seinem Vater zu erzählen, was diese Frauen getrieben hatten. Aber zuerst mussten wir die Drogen aus ihren Händen bekommen und ordnungsgemäß entsorgen.

Nachdem die drei gegangen waren, machte ich mich ernsthaft daran, Joyce' Wohnung zu durchsuchen. Die Hilfe meiner zukünftigen Schwiegermutter, Sally und Hazel war eher hinderlich als nützlich gewesen, aber jetzt, da ich die

Wohnung für mich allein hatte, konnte ich die Sache viel schneller erledigen.

„Wenn Joyce vergiftet wurde", sagte ich zu mir selbst, „wäre der einfachste Weg, etwas in ihr Essen oder Trinken zu mischen." Ich ging in die Küche, öffnete den Kühlschrank und begann, an allem zu schnüffeln, was bereits geöffnet worden war. „Aber sie hat hier nicht gefrühstückt", flüsterte ich, während ich die Milch zurück in die Tür stellte. „Was war deine Morgenroutine, Joyce?"

Nur war Joyce nicht da. Sie war mit den anderen gegangen und hatte mich zurückgelassen, damit ich das selbst herausfinde. „Okay, Audrey. Du schaffst das. Wenn du Joyce wärst, was wäre das Erste, was du morgens nach dem Aufstehen tun würdest?"

Pinkeln. Ich ließ den Kühlschrank stehen und ging ins Badezimmer. Der Waschtisch war mit Kosmetik und Hautpflegeprodukten bedeckt. War eines davon manipuliert worden? Vielleicht wurde das Gift nicht eingenommen, sondern war äußerlich aufgetragen worden? Es wäre so viel einfacher, wenn ich genau wüsste, wonach ich suche. Ich öffnete Gläser und schraubte Deckel ab und schnupperte daran. Unmöglich zu erkennen, ob etwas Gefährliches über den parfümierten Duft ihrer Cremes und Lotionen hinzugefügt worden war, und ich war nicht so dumm, die Cremes auszuprobieren und mich versehentlich selbst zu vergiften.

Das Geräusch eines Schlüssels im Schloss, gefolgt vom Öffnen der Haustür, ließ mich erstarren. Jemand war da, und ich würde gleich beim Schnüffeln erwischt werden. Entsetzt sah ich mich nach einem Versteck um. Die Auswahlmöglichkeiten im Badezimmer waren begrenzt. Mit hämmerndem Herzen glitt ich hinter die Tür und hoffte, dass derjenige, der da war, das Badezimmer nicht benutzen musste.

Mit angehaltenem Atem lauschte ich. Ich konnte gedämpfte Fußschritte hören, während sich die Person, die Joyces Wohnung betreten hatte, bewegte. Vor Neugier brennend, wagte ich es nicht, meinen Kopf hinauszustrecken, falls ich erwischt würde. Wer war da draußen? Ihre Familie? Ich hatte Joyce nicht nach ihrer Familie gefragt, aber ich hatte in ihrer Wohnung eingerahmte Fotos von Joyce und einer jüngeren Version von ihr gesehen – ihrer Tochter, wie ich vermutete. Vielleicht war ihre Tochter hier?

Die Fußschritte kamen näher. Sie waren jetzt im Schlafzimmer, und da die Badezimmertür angelehnt war, wagte ich einen Blick. Es war nicht Joyces

Tochter. Es war ein Mann. Ein Mann in einem marineblauen Anzug. Ich beobachtete, wie er in Joyces Nachttisch herumwühlte. Er fluchte, knallte die Schublade zu, und als er sich gleichzeitig umdrehte und aufrichtete, erkannte ich sein Gesicht. Paul Wilson durchsuchte Joyces Sachen!

Ich muss laut nach Luft geschnappt haben, denn er drehte sich in meine Richtung, und ich presste eine Hand auf meinen Mund und drückte meinen Rücken an die Wand. Ich zog den Bauch ein und versuchte, mit der Gipskartonplatte zu verschmelzen. Seine Schritte führten zum Badezimmer, und ich kniff die Augen zusammen. Er hatte mich gesehen. Ich erstarrte und dachte, ich sei auf frischer Tat ertappt worden. Aber zu meiner Überraschung riss er die Tür nicht auf und zerrte mich nicht an den Haaren heraus.

Stattdessen durchsuchte er den Waschtisch, öffnete und schloss Schubladen und Schranktüren. „Wo hast du es hingelegt, du einmischende alte Sch —" Sein Telefon klingelte, und ich wäre fast aus der Haut gefahren.

„Wilson", bellte er. „Ja, okay. Ich bin in der Waschküche. Sag ihm, ich bin in zehn Minuten da." Als er auflegte, fluchte er wie ein Rohrspatz, die Worte, die aus seinem Mund kamen, waren so übel, dass ich sagen muss, ich war verblüfft. Ich meine, ich kannte selbst ein paar Schimpfwörter, aber Paul Wilson erweiterte meinen Wortschatz auf eine Weise, die ich nicht für möglich gehalten hätte.

Er stürmte aus dem Badezimmer und stieß die Tür im Vorbeigehen auf. Sie prallte gegen meine Nase. Ich tat mein Bestes, um das verzerrte Stöhnen zu unterdrücken, während der Schmerz in meinem Gesicht explodierte, und hoffte, er würde denken, die Tür sei von der Wand und nicht von jemandem abgeprallt, der sich dahinter versteckte. Es war eine ganz neue Stufe der Qual. Jeder Atemzug fühlte sich an, als würde ich Feuer einatmen, und jede Bewegung ließ meine Augen wie einen kaputten Wasserhahn strömen.

Ich hätte mir keine Sorgen machen müssen. Er bemerkte es überhaupt nicht, hielt nicht inne, zögerte nicht. Die Wohnungstür knallte zu, und langsam schlich ich aus meinem Versteck hervor, während Blut auf mein Hemd tropfte und mein Herzschlag durch meine zweifellos gebrochene Nase pochte.

KAPITEL 8

„Was ist mit deinem Gesicht passiert? Eine berechtigte Frage, wenn man bedenkt, dass ich mit einem Knäuel Taschentücher in jedem Nasenloch und Blutflecken auf meinem Hemd in die Wohnung der Galloways zurückgekehrt war. Mein Gesicht *pochte*. Es pochte im Rhythmus meines Herzschlags; es pochte bei jedem Schritt, den ich machte. Es pochte einfach. Ich hatte nie zuvor wirklich verstanden, was Pochen bedeutet, aber jetzt tat ich es. Null Sterne. Nicht zu empfehlen.

„Glaubst du, sie ist gebrochen?" Ich schaute zu Kade auf, der mich ungläubig anstarrte, während er die Tür für mich offenhielt.

„Äh, ja!" Er nickte heftig, dann fasste er sich, nahm meinen Arm und führte mich in die Wohnung. „Bist du okay? Was ist passiert?"

Als sie die Besorgnis in der Stimme ihres Sohnes hörte, kam Sylvia zu uns in den schmalen Eingangsbereich.

Sie keuchte auf. „Was ist mit Ihrem Gesicht passiert?"

„Tür", antwortete ich.

„Tür?", echoten sie.

„Ich wurde von einer Tür ins Gesicht getroffen." Ich zuckte mit den Schultern. „Wenn es euch nichts ausmacht, würde ich mich gerne säubern."

„Schatz, ich glaube, du musst zu einem Arzt." Kade, der seinen ersten Schock überwunden hatte, war ganz besorgt.

„Ich glaube, wenn ich so in einer Arztpraxis auftauchen würde, würde ich die Patienten erschrecken", scherzte ich. „Lass mich erst mal sauber machen und den Schaden begutachten." Ich versuchte, vor Sylvia tapfer zu sein. „Schatz, könntest du mir ein frisches Hemd aus meiner Tasche holen?"

Kade ignorierte mich. „Mom, hast du irgendwo Tylenol? Advil?"

„Natürlich!" Sylvia eilte davon, während Kade mir ins Badezimmer folgte und hinter mir stand, während ich mich im Spiegel betrachtete. Meine Güte, diese Tür hatte mich wie eine Abrissbirne getroffen und mir eine Nase hinterlassen, die aussah, als hätte sie einen rechten Haken von Mike Tyson abbekommen. Sie war geschwollen, und unter meinen Augen bildeten sich dunkle Blutergüsse. Wenn ich niesen würde, wäre es wie eine Konfettikanone aus Blut und Rotz. Besser nicht niesen.

„Es ist okay. Schau, sie ist noch gerade. Ich glaube nicht, dass sie gebrochen ist." Ich würde allerdings nicht daran herumdrücken, um das herauszufinden.

„Audrey", knurrte Kade, Frustration strahlte in Wellen von ihm aus. „Du brauchst ärztliche Hilfe."

Ich drehte mich um und streckte mich, um sein Gesicht in meine Handflächen zu nehmen. „Schatz." Ich versuchte, meiner Stimme einen so beruhigenden Klang wie möglich zu geben, was schwieriger war als erwartet, wegen meiner Mundatmungssituation. „Du vergisst, dass das für mich normal ist. Ich bin die tollpatschigste Person, die du kennst, erinnerst du dich? Beulen und blaue Flecken sind Teil des Spiels." Ich würgte ein Lachen heraus. „Teil des Spiels! Verstehst du? Ein Golfwortspiel."

„Oh ha, ha. Entschuldige, dass ich nicht lache, während du hier mit einer gebrochenen Nase stehst, die du nicht zugeben willst", brummte er.

Ich ließ meine Hände sinken und starrte ihn an. „Was soll dieser Ton?"

„Welcher Ton?"

„Dieser Ton! Dieser patzige Ton. Der mit dem Vorwurf. Glaubst du, ich habe *das* mit Absicht gemacht?" Ich zeigte auf mein Gesicht, mein Zorn stieg an, um seinem zu entsprechen. Ich verstand nicht, warum er sauer auf mich war. Verdammt, ich stoße ständig gegen Dinge, falle hin, verletze mich in irgendeiner Form. Es sollte keine Überraschung sein zu erfahren, dass mich eine Tür ins Gesicht getroffen hat.

Er starrte mich noch eine Sekunde lang an, bevor er den Kopf schüttelte. „Tut mir leid. Du hast recht, da war ein Ton."

„Geht es *dir* gut?" Ich drehte mich zurück zum Spiegel und beobachtete sein Spiegelbild, wie er seine Hände auf meine Schultern legte, sein Gesicht mit Sorgenfalten gezeichnet. Er war so, seit wir angekommen waren, seit er selbst gesehen hatte, wie sich die Gesundheit seines Vaters verschlechtert hatte.

„Kade, geht es dir gut?" wiederholte ich und legte meine Hand auf seine, wo sie auf meiner Schulter ruhte. Ich fühlte mich schlecht, dass ich seine Sorgen noch vermehrte.

Er begegnete meinem Blick im Spiegel, und ich sah den Schmerz und die Sorge in seinen Augen. „Ich hatte nicht gemerkt, wie schlimm Dads Bein ist. Er hat ständig Schmerzen. Ich mache mir einfach Sorgen, weißt du?"

Ich nickte und spürte, wie sich ein Kloß in meinem Hals bildete. Kades Vater war immer ein starker und unabhängiger Mann gewesen, aber jetzt konnte er ohne Stock nicht gehen, und Mobilität war eindeutig ein Problem. Ich konnte mir nur vorstellen, wie schwer es für Kade war, seinen Vater so zu sehen.

„Gibt es etwas, womit ich helfen kann?" fragte ich.

Kade schüttelte seinen Kopf. „Nein, schon gut. Es war einfach ein Schock. Mama hat mich gewarnt, dass sein Bein ihm Probleme bereitet, dass er langsamer machen müsste und sie ihren Lebensstil deshalb anpassen würden. Ich dachte, ich wäre vorbereitet."

Ich drehte mich um und umarmte ihn, spürte, wie sein Körper sich anspannte, bevor er in meine Umarmung entspannte. „Er wird in Ordnung sein. Er ist zäh", flüsterte ich.

Kade löste sich, wischte einen Blutfleck von meiner Wange. „Ja, ich weiß. Danke, Audrey. Ich weiß nicht, was ich ohne dich tun würde."

Ich schenkte ihm ein beruhigendes Lächeln. „Du musst nichts alleine machen. Ich bin für dich da, immer."

Kade nickte, das Funkeln kehrte in seine Augen zurück. „Ich weiß. Und ich bin dankbar dafür. Nun" – er beugte sich hinunter und gab mir einen Kuss auf die Stirn – „um meinen besorgten Geist zu beruhigen, wie wäre es, wenn wir dich von einem medizinischen Fachmann untersuchen lassen, hmm?"

Ich verengte meine Augen, eine Bewegung, die mehr schmerzte, als ich zugeben wollte. „War das ein Trick? Um mich dazu zu bringen, einen Arzt aufzusuchen?"

Er täuschte einen verletzten Gesichtsausdruck vor, bevor er grinste, ein absolut, köstlich verschmitztes Grinsen. „Wenn es einer war, hat es funktioniert?"

„Hundertprozentig", gestand ich, ein wenig überrascht.

„Übrigens." Er griff um mich herum, um einen Waschlappen zu nehmen, hielt ihn unter den Wasserhahn und drückte das überschüssige Wasser aus. „Es war kein Trick. Ich entschuldige mich für den schnippischen Ton und die allgemeine Griesgrämigkeit. Ich schätze, heute wurde ich gezwungen, mich der Tatsache zu stellen, dass meine Eltern alt werden. Es war eine Offenbarung." So sanft wie möglich begann er, das Blut um meine Nase und mein Kinn zu reinigen, während ich wie ein Kind dastand und darüber nachdachte, was Paul Wilson in Joyces Wohnung gemacht hatte.

„Hier!" Sylvia kam zurück mit Tylenol und einem Kühlpack. Ich hätte sie küssen können.

„Danke." Ich schluckte das Tylenol und drückte vorsichtig das Kühlpack auf mein Gesicht. „Hast du Hazels und Sallys Vorrat bekommen?"

„Oh ja. Ich habe sie Dennis gegeben, und er macht gerade einen Anruf."

„Wie viel Ärger haben sie?" fragte ich Kade.

„Nun, sie werden hier nicht ungeschoren davonkommen, aber wer weiß? Es könnte ein Klaps auf die Hand sein oder etwas Strengeres."

„Können wir sie nicht raushalten? Sagen, dass

wir die Drogen gefunden haben?" Ich wusste, dass wir das nicht konnten. Was die Frauen getan hatten, war gefährlich, und wenn sie nicht von selbst aufhören würden, dann müssten wir sie stoppen. Trotzdem wollte ich nicht, dass sie verhaftet werden.

„Audrey." Kade seufzte, und ich wusste, dass eine Standpauke bevorstand.

Ich kam ihm zuvor. „Vielleicht können wir jetzt zu diesem Arzt gehen? Nachsehen, ob die wirklich gebrochen ist oder nicht?" Ich nahm das Kühlpack von meiner pochenden Nase und betrachtete mein Spiegelbild noch einmal. Keine Besserung.

Meine Nase war nicht gebrochen. Sie war allerdings stark geprellt, und ich würde für ein paar Tage mindestens zwei blaue Augen zu meiner geschwollenen Nase tragen. Wir hatten gerade die Notfallpraxis verlassen und waren auf dem Weg zum Aufzug, als Kade sagte: „Erzähl mir noch einmal, wie das passiert ist. Du sagtest, eine Tür hat dich getroffen?"

„Also, ich durchsuchte Joyces Wohnung. Ich habe die Theorie, dass sie vergiftet wurde, also dachte ich, ein schneller Blick in ihre Wohnung könnte etwas ans Licht bringen."

„Und, hat es das?"

„Kein Gift. Nun, nichts, was ich leicht identifizieren könnte." Ich zuckte mit den Schultern. „Aber ich habe etwas Interessantes gefunden. Einen Brief von diesem Typen namens Jay Perry, der mit rechtlichen Schritten gegen Joyce drohte. Er beschuldigte sie, für den Tod seiner Mutter verantwortlich zu sein."

„Wow!" Kade hörte auf zu laufen. „Was zum..."

„Ich weiß!" Ich nickte ein bisschen zu heftig, Schmerzwellen schossen durch mein Gesicht. „Ich dachte auch, ich wäre einer Sache auf der Spur. Aber Joyce sagte, es sei nichts, es habe sich alles erledigt, und er würde sie nicht verklagen."

„Warum dachte er überhaupt, sie wäre darin verwickelt?"

„Ich nehme an, deine Mutter hat dich über die Machenschaften von Joyce, Hazel und Sally informiert? Nur dass es nicht nur Viagra und Valium war. Es war alles Mögliche. Offensichtlich waren die Drogen für die Vintage Vixens am lukrativsten, aber sie waren diejenigen, an die man sich wandte, wenn man etwas wollte, das man nicht selbst bekommen konnte."

„Die Vintage Vixens?"

„Das habe ich mir ausgedacht", gestand ich. „Ich finde, sie brauchen einen Namen, weißt du? Also jedenfalls, Jays Mutter, Margaret, ist Diabetikerin, und sie wollte Schokolade."

„Sag mir nicht, dass sie einer Diabetikerin Schokolade gegeben haben."

„Es war zuckerfrei."

„Und ich vermute, dieser Jay-Kerl hat davon Wind bekommen?"

„Anscheinend hat Joyce es ihm selbst erzählt. Aber sie sagte mir, dass alles geklärt sei, dass die Klage fallen gelassen wurde – vermutlich, weil sie entdeckten, dass Margaret nicht an einer Schokoladenüberdosis gestorben ist. Gibt es so was überhaupt? Ich meine, als Art zu sterben wäre das gar nicht so schlecht."

„Audrey."

„Stimmt. Also, jedenfalls habe ich in Joyces Wohnung herumgeschnüffelt, als das alles ans Licht kam. Hazel, Sally und deine Mutter waren auch da. Da haben wir vom Drogenaspekt ihrer Operation erfahren. Joyce war die Kurierin, Hazel kümmerte sich um den Bestand, und Sally verwaltete das Geld. Also habe ich sie losgeschickt, um den Bestand zu holen und ihn zu dir und deinem Vater zu bringen."

„Und wo passt die Tür in das alles? Denn ja, ich weiß, dass du tollpatschig bist und über nichts stolpern kannst, aber nie zuvor bist du in eine geschlossene Tür gelaufen. Ich finde das schwer zu glauben."

„Es gibt einen Grund, warum du Detektiv bist." Ich versuchte zu zwinkern, aber mit meinen halb geschwollenen Augen war es nicht gerade meine beste Leistung.

„Audrey."

Ich hatte das Gefühl, seine Geduld heute auf die Probe zu stellen, also hakte ich meinen Arm bei ihm ein, drängte uns zum Aufzug und setzte meine Geschichte fort.

„Ich war in Joyces Badezimmer und überlegte, ob das Gift äußerlich angewendet worden war – diese Frau hat eine Menge Gesichtscremes und Zaubertränke – als ich hörte, wie die Haustür aufging. Es gibt nicht viele Verstecke in einem Badezimmer, und auch nicht viel Zeit, also quetschte ich mich hinter die Badezimmertür und hoffte, dass wer auch immer es war, nicht die Toilette benutzen müsste."

„Ahhh." Ich konnte sehen, dass er es begriffen hatte. Er wusste, worauf das hinauslief, aber ich war in Fahrt und wollte meine Geschichte zu Ende erzählen.

„Jedenfalls, der Typ, der hereinkam und anfing, Joyces Wohnung zu durchsuchen? Es war Paul Wilson! Er suchte nach etwas Bestimmtem und fluchte wie verrückt – Kade, er benutzte Wörter, die einen Seemann erröten lassen würden – aber als er im Bad den Waschtisch durchsuchte, bekam er einen Anruf. Er schien richtig wütend zu sein und stürmte hinaus, und als er das Badezimmer verließ, stieß er die Tür –"

„Hinter der du dich versteckt hast."

„Hinter der ich mich versteckt hatte. Und natürlich konnte ich ihn nicht sehen, also rechnete ich nicht damit, dass er die Tür stoßen würde, also knallte sie mir ins Gesicht."

„Oh, Schatz." Er kippte mein Kinn hoch, um mein blau geschlagenes und ramponiertes Gesicht zu untersuchen. „Er hat dich gut erwischt."

„Die Frage ist", fuhr ich fort, „wonach hat er gesucht?"

„Warum fragst du nicht Joyce?"

„Weil ich sie nicht mehr gesehen habe, seit die Frauen losgegangen sind, um die Drogen zu holen und zu euren Eltern zu bringen."

„Ich denke, es wird Zeit für einen weiteren Besuch.“

„Wie lief es bei dir und deinem Vater?“ fragte ich. „Ihr wolltet doch ein bisschen ermitteln, mehr über andere Todesfälle auf dem Gelände herausfinden?“

„Wir haben nicht viel herausgefunden. Wie erwartet wurden wir ziemlich schnell abgeblockt, als wir im Verwaltungsbüro ankamen und anfingen, Fragen zu stellen. Datenschutzgesetze und all das – und bevor du fragst, das liegt außerhalb meiner Zuständigkeit. Dass ich ein Detektiv aus Firefly Bay bin, hat nicht viel Gewicht.“

„Verstehe.“

„Papa zieht ein paar Gefallen ein“, fügte Kade hinzu. „Wenn hier etwas Unlauteres vor sich geht, werden wir es bald wissen.“

Ich kaute auf meiner Lippe, ein nagendes Gefühl in meiner Magengegend machte mich krank. „Ich hatte einen schrecklichen Gedanken“, flüsterte ich. „Was, wenn Joyce irgendwie herausgefunden hat, dass der Chef selbst beteiligt war, dass er unerklärliche Todesfälle vertuscht hat, und vielleicht ist sie auf ihn zugegangen – sie scheint dieser Typ Mensch zu sein, der nicht zweimal nachdenken würde, bevor er den Mund aufmacht. Und was, wenn er sie getötet hat, um sie zum Schweigen zu bringen? Und dann durchsuchte er ihr Zimmer nach irgendwelchen Beweisen, die sie gehabt haben könnte, nur um doppelt sicherzugehen, dass alles verschwindet."

„Das ist eine Theorie", stimmte Kade zu. „Aber wir haben keine Beweise, und was ist das Eine, was du in der PI-Schule gelernt hast?"

„Folge den Beweisen."

„Folge den Beweisen", wiederholte er.

KAPITEL 9

Kade hämmerte an Hazels Tür, genau wie ein Polizist. Laut und hart.

„Was zum Teufel willst du denn jetzt?", bellte Hazel und riss die Tür mit einem Schnauben auf.

„Entschuldige die Störung", entschuldigte ich mich sofort. Ihre Aufmerksamkeit wanderte von Kade zu mir, wobei sie einen komischen Doppelblick hinlegte.

„Himmel, Arsch und Zwirn!", rief Hazel und konnte ihren Schock nicht verbergen. „Was in aller Welt ist mit deinem Gesicht passiert?"

Ich zuckte zusammen, als ich automatisch meine empfindliche Nase berührte. „Oh, nur ein kleines Missgeschick mit einer Tür", sagte ich achselzuckend.

Hazel schüttelte ungläubig den Kopf. „Also, ich will Meier heißen", murmelte sie. „Ich hätte nie gedacht, dass eine Tür so etwas anrichten kann."

Ich lachte schwach und verspürte einen Anflug von Verlegenheit wegen meiner geschwollenen Nase und den blauen Augen. „Es ist nicht so schlimm, nur ein paar Blutergüsse", sagte ich.

Hazel nickte mitfühlend und konnte ihren Blick immer noch nicht von meinen Blutergüssen abwenden. „Das ist das größte blaue Auge, das ich gesehen habe, seit der alte Zeke '54 einen Kampf mit einer Ziege hatte."

„Dürfen wir reinkommen?", fragte Kade.

„Hör mal, Schätzchen, ich schätze euren Besuch, aber seht ihr nicht, dass ich versuche, meine Serien zu genießen?" Hazel deutete auf ihren Fernseher.

„Wissen Sie, dass Sie in ernsthaften Schwierigkeiten stecken?", sagte Kade. „Sie sehen sich Anklage wegen eines Verbrechens vierten Grades für die Verbreitung von Valium gegenüber."

Schweißperlen bildeten sich auf Hazels Stirn, und ihr Gesicht wurde aschfahl. Sie kämpfte darum, tief Luft zu holen, als wäre die Luft plötzlich dick und schwer geworden.

„Kade", ermahnte ich ihn, trat vor und nahm den

Arm der älteren Frau, um sie zu ihrem Sessel zu führen. „Du machst ihr Angst."

Kade folgte und schloss die Tür hinter sich. „Gut so", murmelte er. „Sie sollte Angst haben. Was sie da gemacht haben, war leichtsinnig. Valium verändert die Gehirnfunktion. Alles Mögliche hätte passieren können. Es ist ein Wunder, dass nichts passiert ist."

„Wir wussten es nicht", flüsterte Hazel. „Wir dachten, wir tun etwas Gutes."

Kade stieß einen frustrierten Seufzer aus. „Valium ist ein verschreibungspflichtiges Medikament. Die Verwendung von Valium einer anderen Person ist illegal, genauso wie der Verkauf überschüssiger Mengen. Der Besitz großer Mengen deutet auf die Absicht zum Verteilen hin, was die härtesten rechtlichen Strafen nach sich zieht."

Ich hockte mich vor Hazel. „Wie viel Valium hattest du, Hazel? In deinem Vorrat?"

„Moment, ich hole mein Buch." Sie kämpfte sich aus ihrem Stuhl, und Kade sah alarmiert aus.

„Was?", zischte ich. „Was ist los?"

„Sie haben es dokumentiert?", fragte er Hazel.

Sie nickte. „Ich bin für die Bestandsführung zuständig."

Kade fuhr sich mit den Fingern durchs Haar.

„Das kann ich nicht hören", presste er hervor. „Sie bringen mich in eine kompromittierte Position."

Ich war verwirrt. Wovon redete er? Eine kompromittierte Position?

Er erklärte es mir. „Wenn Hazel mir zeigt, dass sie ein Hauptbuch über ein- und ausgehende Valium-Lieferungen führt, beweist das ihre Absicht, ein kontrolliertes Betäubungsmittel der Stufe IV zu verteilen. Jedes Argument, das sie—*sie alle*—vorbringen könnten, dass sie unschuldige alte Damen sind, die nicht wussten, was sie taten, wäre damit völlig entkräftet."

„Ahhhh." Der Groschen fiel. Kade wusste, dass ich die Frauen nicht in Schwierigkeiten bringen wollte, und er tat sein Bestes, um dieses ganze Durcheinander auf der richtigen Seite des Gesetzes zu halten, aber gleichzeitig zu verhindern, dass zwei alte Damen den Rest ihrer Tage im Gefängnis verbringen. „Am besten wartest du draußen. Vielleicht schaust du mal nach deinem Vater?", schlug ich vor.

„Ich denke, das werde ich tatsächlich tun." Er drehte sich auf dem Absatz um und stürmte mit steifem Rücken aus der Wohnung.

„Er scheint wütend zu sein", bemerkte Hazel.

„Das Zuknallen der Tür hat es verraten, was?"

„Nur ein bisschen. Also, willst du dieses Tagebuch jetzt sehen oder nicht?"

Ich schüttelte den Kopf. „Nein. Du musst es loswerden, Hazel. Also, zerstören. Zu hundert Prozent vernichten, sodass es nie wiederhergestellt werden kann." Kade hatte Recht. Wenn Hazel und Sally vor Gericht landen würden und ich als Zeugin aufgerufen würde, müsste ich die Wahrheit sagen. Viel besser, wenn ich das Tagebuch gar nicht erst sehe. „Hatte Joyce irgendetwas, das sie mit eurer Operation in Verbindung bringen könnte? Und Sally?"

„Nun, Sally hat sich um das Geld gekümmert, also ja, ich vermute, sie hat eine laufende Bilanz darüber geführt, wo wir standen."

„Sie muss das loswerden." Ich konnte nicht glauben, dass ich diesen Frauen riet, Beweise zu vernichten. „Wer wusste noch von eurer Operation?"

„Die Leute, die uns ihre Pillen gegeben haben, und die Leute, die sie gekauft haben, nehme ich an." Hazel hatte sich von ihrem Schock erholt, als Verbrecherin bezeichnet zu werden, und war wieder in der Defensive, ihr Ton war gereizt. „Ihr macht das alle zu einer riesigen Drogenhandel-Lasterhöhle, dabei war es nichts dergleichen. Ein paar Pillen haben ab und zu den Besitzer gewechselt, das ist alles. Ich verstehe nicht, was das große Problem ist."

„Das große Problem ist, dass jemand, mit dem ihr Geschäfte gemacht habt, Joyce umgebracht haben könnte."

„Ich glaube nicht, dass es einer unserer Lieferanten oder Kunden war. Alle waren mehr als zufrieden mit der Vereinbarung. Wir hatten keine Beschwerden und keine unzufriedenen Kunden. Warum sollte man die Gans töten, die goldene Eier legt?"

„Das müssen wir herausfinden. Was kannst du mir über Paul Wilson sagen? Was hatte Joyce gegen ihn in der Hand?"

Hazel legte den Kopf schief. „Was meinst du damit, was sie gegen ihn in der Hand hatte?"

„Nachdem du Joyces Wohnung verlassen hast, tauchte Paul auf und hat nach etwas gesucht. Wusste er von eurem Pillentauschprogramm? War er Teil davon?"

Hazel lachte bellend auf. „So dumm sind wir nicht. Nein, er wusste nichts davon. Und ich habe keine Ahnung, warum er in Joyces Wohnung herumsuchen würde. Darf er das überhaupt?"

„Ich glaube nicht, dass du mit dem Finger auf andere zeigen solltest", wies ich sie darauf hin.

„Fairer Einwand." Hazel machte Anstalten, in Richtung ihres Schlafzimmers zu gehen. „Willst du dieses Tagebuch jetzt oder nicht? Denn wenn nicht, dann solltest du besser verschwinden."

„Richtig!" Ich winkte ihr zum Abschied und ging hinaus. Joyce war nicht in Hazels Wohnung gewesen, was bedeutete, sie musste bei Sally sein. Ein paar schnelle Schritte und ich klopfte an Sallys Tür. Ich konnte ihren Fernseher im Hintergrund hören, also musste sie zu Hause sein. Ich klopfte noch einmal, lauter.

„Oh, hallo Audrey", rief Sally halb über den Klang des Fernsehers hinweg.

„Kann ich reinkommen?" rief ich zurück.

Sally ließ mich eintreten und schloss die Tür hinter mir. „Was ist mit deinem Gesicht passiert?"

„Zusammenstoß mit einer Tür."

„Hey, Audrey", rief Joyce von der Ecke des Sofas, wo sie auf Kissen aufgestützt saß und kaum die Augen vom Fernseher nahm. „Ich will nicht unhöflich sein, Liebes, aber wir haben in fünf Minuten ein heißes Date mit *Matlock*, also musst du dich kurz fassen." Dann fokussierten sich ihre Augen auf mein Gesicht, und ihr Kiefer klappte herunter. „Heilige...", sie brach ab, ihre Augen verengten sich zu bloßen Schlitzen, und sie hob sich vom Sofa hoch. „Wer hat dir das angetan? Das war besser nicht dieser Mann von dir. Ich bin vielleicht klein und ich bin vielleicht alt, aber das heißt nicht, dass ich ihm nicht den Hintern versohlen kann.“

„Du bist auch tot“, bemerkte ich und winkte ihr, sich wieder hinzusetzen. „Entspann dich. Kade würde mir nie wehtun. Nein, das war alles einer Tür zu verdanken. Deiner Badezimmertür, um genau zu sein.“

Sie runzelte verwirrt die Stirn. „Meine Badezimmertür? Wovon redest du überhaupt, Kind?“

„Erinnerst du dich daran, wie wir deine Wohnung durchsucht haben? Nun, nachdem du weg warst, tauchte Paul Wilson auf.

„Klein-Willy Wilson ist aufgetaucht?“ wiederholte Joyce, sichtlich verwirrt. „Was wollte er denn?

„Ich habe ihn nicht direkt gefragt. Ich habe mich hinter deiner Badezimmertür versteckt. Aber er suchte nach etwas, Joyce. Und er hat geflucht. Ziemlich viel.

„Das klingt typisch.“ Sie brummte unzufrieden, verschränkte die Arme vor der Brust und senkte das Kinn mit einem finsteren Blick.

„Wonach hat er gesucht?

„Ich weiß es nicht!" Sie verschränkte die Arme noch fester. Sie log. Ich wusste nicht, woher ich das wusste, ich wusste es einfach.

Kopfschüttelnd ließ ich mich neben ihr auf das Sofa sinken und sagte leise: „Joyce, wie soll ich dir helfen, wenn du nicht ehrlich zu mir bist?"

„Hält sie was zurück?" fragte Sally, während sie es sich in ihrem Sessel bequem machte, die Fernbedienung in der Hand.

Ich hatte irgendwie vergessen, dass sie da war, und wandte mich ihr zu. „Hast du eine Ahnung, wonach Paul in Joyces Wohnung gesucht hat?"

„Ich dachte immer, er hat es auf Joyce abgesehen", sagte Sally. „Als ob er einen Rachefeldzug gegen sie führen würde oder so. Nicht dass es Joyce gestört hätte. An ihr ist das abgeprallt wie Wasser vom Rücken einer Ente. Sie hat ihn geneckt und ihn Klein-Willy Wilson genannt – ins Gesicht – und ihn bei jeder Gelegenheit respektlos behandelt."

Während Sally sprach, beobachtete ich Joyce, die zu dem nickte, was ihre Freundin sagte. „Es stimmt."

„Also, ihr zwei... was? Mochtet euch einfach nicht?"

Joyce zuckte mit den Schultern, also wandte ich mich wieder Sally zu. „Warum hat Joyce ihn absichtlich provoziert? Weißt du das?"

„Weißt du", Sally blickte aus dem Fenster. „Ich bin mir nicht wirklich sicher. Ich meine, Joyce konnte ziemlich direkt sein, ein bisschen verletzend, wenn sie sich gekränkt fühlte. Also vielleicht hat er sie versehentlich beleidigt, und von dem Tag an mochte sie ihn einfach nicht mehr?"

„Reine Spekulation", schnauzte Joyce. „Und wie üblich liegt Sally falsch. Hör zu, wenn du es wirklich wissen willst, es passierte vor einer Weile, als Ethel Springs gestorben ist."

„War ihr Tod verdächtig?"

„Wessen Tod?" fragte Sally.

„Ethel Springs."

„Oh, sie war diese liebenswürdige Frau, die früher am Broadway auftrat. Sie hatte die schönsten Kleider und Schmuckstücke." Sallys Hände flatterten zu ihrem Hals. „Und sie konnte singen! Junge, sie konnte einen Song raushauen."

„Sie war berühmt?" fragte ich.

„Ja." Sally nickte, während Joyce den Kopf schüttelte und sagte: „Nein."

Joyce verdrehte die Augen. „Ethel war nicht die Hauptdarstellerin, für die Sally sie hält, aber um ihr gerecht zu werden, sie war in West Side Story und Hello Dolly."

„Am Broadway? In den Sechzigern?" keuchte ich.

„Jap." Joyce nickte, als ob sie mit sich selbst zufrieden wäre. „Sie war eine Nebendarstellerin. Sie sagte, sie sei die Zweitbesetzung für Anita in West Side Story gewesen – schien verärgert zu sein, dass die Rolle an Chita Rivera gegangen war."

„Im Ernst? Das ist unglaublich! Aber der Name Ethel Springs klingelt bei mir leider nicht."

„Das liegt daran, dass sie unter ihrem Künstlernamen auftrat. Lila Grace."

„Und was hat das mit Paul Wilson zu tun? Waren sie verwandt oder so?"

Joyce schnaubte. „Oder so was in der Art. Jedenfalls besorgte ich Ethel immer Nagellack. Sie war eine wirklich stilvolle Dame, und ihr Erscheinungsbild war ihr sehr wichtig. Ihr Lieblingsnagellack ging verloren, also bat sie mich, ihr noch welchen zu besorgen. Was ich nicht wusste, war, dass sie zwischen ihrer Bitte um den Nagellack und meiner Besorgung im Schlaf verstorben war. Als ich also eines Nachmittags ankam, um ihn zu liefern, wen glaubst du, habe ich in ihrem Zimmer vorgefunden?"

„Wer?

„Paul Wilson!

„Was hat er gemacht?

„Er trug eines ihrer Kleider, ein gelbes mit

Pailletten besetztes Teil mit Tüll ohne Ende. Ich war es gewohnt, anzuklopfen und reinzukommen, also hab ich genau das getan und da stand er, drehte sich vor ihrem Spiegel und bewunderte sich in ihrem Kleid.

Ich blinzelte sprachlos. „Was hast du getan?"

„Ich habe natürlich ein Foto geschossen", kicherte Joyce. „Es war ein Glücksfall, dass ich überhaupt meine Kamera dabei hatte. Der alte Ray, direkt den Gang runter von Ethel, wollte ein paar Fotos von seinem Zimmer für seine Familie. Ich wollte ihn besuchen, nachdem ich Ethel ihren Nagellack gebracht hatte.

Da fiel alles an seinen Platz. „Das ist es, wonach Paul gesucht hat. Das Foto! Du hast ihn erpresst?"

„Nennt man es Erpressung, wenn kein Geld den Besitzer wechselt?", fragte sie verschmitzt.

„Was hat denn stattdessen den Besitzer gewechselt? Bitte sag mir nicht, dass es Drogen waren.

„Pah, natürlich nicht! Nein, der kleine Willy Wilson war mein Handlanger. Ich musste nicht mehr herumlaufen, um zuckerfreie Schokolade oder den richtigen Pinkton für Nagellack zu finden.

„Lass mich das richtig verstehen. Paul Wilson hat zugestimmt, all das Zeug zu beschaffen, das die

Bewohner wollten. Er gab es dir, und du hast es den Bewohnern geliefert, als hättest du es selbst besorgt? Und dem hat er zugestimmt? Alles nur, weil du ihn in einem von Ethel Springs' Kleidern erwischt hast?

„Er hat was?", keuchte Sally. Wieder einmal hatte ich vergessen, dass sie da war.

„Wo ist dieses Foto jetzt?", fragte ich Joyce.

Sie zuckte mit den Schultern. „Wahrscheinlich noch immer auf dem Film in meiner Kamera."

„Film... willst du damit sagen, dass A) deine Kamera so alt ist, dass sie noch Film benutzt, und B) du ihn nie entwickeln lassen hast?

„Ich war nie ein Fan von diesem neumodischen digitalen Quatsch. Und wenn ihr nichts dagegen habt, *Matlock* fängt gleich an. Pssst."

„Aber was ist mit Rays Fotos? Hast du nicht gesagt, dass du deine Kamera an dem Tag mitgenommen hast, um Fotos von seinem Zimmer zu machen?

„Hat den Mut verloren, nachdem Ethel verstorben war. Meinte, wir würden es ein andermal machen, aber dazu kam es nie."

„Wo ist deine Kamera?" Ich war ziemlich sicher, dass Paul noch nicht fertig war mit der Durchsuchung von Joyces Zimmer, und wenn er über ihre Kamera stolperte und merkte, dass da noch Film drin war, könnte er zwei und zwei zusammenzählen.

„Was sagst du?", fragte Sally und hielt sich eine Hand ans Ohr. „Du suchst nach Joyces Kamera, Liebes? Ich glaube, die hab ich hier irgendwo."

Ich konnte meine Überraschung nicht verbergen. „*Du* hast sie?" An Joyce gewandt sagte ich: „Warum hat Sally sie?"

„Klar. Lass mich sie schnell für dich holen, Schätzchen", sagte Sally und erhob sich aus ihrem Sessel.

„Ich hab sie ihr zur Aufbewahrung gegeben, weil ich dachte, dass so etwas passieren könnte", erklärte Joyce. „Paul, der herumschnüffelt", stellte sie klar. „Nicht, dass er ermordet wird."

„Wusste Paul von dem Valium und Viagra?", fragte ich zum millionsten Mal.

„Natürlich nicht", schnaubte Joyce. „Ich bin nicht blöd. Soweit er wusste, hat er Sachen für mich besorgt. Er wusste nicht, dass ich sie weitergab."

Ich verengte die Augen zu Schlitzen. „Du musst einen hübschen Gewinn gemacht haben."

Joyce wies mich mit einer Handbewegung ab. „Wozu brauche ich Geld? Ich habe hier alles, was ich brauche." Sie log. Das Verkrampfen ihrer Hände und die Art, wie ihre Augen meinen Blick mieden, verrieten mir, dass sie log.

Ich beugte mich vor und legte eine Hand auf ihr Knie, wobei ich den eisigen Schauer bei der Berührung ignorierte. „Joyce, ich brauche deine ehrliche Antwort. Wenn ich herausfinden soll, wer dich umgebracht hat, muss ich alles wissen."

„Es gibt nichts zu erzählen." Und damit verschwand sie. Einen Moment war sie da, im nächsten fort.

„Hier bin ich, Liebes." Sally kam mit einer Müslipackung aus der Küche zurück.

„Oh, tut mir leid, nein. Ich habe keinen Hunger. Danke, Sally."

„Nein, Dummerchen." Sally kicherte. „Die Kamera ist hier drin." Sie reichte mir die Schachtel, und ich schaute hinein. Tatsächlich lag dort eine schwarze Canon-Kamera in der Packung.

Ich zog sie heraus, hielt sie in meiner Hand und betrachtete sie erstaunt. „Wow", murmelte ich. „So eine habe ich seit meiner Kindheit nicht mehr gesehen." Ich drehte sie in meinen Händen und merkte, dass ich keine Ahnung hatte, wie sie funktionierte.

Sally griff nach meiner Hand und hielt mich davon ab, einen Knopf auf der Rückseite zu drücken.

„Das würde ich nicht tun, Liebes. Damit öffnest du die Rückseite der Kamera und belichtst den Film."

„Ist das nicht genau das, was wir wollen? Den Film herausholen?"

„Nein, du musst zuerst den Film zu Ende belichten und zurückspulen, damit er sicher in dem kleinen Behälter ist, sodass er nicht dem Licht ausgesetzt wird, wenn du die Rückseite öffnest."

„Das wäre schlecht?"

Sie nickte. „Wenn du einen Film dem Licht aussetzt, löscht es alles, was darauf ist. Es wird quasi gelöscht."

Ich drehte die Kamera weiter in meinen Händen und bemerkte eine kleine Zahl, die 18 anzeigte. „Ist das die Anzahl der Fotos, die sie gemacht hat? Achtzehn?"

„Genau."

„Wie viele hat sie noch übrig?"

„Normalerweise kauft man eine Filmrolle, die entweder vierundzwanzig oder sechsunddreißig Bilder aufnehmen kann."

„Deshalb hat sie den Film nie entwickeln lassen. Weil sie erst halb durch war."

„Das nehme ich an." Sally ließ sich wieder in ihren Sessel zurücksinken.

„Und du fandest es nicht seltsam, dass Joyce dich

gebeten hat, ihre Kamera zu verstecken? Hat sie dir gesagt, warum?"

Sally warf mir einen kurzen Blick zu, bevor sie ihre Aufmerksamkeit wieder dem Fernseher zuwandte, wo gerade der Vorspann von *Matlock* lief. „Wer weiß? Joyce heckte immer irgendwas aus, aber diesmal vermutete ich, dass sie nicht wollte, dass ihr Schwiegersohn die Hände darauf legt."

Ich zuckte überrascht zusammen. „Ihr Schwiegersohn? Warum? Hat sie etwa auch kompromittierende Fotos von ihm?"

„Was? Nein!" Sally wedelte mit der Hand, damit ich still sei. „Ein paar Sachen waren aus ihrer Wohnung verschwunden. Eine Vase, die ein paar hundert Dollar wert war. Ein gelbes Tastentelefon, das sie aus irgendeinem Grund aufbewahrt hatte. Eines Tages erwischte sie ihn dabei, wie er in ihrer Schmuckschatulle wühlte. Stellte sich heraus, dass er von ihr gestohlen und die Sachen verpfändet hatte. Behauptete, er bräuchte das Geld."

„Ist das so?"

„Finde selbst hinaus, Liebes', deutete Sally alles andere als subtil an, während sie die Fernbedienung nahm und die Lautstärke erhöhte.

„Perfektes Timing, Audrey." Sylvia hielt mir die Tür auf. Ich war direkt zum Apartment der Galloways zurückgerannt, mit Joyces Kamera fest in meiner Hand und einem wachsamen Auge für Paul Wilson. Nicht dass er wissen würde, dass es Joyces Kamera war, selbst wenn er mich gesehen hätte, aber ich war mir nicht sicher, ob ich ihn mit dem Wissen, das ich nun hatte, noch genauso ansehen könnte.

„Oh?" Ich trat ein und warf einen letzten verstohlenen Blick über meine Schulter, bevor ich die Tür hinter mir fest schloss.

„Ja. Dennis hat gerade einen Anruf von seinem Freund bekommen. Sie haben den toxikologischen Bericht über Joyce zurückbekommen.

Mein Herz raste. Das war es. Der Moment der Wahrheit. Wenn Joyce vergiftet worden war, was ich vermutete, würde der toxikologische Bericht es beweisen.

„Und?", drängte ich.

„Ich lasse Dennis es dir selbst erzählen." Sylvia tätschelte meinen Arm. „Ich möchte ihm nicht die Show stehlen. Er genießt das wirklich.

Wir bogen um die Ecke in den Wohnbereich. Dennis saß am Esstisch, Kade stand an den Fenstern und blickte auf die Aussicht.

„Sie haben nicht übertrieben!", sagte Dennis. „Diese Tür hat dich ordentlich erwischt."

Ich hatte fast vergessen, dass mein Gesicht momentan dem eines Schwergewichtsboxers ähnelte, aber Dennis' Reaktion brachte es mir zehnfach in Erinnerung. „Ich höre, du hast Neuigkeiten?" Ich setzte mich ihm gegenüber und legte die Kamera auf den Tisch.

„Was ist das?", fragte er.

„Du zuerst."

Kade drehte sich beim Klang meiner Stimme um und setzte sich zu uns, gab mir einen Kuss auf den Scheitel, als er sich auf den Stuhl neben mir niederließ.

„Bei Joyce Harrison wurden hohe Werte von

Tetrahydrozolin in ihrem System gefunden", sagte Dennis und faltete die Hände auf der Tischplatte. „Tetrahydrozolin ist ein Medikament, das in rezeptfreien Augentropfen und Nasensprays vorkommt, was harmlos genug klingt, aber wenn es eingenommen wird – mit Nahrung oder Getränken – kann es tödlich sein. Was in Joyces Fall zutraf. Du hattest Recht, Audrey. Sie wurde ermordet."

Normalerweise hörte ich gerne, wenn ich Recht hatte, aber in diesem Fall nicht so sehr. „Augentropfen, sagst du?"

Dennis nickte. „Und Nasensprays. Beides leicht zu beschaffen."

Ich zermarterte mir das Hirn und versuchte mich zu erinnern, ob ich eines dieser Dinge in Joyces Wohnung gesehen hatte, aber ehrlich gesagt, hatte ich nicht gewusst, wonach ich suchen sollte, also war es durchaus möglich, dass ich darüber hinweggesehen hatte.

„Du bist dran." Dennis klopfte auf den Tisch. „Was hat es mit der Kamera auf sich?"

„Es stellt sich heraus, dass Joyce ein kompromittierendes Foto von Paul Wilson hat. Sie erledigte einen Auftrag für eine Bewohnerin, Ethel Springs. Aber als sie bei Ethels Zimmer ankam, um die Sachen zu liefern, war diese verstorben. Aber

Paul Wilson war dort. Er trug eines von Ethels Kleidern.“

„Ein Nachthemd?“, fragte Sylvia verwirrt.

„Nein, so wie ein Abendkleid. Oder ein Ballkleid, schätze ich. Ethel war früher am Broadway. Ihr Künstlername war Lila Grace, und ich vermute, sie hat einige ihrer Kostüme behalten.“

„Du sagst also“, Dennis lehnte sich in seinem Stuhl zurück, „dass Paul Wilson was ist? Ein Crossdresser? Ein Drag Queen? Schwul? Trans?“

„Nicht dass an irgendeinem davon etwas falsch wäre“, beeilte sich Sylvia hinzuzufügen.

Ich zuckte mit den Schultern. „Ich sage gar nichts. Ich habe keine Ahnung, warum er Ethels Kleid trug. Aber was ich weiß, ist, dass Joyce durch eine böse Wendung des Schicksals an diesem Tag ihre Kamera dabei hatte, und als sie hereinplatzte, machte sie ein Foto. Der Film wurde noch nicht entwickelt.“

„Danach hat Paul also in Joyces Wohnung gesucht“, sagte Kade und kam zu demselben Schluss wie ich. „Nach einem Foto.“

„Nur weiß er nicht, dass das Foto noch nicht existiert. Noch nicht jedenfalls. Nur das Negativ. Und ist es überhaupt ein Negativ, wenn der Film nicht entwickelt wurde? Und wo würden wir das entwickeln lassen? Heutzutage ist alles digital.“

„Hat Joyce dir das alles erzählt?“, fragte Kade, während er die Kamera aufhob und in seinen Händen drehte.

„Mhm. Anscheinend hat sie Paul erpresst.“

„Diese durchtriebene alte H—“

„Dennis, bitte achte auf deine Ausdrucksweise“, tadelte Sylvia, bevor er das Wort aussprechen konnte.

„Hexe“, brummte er. „Ich wollte Hexe sagen.“

Ich kicherte. „Ja, nun, der Einsatz bei der Erpressung war nicht besonders hoch. Kein Geld ist geflossen. Stattdessen hat sie Paul dazu gebracht, alle Dinge zu beschaffen, die die Bewohner haben wollten. Es war also nicht Joyce, die herumlief und zuckerfreie Schokolade oder Nagellack oder was auch immer auf der Wunschliste stand kaufte. Es war Paul.“

„Und diese Bewohner – haben sie sie bezahlt?“, fragte Kade.

„Sie sagt nein, aber ich bin mir nicht sicher, ob ich ihr glaube“, gab ich zu. „Sie wurde ganz abweisend und verschwand, als ich sie danach fragte. Sally hat mir erzählt, dass Joyce' Schwiegersohn sie bestohlen hatte und dass Joyce deswegen die Kamera

Sally zur Aufbewahrung gegeben hatte, um sicherzustellen, dass sie nicht verschwindet."

„Sylvia, Liebling, hol mir einen Marker aus der Küchenschublade", sagte Dennis, während er die Kamera in die Hand nahm und sie von allen Seiten betrachtete.

„Wofür brauchst du einen Marker?", fragte sie.

„Um den Überblick über unsere Verdächtigen zu behalten. Bisher haben wir diesen Jay Perry Kerl, der mit einer Klage gedroht hat, und Paul Wilson hatte eindeutig ein Motiv, außerdem würde ich gerne mehr über diesen Schwiegersohn erfahren."

Dennis lag genau richtig. Das waren auch meine drei Hauptverdächtigen. Auch wenn Joyce gesagt hatte, dass Jay seine Beschwerde fallen gelassen hatte, sollten wir trotzdem mit ihm sprechen. Was Paul Wilson betrifft, müssten wir diesen Film entwickeln lassen. Vielleicht hatte Joyce gar nicht das Erpressungsmaterial, das sie zu haben glaubte. Wie auch immer, Paul wusste das nicht. Hatte sie ihn zu weit getrieben? Mehr und mehr gefordert, bis der einzige Ausweg darin bestand, sie loszuwerden?

Ich schüttelte den Kopf. „Ich weiß nicht", flüsterte ich zu mir selbst. „Es scheint zu weit hergeholt."

Kade lehnte sich nah zu mir, sein Atem heiß auf meiner Wange. „Die ganze Wilson-

Erpressungssache?" Seine Stimme war so leise wie meine.

„Ja", flüsterte ich zurück. „Ich meine, was ist schon dabei, wenn er ein Kleid trug? Das ist heutzutage kaum skandalös."

„Ich denke, das Problem für Wilson ist, dass er die Kleidung einer Bewohnerin anprobiert hat. Im Heim. Während seiner Dienstzeit. So etwas könnte ihn seinen Job kosten."

„Natürlich!" Es ging Paul nicht darum, dass das Foto an die Öffentlichkeit gerät. Er hatte Angst, dass jemand erkennen würde, wo das Foto aufgenommen wurde... in Ethel Springs' Zimmer.

Mein Handy begann in meiner Tasche zu vibrieren. Seb rief an. Schon wieder. Was nur eines bedeuten konnte. Amanda. Mit einem aufgesetzten Lächeln nahm ich den Videoanruf an.

„Hi, Seb." Ich versuchte zu lächeln, obwohl mein Gesicht schmerzte. „Ich bin hier mit Kade und seinen Eltern."

„Was um alles in der Welt ist mit deinem Gesicht passiert?", fragte Seb aufgebracht.

„Mama, Mama, Mama!" Bandit kletterte über Sebs Schulter und starrte auf den Bildschirm.

„Hi, Bandit. Keine Sorge, mir geht's gut. Ich wurde von einer Tür im Gesicht getroffen."

„Getroffen im... mit einer Tür..." Seb brauchte einen Moment, um seine Gedanken zu sammeln.

„Ich verhungere", jammerte Thor im Hintergrund. „Füttere miiiiich."

„Oh je." Ich konnte mir ein Kichern nicht verkneifen. Thor legte eine Oscar-würdige Vorstellung hin.

„Ihm geht's gut", versicherte mir Seb über den Lärm hinweg, den Thor machte. „Warte, ich drehe dich mal rum." Er drehte die Kamera, sodass ich Thor sehen konnte, der ausgestreckt auf dem Rücken auf dem Boden lag. Als er sah, dass das Handy auf ihn gerichtet war, hörte er mit seinem Jammern auf. „Filmst du mich?" Sofort begann er, sich zu putzen, leckte seine Pfote und rieb sie über sein Gesicht. „Moment mal."

„Siehst du?" Seb war wieder da. „Alles gut. Er ist einfach eine Drama-Queen, und ich sollte es wissen. Ich bin auch eine."

„Was gibt's?"

„Ein Paket ist angekommen." Die Art, wie er es sagte, ohne jede Emotion in seiner Stimme, verriet mir, dass dies keine gute Sache war.

„Ein Paket? Von wem?"

„Rate mal."

„Amanda." Es war nicht schwer zu erraten. Ich

erwartete keine Lieferungen, und Amanda mischte sich bereits während meiner Abwesenheit in meine Hochzeitsplanung ein. Ich kniff mir in den Nasenrücken und bereute es sofort, als zwei Blitze heißen Schmerzes durch meine Nase schossen. Ich zischte und ließ los. „Los, mach es auf."

Seb stellte das Handy auf die Theke und richtete es auf den Esstisch, wo eine große weiße Schachtel stand. Als er die Schachtel öffnete, begann Seb, mehrere kleinere Boxen herauszuheben. Ich beugte mich näher heran. „Was ist das?"

„Das hier", sagte Seb, während er eine der kleineren Schachteln in seiner Handfläche hielt und öffnete, „sind Kuchenproben."

Ich blinzelte. Von Kuchenproben hatte ich noch nie gehört.

„Ich verstehe nicht ganz. Amanda hat mir Kuchen geschickt?"

Seb nickte und holte weiter die kleineren Schachteln aus der großen heraus. Es mussten mindestens fünfzig sein. „Das sind Hochzeitstortenproben", erklärte Seb. „Damit du die Art und den Geschmack der Torte auswählen kannst."

„Oh." Ich nickte, etwas verdutzt. „Darüber habe ich mir noch keine großen Gedanken gemacht."

Seb warf mir einen Blick zu. „Was, glaube ich, genau Amandas Punkt ist. Sie hat dafür gesorgt, dass" – er las vom Etikett ab – „Blissful Bites Bakery dir eine Auswahl zum Probieren schickt. Du weißt schon, willst du Schokokuchen oder Biskuit oder Früchtekuchen? Und dann, bevorzugst du Schokolade oder Vanille oder Erdbeere?"

Ich verdrehte die Augen, während Seb mich über Amandas neueste Eskapaden mit meiner Hochzeitsplanung informierte. Es ist, als würde sie versuchen, die ganze Sache zu übernehmen! Ich meine, ich schätze ihren Enthusiasmus, aber komm schon, kann eine Braut nicht ein bisschen Mitspracherecht bei ihrer eigenen Hochzeit haben? Ich schwöre, wenn sie noch eine Sache vorschlägt, heirate ich vielleicht einfach heimlich und gut ist's. Und zu denken, dass ich sogar Seb engagiert habe, um mir zu helfen, und sie schafft es trotzdem, sich in alles hineinzudrängen.

„Was ist los?" flüsterte Sylvia.

„Schatz?" fragte Kade neben mir. Er hatte zugeschaut. Er konnte selbst sehen, was Amanda geschickt hatte.

„Ich habe sie nicht darum gebeten", sagte ich. „Wir sind nicht mal da, um die Kuchen zu probieren. Warum hat sie sie geschickt?"

Seb zuckte mit den Schultern. „Ich glaube, sie versucht, hilfreich zu sein?"

Meine Wut loderte auf. „Nun, das ist nicht hilfreich. Sie ist nicht hilfreich. Das hilft nicht!" Ich stand auf, mein Stuhl kippte fast um.

„Audrey? Wo bist du hingegangen? Warum sehe ich die Decke?" fragte Seb.

Ich stapfte davon und ließ mein Handy auf dem Tisch liegen, der Anruf noch aktiv. Meine Gedanken waren ein Wirrwarr, keiner davon angenehm. Ich hatte mich von Joyces Mord ablenken lassen und mich in die Ermittlungen vergraben, anstatt mich dem zu stellen, was zu Hause passierte. Aber eines war offensichtlich. Ich musste mich um Amanda kümmern, oder sie würde meine ganze Hochzeit ruinieren. Oder zumindest jedes bisschen Freude daraus saugen.

„Hey, Seb, hier ist Kade." Kade nahm den Anruf entgegen, während ich zur Haustür stürmte, nicht sicher, wohin ich ging, nur dass ich frische Luft brauchte.

„Audrey!" Sylvia eilte mir nach.

„Ich brauche nur eine Minute." Meine Finger waren alle Daumen, als ich versuchte, die Tür zu öffnen.

„Hier, lass mich." Sylvia schob mich sanft zur

Seite und öffnete die Tür. „Komm, lass uns spazieren gehen. Du kannst mir mehr über diese Schwägerin von dir erzählen."

Ich schoss voraus, verlangsamte schließlich, als mir klar wurde, dass ich nicht wusste, wohin ich ging. Mit dem Gewicht der Welt auf meinen Schultern drehte ich mich zu Sylvia um und wartete, bis sie aufholte.

„Entschuldigung." So hatte ich mir mein erstes Treffen mit Kades Eltern nicht vorgestellt. Erst die Geistersache, jetzt Amanda. Warum konnte ich nicht normal sein? Warum konnte das nicht perfekt sein?

„Hey." Sylvia hakte ihren Arm bei mir ein und führte mich zu einem Seiteneingang vom Hauptfoyer. „Entschuldige dich nie dafür, dass du aufgebracht bist. Wir sind alle Menschen. Wir haben alle Gefühle. Es kommt darauf an, was du damit machst."

Ich konnte sehen, warum Sylvia Galloway eine ausgezeichnete Lehrerin gewesen war. Sie hatte eine Art, einen zu beruhigen. Und was sie sagte, ergab perfekten Sinn. Ich beschloss, wenn ich eine offene und ehrliche Beziehung zu meiner zukünftigen Schwiegermutter haben wollte, dann mussten meine Schutzwälle fallen. Es war Zeit, alles zu geben.

„Ich wollte wirklich, dass dieses Wochenende

anders wird, weißt du?" platzte ich heraus. „Ich meine, Kade hat euch sicher schon erzählt, was für ein Tollpatsch ich bin. Ich wollte euch keinen noch schlechteren Eindruck vermitteln, aber ich habe das Gefühl, dass alles außer Kontrolle gerät."

„Etwas *tollpatschig*" – sie betonte das Wort – „zu sein, ist kein Charakterfehler. Egal, was deine Schwägerin sagt. Ich habe mich so lange darauf gefreut, dich kennenzulernen, und Audrey? Ich bin nicht enttäuscht. Dennis und ich lieben dich. Aber das wussten wir, weil unser Sohn es tut. Als Kade dich zum ersten Mal erwähnte, als wir noch in Australien waren, wusste ich es. Ich wusste, dass er die Richtige gefunden hatte. Ich konnte es in seiner Stimme hören. Wie sehr er dich liebte, wie glücklich er war, und Schätzchen? Das ist alles, was sich eine Bärenmama für ihren Sohn wünscht. Dieser ganze Amanda-Unsinn ist genau das – Unsinn. Sie ist nur Lärm. Gib ihr nicht diesen Platz in deinem Kopf. Aber darf ich dir einen klitzekleinen Rat geben?"

„Bitte tu das. Ich bin mit ihr am Ende meiner Weisheit.

„Du musst dich darum kümmern. Du musst ein offenes Gespräch mit ihr führen. Grenzen setzen. Und lass deine Familie wissen, was diese Grenzen sind, damit sie dich – und sie – in Zukunft unterstützen können. Sie sind sich wahrscheinlich nicht einmal bewusst, dass du so empfindest. Stimmt's? Weil du sie nicht verärgern willst.

Sie hatte recht. Natürlich hatte sie recht.

„Du hast recht." Ich legte meine Hand auf Sylvias, die in meinem Ellbogen eingehakt war. „Lass uns zurückgehen. Ich muss telefonieren."

Wir waren gerade zur Wohnung zurückgekehrt, als wir auf Kade und Dennis trafen, die gerade gingen.

„Oh, wohin geht ihr?" fragte ich. „Ich bin zurückgekommen, um mein Handy zu holen."

Kade zog es aus der Gesäßtasche seiner Jeans und reichte es mir. „Seb sagt, du sollst dir deinen hübschen Kopf nicht über die Kuchen zerbrechen. Er wird mit uns beiden reden, wenn wir zurück sind, welche Art von Kuchen wir gerne hätten, und dann wird er die Auswahl eingrenzen und uns Proben besorgen. Du musst nicht über fünfzig Kuchen probieren."

Ich lächelte gezwungen. „Danke."

„Wir sind auf dem Weg zu Jay Perry." Dennis drängte sich an seinem Sohn vorbei und zwang mich, zurückzutreten, um ihn rauszulassen oder zu riskieren, überrannt zu werden.

„Ihr wisst, wo er wohnt?"

„Er ist hier. Spielt Golf. Er hat die Mitgliedschaft seiner Mutter aufrechterhalten."

„Woher wisst ihr das überhaupt?" Ich folgte ihnen. Auf keinen Fall würde ich mir das entgehen lassen.

„Dad war fleißig am Telefon", erzählte mir Kade. „In etwas weniger als einer Stunde hatte er Jay Perrys Nummer, rief ihn an und erfuhr, dass er hier Golf spielt."

„Ausgerechnet heute", warf Dennis ein.

„Es könnte ein Zufall sein", sagte ich.

„Wenn das ein Zufall ist, fress ich einen Besen."

Ich hätte nie gedacht, dass ich Golf spielen würde, aber hier stand ich nun auf dem Grün mit einem Golfschläger in der Hand. Wie Dennis mich dazu überredet hatte, wusste ich nicht, aber durch irgendeine Form von Zauberei oder Magie hatte er mich davon überzeugt, dass eine Runde Golf eine ausgezeichnete Idee war. Da Jay erst am dritten Abschlag war, hatten wir reichlich Zeit, ihn einzuholen.

„Okay, Audrey, ziel einfach auf den Ball und

schwing", wies Kade mich an, der mit verschränkten Armen neben mir stand.

Ich holte tief Luft und schwang den Schläger. Aber anstatt den Ball zu treffen, flog der Schläger aus meinen Händen und landete im nahen Gebüsch.

„Hoppla", sagte ich und versuchte, meine Verlegenheit zu verbergen.

Dennis lachte herzlich. „Sieht aus, als hätten wir ein Naturtalent unter uns, Kade."

Kade schüttelte nur den Kopf und versuchte sein Lächeln zu verbergen. „Keine Sorge, Audrey. Jeder muss irgendwo anfangen."

Ich ging zum Gebüsch, um meinen Schläger zu holen, und versuchte dabei, nicht über meine eigenen Füße zu stolpern. Das würde ein langes Spiel werden.

Nachdem ich den Schläger geholt hatte, kehrte ich zum Abschlag zurück und beäugte den kleinen weißen Ball mit den Dellen. Wie schwer konnte das schon sein? Dennis und Kade hatten ihre Bälle mit Leichtigkeit geschlagen und warteten geduldig darauf, dass ich an der Reihe war. Sylvia hatte, als sie erfuhr, dass wir tatsächlich Golf spielen und nicht nur mit Jay reden würden, abgewunken und war zur Wohnung zurückgekehrt, wobei sie erklärte, Golf sei nicht ihr Sport, und ihren Mann ermahnte, es nicht zu übertreiben. Ich wünschte, ich hätte ihrem Beispiel gefolgt und abgelehnt.

„Also gut, Audrey, schwing einfach auf den Ball und lass ihn fliegen!" sagte Kade grinsend von einem Ohr zum anderen.

Ich hob meinen Schläger und versuchte, selbstbewusst auszusehen, konnte aber das Gefühl nicht abschütteln, dass das nicht gut ausgehen würde. Natürlich lag ich nicht falsch. Ich schwang und verfehlte den Ball, drehte mich dabei so heftig im Kreis, dass ich fast umgefallen wäre.

„Ich glaube, das wird ein sehr unterhaltsames Spiel." Dennis lachte.

Mein Gesicht brannte, als ich mein Gleichgewicht wiederfand und zum Ball stapfte. Ich hatte mich noch nie in meinem ganzen Leben so ungeschickt gefühlt.

Die Dinge wurden von da an nur noch schlimmer. Jedes Mal, wenn ich schwang, flog der Ball in die entgegengesetzte Richtung, traf Bäume und landete sogar einmal in einer Sandgrube. Kade und Dennis versuchten, mir Tipps zu geben, aber es war klar, dass ich ein hoffnungsloser Fall war.

Als ich nach meinem letzten Schlag frustriert stöhnte, tauschten Kade und Dennis einen wissenden Blick. Sie versuchten, unterstützend zu sein, aber ich konnte sehen, dass sie auch Mühe hatten, ein ernstes Gesicht zu bewahren.

„Okay, Audrey, versuchen wir es so", sagte Kade und legte seine Hände auf meine Schultern. „Atme einfach tief durch und entspann dich. Du schaffst das."

Ich nickte und versuchte, mich auf seine ermutigenden Worte zu konzentrieren. Vielleicht könnte ich den Ball endlich treffen, wenn ich mich einfach beruhigte. Mit neuer Entschlossenheit hob ich meinen Schläger und schwang. Und zu meiner absoluten Überraschung flog der Ball durch die Luft, direkt auf das Loch zu.

Ich konnte es nicht glauben. Ich hatte ihn getroffen! Ich drehte mich zu Kade und Dennis um, die beide mit breitem Grinsen im Gesicht für mich jubelten.

„Das ist mein Mädchen!" rief Kade und gab mir ein High-Five.

Ich lachte erleichtert. Vielleicht war ich doch keine totale Katastrophe beim Golf. Der Rest des Spiels verging in einem Wirbel aus Schwüngen und Fehlschlägen, aber das war mir egal. Ich hatte immer gedacht, Golf sähe wie eine einfache Sportart aus. Ich meine, wie schwer konnte es sein, einen kleinen weißen Ball in ein Loch im Boden zu schlagen? Es stellte sich heraus, dass es viel schwieriger war, als es aussah.

Als wir am Ende des Spiels vom Grün gingen, legte Dennis seinen Arm um mich und stupste mich spielerisch an.

„Weißt du, Audrey, für eine Anfängerin bist du gar nicht so übel", sagte er und zwinkerte mir zu.

Ich grinste und war stolz auf mich, dass ich meine anfängliche Verlegenheit überwunden hatte und trotz der Tatsache, dass ich mit Schmutz und Schweiß bedeckt war und meine Haare in alle Richtungen abstanden, Spaß hatte.

„Wir haben Jay aber nicht eingeholt", bemerkte ich. Es hatte viel länger gedauert, als Dennis und Kade erwartet hatten, um durch neun Löcher Golf zu kommen.

„Er wartet hier auf uns." Dennis nickte in Richtung des Sunset Cafés.

„Was? Wie?"

„Als er uns einlud, mit ihm auf dem Grün zu spielen, dachten wir, wir könnten leicht aufholen", sagte Dennis. „Als klar wurde, dass das nicht passieren würde, habe ich ihm eine Nachricht geschickt, und er sagte, er würde hier auf uns warten."

„Er hat uns eingeladen, mit ihm Golf zu spielen?"

fragte ich. Ich dachte, das Golf sei Dennis' verrückte Idee gewesen, und ich hatte mitgemacht, um ihm einen Gefallen zu tun.

„Er hat mich und Dad eingeladen", sagte Kade. Der Groschen fiel. Seine unausgesprochenen Worte hallten laut und deutlich in meinem Kopf wider. Ich war nicht eingeladen worden. Ich hatte ihre Pläne durchkreuzt. Dies sollte ein Vater-Sohn-Moment sein, und ich war wie eine Abrissbirne hereingeplatzt und hatte alles ruiniert.

„Ähm." Ich berührte meine Wangen mit den Handflächen und spürte die Hitze des Tages, die von meiner Haut ausstrahlte. „Ich glaube, ich sollte mich frisch machen. Ich fühle mich eklig." In mehr als einer Hinsicht.

„Du siehst aus, als hättest du etwas Sonne abbekommen, Liebes." Dennis war ganz besorgt. „Geh schon mal vor. Kade und ich können mit Jay reden."

Ich hätte nicht gedacht, dass ich mich noch schlechter fühlen könnte, als ich es bereits tat, aber was soll ich sagen, ich schaffte es. Ich stolzierte herum, als wäre dies meine Ermittlung, kommandierte jeden herum und bestand darauf, an der Aktion beteiligt zu sein. Dennis Galloway war ein pensionierter Polizist, und sein superheißer

Sohn, der mich mit einem rätselhaften Gesichtsausdruck beobachtete, war Detektiv. Sie waren keine Idioten. Sie brauchten mich nicht.

Ich eilte zurück zur Wohnung der Galloways und fühlte mich peinlich berührt und dumm. Wie konnte ich nur so ahnungslos gewesen sein? Natürlich wollte Kade etwas Zeit mit seinem Vater verbringen, und ich hatte es ruiniert, indem ich darauf bestand, mitzukommen.

KAPITEL 11

Ich hatte nicht einschlafen wollen. Ich war in die Wohnung zurückgekehrt, hatte mein sonnenverbranntes und zerschlagenes Gesicht gesehen und wollte weinen, und ich war keine, die weint. Stattdessen hatte ich geduscht, was einigermaßen half, und mich dann auf dem Bett ausgestreckt, wobei ich mir sagte, ich würde mich nur fünf Minuten ausruhen, bevor ich mich Sylvia anschließen würde, die in der Küche herumwerkelte. Sie hatte mich einen Moment angesehen und gesagt, dass sie die Reservierung fürs Abendessen auf morgen Abend verschieben würde.

Das Gewicht, das sich in der Nähe meiner Hüfte senkte, ließ mich die Augen öffnen, nur um festzustellen, dass der Raum dunkel war. Wohin war die Sonne verschwunden?

„Hä?", nuschelte ich in die Dunkelheit.

„Ich bin mir nicht sicher, ob du fragst, wie spät es ist? Oder wo du bist?", lachte Kade, seine Hand ruhte auf meiner Hüfte. „Mama sagte, du würdest dich ausruhen. Geht es dir gut?"

„Es tut mir leid wegen heute. Ich bin so ein Idiot. Ich habe mich in die Pläne gedrängt, die du mit deinem Vater hattest."

„Wovon redest du überhaupt?", klang er aufrichtig verwirrt.

„Heute. Golf." Ich war vor Emotionen erstickt. Das Nickerchen hatte nicht geholfen, und gerade jetzt sehnte ich mich nach Hause, in vertrauter Umgebung zu sein, dass Ben mir sagt, ich soll meinen Kopf aus meinem Hintern ziehen, dass Bandit mich mit bedingungsloser Liebe überschüttet und Thor fordert, gefüttert zu werden. Ich vermisste Zuhause.

„Du hast nichts ruiniert, falls du das denkst." Kade legte sich neben mich und verschränkte seine Finger mit meinen. „Dass du mit uns zum Golf gekommen bist, war kein Problem, falls du dir das in deinen hübschen Kopf gesetzt hast. Vergisst du, dass Papa dich eingeladen hat? Eigentlich hat dein

Dabeisein Papa gezwungen, es ruhiger anzugehen. Du hast für jeden Schlag so lange gebraucht, dass er sich an jedem Loch hingesetzt und ausgeruht hat."

„Oh. Das ist dann gut."

„Audrey." Er stieß einen Seufzer aus. „Was ist los? Du warst den ganzen Tag nicht du selbst."

„Nichts. Alles ist in Ordnung", log ich.

„Es ist nicht alles in Ordnung." Er fluchte und rollte sich zu mir. Ich konnte gerade so seine Umrisse in dem schwach beleuchteten Raum erkennen. „Audrey..." Er hielt inne, die Stille war bedrohlich. „Bekommst du kalte Füße?"

Ich runzelte die Stirn. „Nein, meine Füße sind nicht kalt." Was für eine seltsame Frage. Dann begriff ich, was er meinte, und fühlte mich wieder wie ein kompletter Idiot. „Oh! Du meinst wegen der Hochzeit!"

„Willst du mich nicht mehr heiraten?" Seine Stimme war tief, leise und voller Qual.

Ich streckte blindlings die Hand aus, tastete im Dunkeln nach seinem Gesicht, bis ich es schließlich schaffte, seine Wangen in meine Hände zu nehmen. „Ich will dich mehr als alles andere heiraten", flüsterte ich mit tränenverdickter Stimme. „Ich liebe dich."

„Gott sei Dank", sagte er. „Ich liebe dich auch."

Der darauffolgende Kuss war voller Liebe und Versprechen und Hitze und Leidenschaft. Er war mein Ein und Alles. Und mir wurde klar, dass ich ihm wehgetan hatte. Mit meiner Frustration über Amanda und die Hochzeitsplanung hatte *ich* mich sehr gegen die Hochzeit gefühlt. Aber nicht gegen die Ehe.

„Es ist nur...", flüsterte ich schließlich gegen seine Lippen.

„Es ist nur was?"

„Die Hochzeit. Ich will *heiraten*. Es ist nur die Hochzeit an sich. Es ist viel."

Er stieß einen Seufzer aus, schlang seine Arme um mich und rollte sich, sodass er mich auf sich zog. „Wenn wir nach Hause kommen" – er kuschelte meinen Kopf in die Beuge zwischen seinem Hals und seiner Schulter – „werden wir ein Familientreffen abhalten. Ein Gespräch mit allen. Es werden einige Grundregeln aufgestellt."

„Du hast mit deiner Mutter gesprochen", sagte ich an seinen Hals. Seine Brust vibrierte unter mir, als er leise lachte.

„Meine Mutter hat gesagt, ich müsste mich mehr einbringen und dich besser unterstützen."

„Aber das ist doch nicht deine Schuld", protestierte ich und hob meinen Kopf.

„Es ist auch nicht deine", bemerkte er. „Ich weiß, dass du frustriert bist, weil Amanda nicht zuhört. Sie hört dich nicht. Wir werden gemeinsam dafür sorgen, dass sie uns hört."

„Wirst du deine unheimliche Polizistenstimme benutzen?"

„Ich werde definitiv meine unheimliche Polizistenstimme benutzen", versprach er und drückte mich fest.

„Essen!", brüllte Sylvia.

„Oh mein Gott, wie spät ist es?" Ich befreite mich hastig aus Kades Umarmung und sprang vom Bett, wobei ich die Nachttischlampe auf den Boden stieß. „Das ist doch nicht wahr!"

Ein Klicken, dann erhellte ein sanfter goldener Schimmer den Raum. Kade stützte sich auf einen Ellbogen und beobachtete mich, während ich herumtorkelte.

„Ist sonst alles in Ordnung?", fragte er.

„Was meinst du?" Ich fand endlich meine Schuhe und setzte mich aufs Bett, um sie anzuziehen.

„Belastet dich nichts anderes? Außer der Hochzeit, wobei es nicht wirklich die Hochzeit ist, sondern eher Amanda. Habe ich das richtig verstanden, oder ist das nur Wunschdenken?"

Ich sah ihn entsetzt an, dass ich ihn glauben ließ,

ich wollte ihn nicht heiraten. „Schatz, dich zu heiraten ist das Einzige, dessen ich mir *wirklich* sicher bin. Schau." Ich konzentrierte mich wieder darauf, den richtigen Schuh an den richtigen Fuß zu bekommen. „Nach Chicago zu kommen, um deine Eltern kennenzulernen, war eine große Sache. Ich war wirklich nervös."

„Ich weiß."

„Und dann habe ich mich innerhalb von Minuten nach dem Kennenlernen geoutet, indem ich mit einem Geist gesprochen habe. Du hast keine Ahnung, wie stressig das war."

„Ich kann es mir ziemlich gut vorstellen."

„Und jetzt untersuchen wir alle gemeinsam Joyces Tod? Das ist die bizarrste Reise, die ich je gemacht habe."

„Und du vermisst Bandit und Thor."

Ich nickte und fühlte mich ein wenig wehmütig. Wer hätte gedacht, dass ich diese beiden Fellknäuel so vermissen würde? Kade krabbelte über das Bett und umarmte mich, vergrub sein Gesicht an meinem Hals.

„Und dann habe ich mir fast die Nase mit einer Tür gebrochen, und zu allem Überfluss habe ich heute einen Sonnenbrand bekommen."

„Kein Wunder, dass du ein Nickerchen

brauchtest."

Ich konnte kaum verstehen, was er sagte, seine Stimme war gegen meine Haut gedämpft.

„Komm schon, beweg dich. Ich möchte deine Mutter nicht warten lassen. Nicht, nachdem sie für uns gekocht hat."

Mit einem übertriebenen Seufzer löste er sich und kletterte vom Bett, hielt mir eine Hand hin, um mich auf die Füße zu ziehen. Hand in Hand gingen wir ins Esszimmer, die Reste eines herrlichen Sonnenuntergangs waren durch die Fenster des Wohnzimmers kaum noch zu sehen.

„Ihr habt einen Knaller von Sonnenuntergang verpasst", sagte Dennis, der bereits am Tisch saß.

„Tut mir leid. Ich bin eingeschlafen."

Dennis musterte mich genau. „Wie geht's der Nase? Sieht aus, als ob die Schwellung etwas zurückgegangen ist. Aber du hast heute Sonne abbekommen."

„Ich weiß." *Aber danke, dass du darauf hinweist.*

„Dennis", schalt Sylvia. „Benimm dich."

„Was?" protestierte er. „Das hat sie doch."

„Und braucht nicht, dass du es ihr unter die Nase reibst, um Himmels willen. Audrey, Liebes, ich habe eine wunderbare Creme, die sofort den Schmerz lindert und die Rötung beruhigt. Erinnere mich daran, sie dir nach dem Essen zu holen."

„Danke, das wäre super."

Sie stellte einen hoch aufgetürmten Teller mit Hähnchenschnitzel, Kartoffelpüree und Soße vor mich hin. Mein Magen knurrte wie auf Kommando. „Das sieht köstlich aus."

„Mom macht die besten Hähnchenschnitzel", sagte Kade und tätschelte unter dem Tisch mein Knie.

Nachdem alle bedient waren und Sylvia sich gesetzt hatte, langten wir zu. Kade hatte nicht übertrieben. Ich konnte sehen, woher er sein Kochtalent hatte.

„Also." Ich wedelte mit meiner Gabel in die Luft, und ein Klecks Kartoffelpüree landete auf dem Tisch. Ich ignorierte die Tatsache, dass ich gerade Essen im Esszimmer meiner Schwiegereltern herumwarf, schob es lässig zurück auf meinen Teller und fuhr fort. „Habt ihr euch danach noch mit Jay getroffen?"

„Jup." Dennis ahmte meine Geste nach und deutete mit seiner Gabel auf mich. Nur tat er es, ohne eine Sauerei zu veranstalten. „Netter Kerl. Nicht verantwortlich für Joyces Tod."

„Woher wisst ihr das?"

„Er war nicht hier", sagte Kade. „Er kam zum Golfspielen, nachdem Joyce bereits gestorben war."

„Nur weil er sein Golfspiel erst begonnen hat, nachdem sie gestorben war, heißt das nicht, dass er nicht in Torres Place war", fühlte ich mich gezwungen anzumerken.

„Der Beleg für sein Benzin verortet ihn an einer Tankstelle auf der anderen Seite der Stadt", sagte Dennis. „Es sei denn, er hat einen Weg gefunden, sich zu teleportieren, hatte er nicht genug Zeit, hierher zu fahren, Joyces Essen mit Augentropfen zu versetzen, zurück quer durch die Stadt zu fahren, um zu tanken, und dann wieder zurückzukommen – noch einmal –, nur um ein Alibi zu haben."

„Oh, da bist du ja. Ich habe dich gesucht." Joyce erschien und ließ mich zusammenzucken. Ich verlor den Griff um mein Messer, und es klapperte zu Boden.

„Audrey?" fragte Sylvia. „Alles in Ordnung?"

„Mir geht's gut", brummte ich, während ich mich bückte, um das Messer aufzuheben. Ich schob meinen Stuhl zurück und ging zum Spülbecken, um es abzuspülen. „Joyce ist gerade aufgetaucht." Natürlich überschlugen sich Dennis und Sylvia, als sie erfuhren, dass uns Joyces Geist mit ihrer

Anwesenheit beehrt hatte, mit überschwänglichen Begrüßungen.

„Wie geht's dem Gesicht?" Joyce beugte sich vor und inspizierte meine blauen Flecken und den Sonnenbrand.

„Es ist in Ordnung."

„Es sieht nicht in Ordnung aus. Wenn überhaupt, siehst du schlimmer aus als vorher."

„Danke", fauchte ich. „Vielleicht wäre nichts davon passiert, wenn du mir gesagt hättest, dass du Paul Wilson erpresst. Ich wäre nicht in deiner Wohnung gewesen, als Paul auftauchte, um, ach ich weiß nicht, vielleicht nach einem Foto zu suchen, mit dem du ihn erpresst hast. Ich hätte mich nicht hinter der Badezimmertür versteckt, und sie hätte mich nicht ins Gesicht getroffen. Was hast du dazu zu sagen, hmm?"

„Dass du dir ein besseres Versteck hättest suchen sollen." Sie zuckte mit den Schultern. „Was für ein Foto meinst du? Ich habe kein Foto." Sie log. Schon wieder! Sie hatte mir selbst erzählt, dass sie ein Foto von Paul gemacht hatte, als er eines von Ethels Ballkleidern trug.

Ich nahm die Kamera, die Sylvia vom Küchentisch auf die Arbeitsplatte gestellt hatte, und schwenkte sie vor Joyce. „Klingelt da was bei dir?"

„Oh, da ist sie ja. Ich habe mich schon gefragt, was ich damit gemacht habe." Joyce wollte mir die Kamera abnehmen, aber ihre Hand ging einfach hindurch.

„Du hast sie zur sicheren Aufbewahrung bei Sally gelassen. Du hattest Angst, dass dein Schwiegersohn sie stehlen könnte."

Joyce zuckte zusammen, als hätte ich ihr eine Ohrfeige verpasst, drehte sich weg und ging zu den Wohnzimmerfenstern, wo sie ihr Gesicht durch das Glas steckte und nach draußen spähte.

„Sally muss verwirrt sein", sagte Joyce. „Sie hat gefragt, ob sie die Kamera ausleihen kann, und ehrlich gesagt habe ich vergessen, dass sie sie noch hat."

„Warum lügst du?", sagte ich leise und ging zu ihr hinüber. „Hör zu, ich weiß, dass du ein Foto von Paul gemacht hast, als er Ethels Kleid trug, und damit hast du ihn erpresst, damit er tut, was du willst."

„Ich habe an dem Tag schnell reagiert." Sie blähte ihre Brust auf, offensichtlich zufrieden mit sich selbst. „Ich habe ihm gesagt, dass das Foto niemals das Tageslicht erblicken würde, wenn er meine Anweisungen befolgt."

„Die da wären?"

„Dass er die Sachen besorgt, die unsere Klienten brauchen."

„Wie Viagra und Valium?"

Joyce schüttelte den Kopf. „Bist du verrückt? Ich wollte nicht, dass er darin verwickelt wird. Nein, die anderen Sachen. Schokolade. Nagellack. Den neuesten Bestseller von Nora Roberts. Solche Dinge."

„Also wusste Paul nichts von den Medikamenten?"

„Natürlich nicht. Warum sollte er? Es ist ja nicht so, als hätten wir das oft gemacht."

Ich runzelte die Stirn. „Was meinst du damit?"

„Das Viagra. Nicht viel Nachfrage. Und sicher nicht viele Leute, die ihre Pillen verkaufen wollen, wenn du verstehst, was ich meine."

„Und das Valium?"

Sie zuckte mit den Schultern. „Das Gleiche. Es ist nicht so, als hätten wir einen florierenden Handel betrieben. Wir haben hier und da ein paar Pillen aufgetrieben und weiterverkauft, aber es ist nicht der große Drogenring, den du zu unterstellen scheinst."

Ich drehte mich zum Esstisch, wo Sylvia, Dennis und Kade mich alle beobachteten, wie ich mit der leeren Luft redete.

„Was sagt sie?", fragte Dennis.

„Dass nicht viele Pillen den Besitzer gewechselt haben. Dass es nicht die große Drogenoperation ist, die wir unterstellen. Dennis, wie viele Pillen waren in dem Vorrat, den Sylvia dir gegeben hat?"

„Eine Blisterpackung Viagra mit vier Pillen, zwei fehlen. Eine Schachtel mit 5 mg Diazepam, insgesamt fünfzig Tabletten, aber nur eine halb leere Blisterpackung übrig."

Ich starrte Kade wütend an. Er hatte mich glauben lassen, die Frauen hätten einen Vorrat an illegalen Drogen. Zwei Viagra-Pillen und vielleicht fünf Valium-Pillen waren kaum eine Beute und sicher nicht genug, um sie wegen Drogenhandels zu verhaften.

„Es ist trotzdem ein Verbrechen, verschreibungspflichtige Medikamente zu verkaufen, die dir nicht gehören", antwortete Kade auf meinen wütenden Blick.

„Ja, aber deswegen werden sie kaum im Gefängnis landen! Du hast mich glauben lassen, sie würden ins Gefängnis kommen."

„Ich wollte, dass sie Angst bekommen. Was sie getan haben, war absolut dumm."

„Er hat recht", mischte sich Dennis ein. „Nicht nur illegal, sondern auch gefährlich."

„Ja, ich weiß", rief ich. „Ich bin nicht diejenige, die eine Standpauke braucht."

Kade und Dennis hatten beide den Anstand, betreten dreinzuschauen, während Sylvia meinen Zorn zu teilen schien.

„Habt ihr Jungs Audrey absichtlich in die Irre geführt?"

Dennis lehnte sich zurück und hob die Hände in einer Kapitulationsgeste. „Hey, ich war es nicht! Ich habe Audrey gar nichts erzählt. Wenn jemand an diesem Tisch sie glauben ließ, dass mehr Pillen den Besitzer wechselten, als es tatsächlich waren, nun, ich war es nicht." Er warf seinen Sohn hundertprozentig unter den Bus.

„Kade!", schimpfte Sylvia. „Das war nicht nett. Audrey hat im Moment genug um die Ohren. Sie ist in einer ungewohnten Umgebung, mit Menschen, die sie gerade erst kennengelernt hat, und du spielst dumme Spielchen, um ein paar alte Frauen zu erschrecken, damit sie auf dem rechten Weg bleiben? Jetzt ist nicht die Zeit dafür."

„Mom", begann Kade, aber Sylvia unterbrach ihn.

„Komm mir jetzt nicht so. Entschuldige dich bei deiner Verlobten.

„Tut mir leid, Audrey.

Ich konnte nicht anders. Ich kicherte. Das

Kichern steigerte sich zu einem Lachen, das ich nicht kontrollieren konnte. Tränen liefen mir über die Wangen, und ich schlang meine Arme um meinen Bauch, weil meine Rippen vom heftigen Lachen schmerzten. Kade sah aus wie ein kleiner Schuljunge, der zurechtgewiesen wurde, nicht von seiner Lehrerin, sondern von seiner Mutter. Natürlich war mein Lachen ansteckend, und bald stimmte der ganze Tisch in meine Heiterkeit ein.

Das Lachen brach die Spannung, und Kade winkte mich zurück zum Tisch. „Komm und iss dein Abendessen zu Ende.“

Ich setzte mich wieder, Joyce schwebte am Ende des Tisches. „Glaubst du, dass Paul mich umgebracht hat?“, fragte sie.

Ich zuckte mit den Schultern. „Es scheint auf jeden Fall, dass er ein Motiv hatte.“

„Was sagt sie?“, flüsterte Dennis theatralisch.

„Sie fragt sich, ob Paul Wilson sie getötet hat.“

Dennis lehnte sich in seinem Stuhl zurück und strich über sein glattrasierten Kinn, als würde er einen unsichtbaren Bart streicheln. „In Anbetracht der Tatsache, dass sie ihn erpresst hat, gibt ihm das definitiv ein Motiv. Was die Gelegenheit betrifft, müssen wir seine Bewegungen nachverfolgen.“

„Er hat sich mit einem Schlüssel Zugang zu

Joyces Wohnung verschafft, trug aber keinen massiven Schlüsselbund mit sich herum, also denke ich, er hat einen Generalschlüssel."

„Das bedeutet, er kann in jede Wohnung betreten", beendete Dennis den Gedanken für mich.

„Wisst ihr, was wir als nächstes tun sollten?", sagte Sylvia. „Wir sollten diesen Film entwickeln lassen. Wenn das das ist, wonach er in Joyces Wohnung gesucht hat, gibt es vielleicht mehr darauf als nur ein Foto von ihm in einem Kleid."

„Das allein ist schon ziemlich belastend", bemerkte Kade. „Wie ich vorhin schon sagte, so etwas könnte ihn seinen Job kosten."

„Ja, aber er wusste auch, dass er nur das Foto zerstören musste und das Problem wäre erledigt. Er musste Joyce nicht umbringen", entgegnete Sylvia.

Kade war nicht überzeugt. „Sie hätte es trotzdem weitererzählen können."

„Aber hätte man ihr geglaubt? Joyce scheint ein bisschen den Ruf eines Spaßvogels zu haben. Paul könnte es so darstellen, als wäre es eine fantasievolle Geschichte einer Frau, die euch einen Streich spielen wollte", sagte Dennis.

„Audrey." Sylvia packte meinen Arm, ihr Gesicht leuchtete vor Aufregung. „Morgen werden wir beide diesen Film entwickeln lassen. Die Jungs können ein bisschen herumschnüffeln, wo Paul zum Zeitpunkt von Joyces Tod war." Sie ließ meinen Arm los und blickte zu ihrem Mann. „Wissen wir, wann das Gift verabreicht wurde? Hat es schnell gewirkt?"

Er nickte. „Die Toxikologie zeigt, dass sie noch Tetrahydrozolin in ihrem System hatte, was bedeutet, dass es vor ihrem Tod eingenommen wurde."

„Wie lange vorher? Frühstück heute Morgen? Oder Abendessen gestern Abend?"

„Frühstück heute Morgen."

Sylvia nickte. „Gut. Ihr zwei müsst morgen früh ins Sunset Café gehen und herausfinden, ob Paul Wilson dort war. Haben sie Überwachungskameras? Die Kameras könnten ihn bei der Tat erwischt haben."

Ich war ein wenig verblüfft, dass ich nicht daran gedacht hatte. Ich meine, Privatdetektiv 101, Überprüfung der Videoüberwachung.

Helles Morgenlicht, das durch die Vorhänge lugte, weckte mich auf. Widerwillig und mit einem tiefen Stöhnen rollte ich mich auf den Rücken. Es war seltsam, ohne Bandit und Thor zu schlafen, die normalerweise über mich ausgebreitet lagen. Trotz meines schmerzenden Gesichts hatte ich gut geschlafen. Dann hörte ich es – eine leere Stille, die mir verriet, dass Kade weg war. Mit einem halbgeöffneten Auge blickte ich auf das leere Kissen neben mir. Ja, Kade war tatsächlich weg, aber er hatte eine Notiz in seiner vertrauten Handschrift hinterlassen. Er hatte mir Frühstück in der Küche bereitgestellt.

Ich schoss aus dem Bett, eilte in die Küche und

betete verzweifelt, dass ich nicht zu lange geschlafen hatte und das Frühstück kalt geworden war. Erleichterung durchströmte mich, als ich einen Teller voll mit noch warmen Pfannkuchen und frischem Obst vorfand. Am Tisch sitzend genoss ich jeden Bissen und dachte an den wunderbaren Mann, der dieses Essen zubereitet hatte, bevor er ging. Seine Liebe umgab mich wie eine warme Umarmung und bereitete mich auf den bevorstehenden Tag vor. Sylvia und ich hatten vor, loszufahren und den Film aus Joyces Kamera entwickeln zu lassen, und ich freute mich wirklich darauf, Zeit mit meiner zukünftigen Schwiegermutter zu verbringen.

„Oh, du bist wach!" Sylvia kam mit einem Arm voll Wäsche hereingewuselt. „Wie hast du geschlafen?"

„Wie ein Stein", gestand ich. „Kade hat eine Notiz hinterlassen, dass er und Dennis schon losgegangen sind?"

„Weißt du", Sylvia blickte zur Wanduhr, „du hast sie gerade erst verpasst. Sie sind erst seit fünf Minuten weg."

„Ja, das habe ich mir schon gedacht. Die Pfannkuchen sind noch warm."

Während sie ihren Weg zur winzigen Waschküche fortsetzte, sagte Sylvia: „Du siehst heute viel besser aus."

„Ich fühle mich auch besser", gab ich zu. Die Schwellung war zurückgegangen, und die beiden blauen Augen begannen zu verblassen, sodass die violetten Blutergüsse auf jedem Augenlid fast wie Lidschatten aussahen. Das gefiel mir sogar. Nicht, dass ich regelmäßig mit dem Gesicht gegen Türen knallen würde, um diesen Effekt zu erzielen. Und die Creme, die Sylvia mir gestern Abend vor dem Schlafengehen gegeben hatte, hatte wie durch Zauberhand gewirkt und die meiste Rötung aus meinen sonnenverbrannten Wangen gezogen. Ich fühlte mich fast wieder menschlich.

Nachdem ich mein Frühstück beendet hatte, fuhren Sylvia und ich zum Geschäft, um Joyces Film entwickeln zu lassen. Wir übergaben die Kamera dem Angestellten, der uns mitteilte, dass es etwa eine Stunde dauern würde. Sylvia und ich sahen uns an und dann im Laden um, unsicher, was wir tun sollten, um die Zeit totzuschlagen.

„Hey, warum schauen wir uns nicht Hochzeitskleider an?" schlug Sylvia mit einem Lächeln vor.

Ich schaute sie überrascht und mit einer gewissen Beklemmung an. „Hochzeitskleider?"

„Ja, warum nicht? Du heiratest bald, und wir haben eine Stunde zu überbrücken. Komm schon, es wird Spaß machen!" Sie zog mich bereits zur Tür. „Es gibt eine Boutique ein paar Türen weiter."

Ich lachte über Sylvias Enthusiasmus. Sie hatte recht. Das perfekte Kleid zu finden, war ein Stressfaktor für mich gewesen. Amanda hatte mich ständig bedrängt, einen Termin zum Anprobieren von Kleidern in Firefly Bay zu vereinbaren. Natürlich erwartete sie, eingeladen zu werden, zusammen mit meiner Mutter und Laura. Vielleicht würde die Anprobe mit Sylvia helfen, etwas von diesem Stress abzubauen. Ein Probelauf war keine schlechte Idee.

Als wir die Boutique betraten, konnte ich nicht anders, als mich ein wenig eingeschüchtert zu fühlen von den Reihen über Reihen weißer und elfenbeinfarbener Kleider. Ich war nie besonders mädchenhaft gewesen, und der Gedanke, Kleider anzuprobieren und über Stoffe und Schnitte zu diskutieren, war etwas beängstigend.

„Dieses hier sieht wunderschön aus." Sylvia hielt ein Kleid mit einer langen Schleppe und komplizierten Spitzendetails hoch.

Ich nahm das Kleid von ihr und hielt es an meinen Körper. „Es ist wunderschön, aber ich bin nicht sicher, ob es zu mir passt."

Wir stöberten weiter, aber nichts sprang mir wirklich ins Auge. Sylvia war wie ein Kind im Süßigkeitenladen, zog links und rechts Kleider hervor, während ich versuchte, mit ihr Schritt zu halten. Dann sah ich es – das schönste Kleid, das ich je erblickt hatte. Es war schlicht und doch elegant, mit einer fließenden Schleppe und zarten Perlen. Ohne nachzudenken eilte ich darauf zu, verhedderte mich aber in einem nahegelegenen Ständer und stürzte krachend zu Boden. Die gesamte Boutique verstummte, als sich alle umdrehten, um die tollpatschige Braut in spe zu betrachten, die am Boden lag.

Aber wie immer war Sylvia zur Stelle, um den Tag zu retten. Sie half mir auf und klopfte mir den Staub ab, während ich versuchte, meine Würde wiederzuerlangen. Eine der Boutique-Angestellten, die meinen spektakulären Sturz miterlebt hatte, eilte herbei. Sie war Mitte vierzig, mit karamellfarbenem Haar, das kerzengerade bis knapp über die Schultern fiel. Sie trug eine Schildpatt-Brille, die auf ihrer Nasenspitze saß.

„Hallo! Lassen Sie mich Ihnen von diesem wunderschönen Brautkleid erzählen, in das ich absolut verliebt bin. Es ist ein A-Linien-Schnitt, der weich und fließend ist – einfach perfekt für den magischen Hochzeitstag. Das Kleid hat funkelnde Blumenspitze und lasergeschnittene botanische Spitze, die perfekt über einem tiefen V-Ausschnitt sitzt. Die Art und Weise, wie die beiden Spitzenarten kombiniert sind, ist einfach atemberaubend!

Aber das ist noch nicht alles. Der schimmernde Tüllrock dieses Kleides macht es wirklich zu etwas Besonderem. Es hat einen versteckten hohen Schlitz auf der rechten Seite, der so subtil und dennoch so atemberaubend ist. Glaub mir, deine Gäste werden ihre Augen nicht davon abwenden können. Es ist wirklich bezaubernd."

„Es ist wunderschön." Ich seufzte, streckte die Hand aus, um es zu berühren, ließ aber schnell meinen Arm fallen, bevor meine Finger den Stoff berührten.

„Möchten Sie es anprobieren?"

Ich betrachtete das Kleid. Die Hälfte von mir hatte Angst, es anzuprobieren. Was, wenn es nicht passte? Was, wenn ich feststeckte, halb drin, halb draußen, und es zerriss? Was, wenn es an mir absolut schrecklich aussah? Aber dieses Kleid hatte mich aus dem Meer von weißem Tüll und Spitze heraus gerufen. Es wäre ein Verbrechen, es *nicht* anzuprobieren.

„Wissen Sie." Ich hielt inne und sah die Frau an. „Wie heißen Sie?"

Sie lächelte. Sie wusste, dass sie mich hatte. „Helen."

„Hallo Helen. Ich bin Audrey, und das ist meine Schwiegermutter in spe, Sylvia. Und ja, ich würde das Kleid gerne anprobieren."

„Du wirst fantastisch aussehen", schwärmte Helen, nahm das Kleid in ihre Arme und führte uns zum Umkleidebereich im hinteren Teil des Geschäfts. Es gab ein kleines, quadratisches Podium in der Mitte des Raumes, mit zwei Kabinen an einer Seite. Ein zweisitziges Sofa, bezogen mit plüschigem rosa Samt, stand an der Wand.

„Also gut, Audrey, lass uns dich hier einrichten." Helen dirigierte mich in eine der Kabinen. „Sylvia, warum setzt du dich nicht? Wir werden nicht lange brauchen."

In der Kabine begann ich mich auszuziehen und betrachtete dabei das Kleid, das Helen an den Haken an der Wand gehängt hatte. Es war größer, als ich gedacht hatte.

Helen kicherte. „Keine Sorge, deshalb bin ich hier. Um dir in das Kleid zu helfen."

Selbstbewusst in meiner Unterwäsche stehend, befolgte ich Helens Anweisungen, meine Arme zu heben, dann zog sie das Kleid geschickt über meinen Kopf.

„Oh mein Gott", flüsterte ich und starrte mich im Spiegel an. Das Kleid war umwerfend. Es war schon am Bügel wunderschön gewesen, aber jetzt, wo ich es trug? Ich war sprachlos. Helen begann, es zu schließen, zog und zupfte und machte sich zu schaffen, bis es so perfekt war, wie sie es bekommen konnte.

„Du siehst wunderschön aus", sagte sie leise, ihre Augen trafen meine im Spiegel. „Bereit, es deiner Schwiegermutter zu zeigen?"

Ich nickte, und Helen zog den Vorhang mit einem Schwung zurück und dirigierte mich zum Podium. Ich machte mich auf den Weg dorthin und konzentrierte mich darauf, nicht zu stolpern. Das Kleid war schwer und lang, aber sobald ich auf dem Podium stand und dem riesigen Spiegel gegenüberstand, bekam ich den vollen Effekt des Kleides zu sehen, und es raubte mir den Atem.

Sylvias Augen leuchteten auf, als sie mich

anschaute. „Oh, Audrey, du siehst umwerfend aus! Kade wird es lieben.“

Erleichterung und Aufregung kämpften in mir. Ich hatte es gefunden. Das perfekte Kleid. Ich drehte mich um und bewunderte mich im Spiegel. „Denkst du wirklich?“, fragte ich, meine Stimme von Unsicherheit gefärbt. Ich liebte es, wirklich, aber es war das erste Kleid, das ich anprobiert hatte. Sollte ich nicht Dutzende anprobieren?

„Absolut“, antwortete Sylvia ohne zu zögern. „Du siehst aus wie eine Prinzessin.“

Ich errötete, ein Lächeln breitete sich auf meinem Gesicht aus. „Das tue ich, oder?“

Sylvia trat vor und umarmte mich warmherzig. „Weißt du, Audrey, ich bin so glücklich, dass du Teil unserer Familie sein wirst. Du und Kade seid perfekt füreinander. Es wärmt mein Herz.“

Tränen brannten in meinen Augenwinkeln. „Ich auch.“ Ich schniefte. „Jetzt lass uns mich aus diesem Kleid herausholen, bevor das Undenkbare passiert und ich es zerreiße oder so.“

Ich verließ die Boutique mit federndem Schritt. Das Kleid war bezahlt, und ich hatte arrangiert, dass es nach Firefly Bay verschickt würde. Ich hatte ein Foto gemacht und es an Seb geschickt.

<Formatierung für Textnachricht>

Audrey: Ich hab's gefunden! Das perfekte Kleid.

Seb: Du siehst hammermäßig aus!

Audrey: So glücklich.

Seb: Wo? Wie? Ich dachte, du wolltest in Chicago nicht nach einem Kleid suchen?

Audrey: Lustige Geschichte. Hatte etwas Zeit zu überbrücken und bin mit meiner zukünftigen Schwiegermutter in diese Boutique reingeplatzt, und da war es. Das Eine.

Seb: Ja, gut gemacht, Mädchen!

Audrey: Braucht ein paar kleine Änderungen. Kennst du jemanden?

Seb: Ob ich jemanden kenne? Weißt du, mit wem du redest? Natürlich kenne ich jemanden. Überlass das mir. Nimmst du es mit nach Hause oder lässt du es liefern?

Audrey: Liefern. Sie müssen es erst bestellen.

Seb: Cool. Ich sag meinem Schneider Bescheid, dass wir seine Dienste brauchen werden.

Audrey: Danke, Seb. Wir reden später. Muss los.

Seb: Tschüüüss

Ich schwebte auf Wolke sieben und hüpfte praktisch den Gehweg entlang, als mir ein Gedanke kam. Ich blieb abrupt stehen und drehte mich zu Sylvia um. „Hoffentlich ist Mom nicht enttäuscht, dass sie nicht dabei war." Ich kaute an meiner Lippe und machte mir Sorgen, dass Moms Gefühle verletzt sein könnten. Sie und Laura hatten beide den Wunsch geäußert, mit mir Kleider shoppen zu gehen, als wäre es Teil des Hochzeitsrituals. Amanda auch, aber ich versuchte, heute nicht an sie zu denken.

„Weißt du was", sagte Sylvia mit einem schelmischen Grinsen. „Du kannst immer noch zu Hause Brautkleider anprobieren gehen. Tu einfach so, als hättest du noch keins. Dann kannst du ihnen später sagen, dass du schon eins gefunden hast."

„Du meinst, ich soll sie anlügen?" Ich war schockiert. Nicht wegen der Lüge an sich, sondern weil Sylvia es vorgeschlagen hatte.

„Eine kleine Notlüge, um die Gefühle deiner Mutter zu schonen." Sylvia zuckte mit den Schultern. „Das würde ich tun. Denn bei der Hochzeitsplanung wirst du feststellen, dass es praktisch unmöglich ist, es allen recht zu machen."

Sofort fiel mir Amanda ein. „Da sagst du was", murmelte ich leise.

Meine Euphorie über das gefundene Kleid verflog, als wir den entwickelten Film abholten. Der Verkäufer reichte mir den Umschlag mit den Abzügen und wünschte mir einen schönen Tag, und meine frühere Aufregung verwandelte sich in etwas

Dunkleres und Unheilverkündendes. Beklemmung. Das war es. Das war es, was Joyce möglicherweise das Leben gekostet hatte.

Ich blickte zu Sylvia, die mich erwartungsvoll ansah.

„Na?" drängte sie. „Mach ihn auf."

Ich ging vom Tresen weg, öffnete die Klappe und zog die Abzüge heraus. Sylvia drängte sich an meine Seite, um mitzusehen, während ich sie durchblätterte. Eine Fotografin war Joyce definitiv nicht. Da waren drei Fotos von Sally und Hazel mit abgeschnittenen Köpfen. Eine zufällige Aufnahme von dem, was ich für Joyce' Wohnzimmerboden hielt. Ein paar Aufnahmen vom Golfplatz, die nicht allzu schlecht waren. Und der Hauptgewinn? Oder was ich dafür hielt? Ich konnte nicht anders. Ich lachte laut auf und schnaubte dann, wobei ich schnell eine Hand über meinen Mund schlug.

„Was?" Sylvia schaute mich verwirrt an. „Was ist los?"

„Das hier." Ich hielt ihr den Abzug vors Gesicht. „Siehst du dieses verschwommene Foto? Das von jemandem in einem gelben Kleid? Die Person ist nicht nur unscharf, sondern auch halb aus dem Bild raus? Ich glaube, das ist das Foto."

Sylvia nahm es mir aus den Fingern und

betrachtete es genau. „Bist du sicher?" Sie kniff die Augen zusammen.

Ich blätterte noch einmal durch die Fotos. Es gab keine anderen, die passten, und dieses war das letzte in der Reihe. Das letzte Bild, das Joyce je aufgenommen hatte – weil sie ihre Kamera Sally zur Aufbewahrung gegeben hatte. Und es war unscharf, ohne Möglichkeit zu erkennen, wer auf dem Foto war. Joyce hatte es eilig gehabt, als sie es machte, hatte sich keine Zeit genommen, zu fokussieren oder den Bildausschnitt zu wählen, denn wenn sie das getan hätte, hätte sie gewusst, dass Paul fast vollständig außerhalb des Bildes war. Alles, was wir von ihm sehen konnten, war von der Taille abwärts. Der Rest des Fotos zeigte Ethels Teppich.

„Wenn das alles ist, was Joyce gegen ihn hatte", sagte ich, während ich die Bilder zurück in den Umschlag schob, „dann ist sein Job sicher."

„Aber er weiß – wusste – das nicht. Er hat gesehen, wie sie das Foto gemacht hat. Sonst wäre er nie auf ihre schwachen Erpressungsversuche eingegangen."

„Da ist noch etwas." Ich sprach mehr zu mir selbst als zu Sylvia, Gedanken wirbelten durch meinen Kopf, während ich versuchte, das Puzzle zusammenzusetzen. „Joyce hat mir erzählt, als wir auf dem Grün waren, dass Paul mit der HR-Managerin Hayden schläft."

„Wirklich? Den Eindruck hatte ich nicht."

„Ich auch nicht. Aber während Kade und dein Mann nach Überwachungsvideos suchen, werde ich mit Hayden sprechen und sehen, was sie mir über Paul erzählen kann."

Ich kam bei den Verwaltungsbüros von Torres Place an und wurde von Hayden, der Personalmanagerin, begrüßt. Sie hatte ein breites Lächeln und einen freundlichen Ton, aber irgendetwas an ihr schien seltsam, und ich konnte nicht genau sagen, was es war.

„Hey, Audrey!", sagte sie. „Ich bin froh, dass du hier bist. Wir haben uns gestern nicht unter den besten Umständen kennengelernt, also dachte ich, als du angerufen hast, dass es mir die Chance gibt, das wiedergutzumachen. Ich zeige dir alles."

Während wir durch die Gänge liefen, beobachtete ich sie genau. Sie war eine große Frau mit langen roten Haaren und grünen Augen. Sie trug eine grüne Seidenbluse und einen schwarzen

Bleistiftrock, der ihre Kurven betonte. Aber was meine Aufmerksamkeit am meisten auf sich zog, war die Art, wie sie ging – mit einem selbstbewussten Gang, als würde ihr der Ort gehören.

„Also, Hayden", sagte ich, um ein Gespräch anzufangen. „Wie lange arbeitest du schon hier?"

„Oh, schon ein paar Jahre", sagte sie. „Es ist wirklich ein toller Job. Ich kann mit allen Bewohnern interagieren und sicherstellen, dass sie glücklich sind."

„Richtig", sagte ich und versuchte, beiläufig zu klingen. „Und wie ist deine Beziehung zu Paul Wilson? Er ist dein Vorgesetzter, oder?"

Haydens Lächeln schwankte für einen Moment, aber dann fing sie sich wieder. „Paul? Oh, wir haben eine gute Arbeitsbeziehung. Er ist ein großartiger Chef."

„Verstehe." Ich war nicht überzeugt. „Und ihr seid nur Kollegen, richtig? Nichts weiter?"

Hayden sah mich mit hochgezogener Augenbraue an. „Was meinst du?"

„Nun, ich habe Gerüchte gehört, dass du und Paul miteinander schlafen", sagte ich und versuchte, lässig zu klingen.

Haydens Gesichtsausdruck wechselte von

Verwirrung zu Wut. „Was? Wer hat dir das erzählt? Das ist lächerlich!"

„Nur ein Gerücht, das ich gehört habe", sagte ich.

„Ich wette, es waren Sally und Hazel." Hayden schnaubte. „Sie verbreiten Lügen und Klatsch, seit sie hier eingezogen sind. Du kannst nichts glauben, was sie sagen."

„Trotzdem", fuhr ich fort und entschuldigte mich im Stillen bei Sally und Hazel dafür, dass ich sie reingelegt hatte. „Sie scheinen ziemlich überzeugt zu sein, dass du und Paul eine Affäre hattet."

Hayden seufzte. „Na gut. Ja, Paul und ich waren eine Zeit lang zusammen. Aber es ist jetzt vorbei. Wir haben vor ein paar Monaten Schluss gemacht."

Ich war überrascht, dass sie so leicht nachgab. Eben noch war sie wütend und beleidigt bei der bloßen Vorstellung einer Affäre, im nächsten Moment gab sie es zu.

„Verstehe", sagte ich und versuchte, mich davon abzuhalten, triumphierend die Faust in die Luft zu strecken. „Und warum habt ihr Schluss gemacht?"

„Es hat einfach nicht funktioniert", sagte Hayden und schaute weg. „Wir sind besser dran als Freunde."

Ich nickte und tat so, als würde ich ihr glauben.

Aber irgendetwas stimmte noch nicht. Wenn Hayden und Paul wirklich Liebhaber waren, warum sah er sie mit solcher Verachtung an? Vielleicht war die einvernehmliche Trennung doch nicht so einvernehmlich. Hat Hayden vielleicht seine Vorliebe für Frauenkleider entdeckt und die Dinge waren kurz danach bergab gegangen, was Paul verletzt und verbittert zurückließ?

Wie auf Stichwort erschien Paul um die Ecke, sein Gesicht zu einer finsteren Miene verzogen. „Hayden", sagte er, seine Stimme triefte vor Gift. „Ich muss mit dir in meinem Büro sprechen. Sofort."

Hayden sah mich mit besorgtem Gesichtsausdruck an, bevor sie Paul den Flur entlang folgte. Natürlich folgte ich ihnen, begierig darauf zu lauschen.

„Was zum Teufel hast du dir dabei gedacht?", zischte Paul. „Ihr von uns zu erzählen? Du weißt, wie gefährlich das ist."

„Es tut mir leid, Paul", sagte Hayden mit zitternder Stimme. „Ich wollte nicht—"

„Spar dir das", fauchte Paul. „Du hast uns beide in Gefahr gebracht. Und wenn diese Frau die Wahrheit herausfindet, sind wir beide erledigt."

· · ·

Mein Herz raste, während ich ihrem Gespräch lauschte. Welche Wahrheit? Was verheimlichten sie? Hatten sie Joyce getötet? Während ich versuchte, mir einen Reim darauf zu machen, stürmte Hayden aus Pauls Büro, Tränen liefen ihr übers Gesicht. Sie bemerkte nicht einmal, dass ich dort stand.

Paul erschien einen Moment später, sein Gesichtsausdruck donnerwolkengleich. Er sah mich mit kalten Augen an. „Was machst du hier? Steckst deine Nase in Angelegenheiten, die dich nichts angehen."

Ich wusste nicht, wie ich reagieren sollte. Ein Teil von mir wollte Antworten von ihm fordern, ihn beschuldigen, Joyce getötet zu haben. Aber ein anderer Teil war vorsichtig – besorgt darüber, was er tun könnte, wenn ich ihn zu weit trieb. Hier ging eindeutig mehr vor sich, und bis ich der Sache auf den Grund gegangen war, musste ich behutsam vorgehen.

„Ich wollte gerade gehen", sagte ich und wich langsam zurück.

Paul sagte nichts weiter. Er beobachtete mich nur mit diesem kalten, berechnenden Blick, während ich wegging.

Im Aufzug stehend hämmerte ich auf den Knopf für den sechsten Stock, als würde ich die Notbremse einer Achterbahn ohne Bremsen betätigen. Ich musste mit Joyce sprechen, und meine beste Vermutung war, dass sie entweder bei Sally oder Hazel abhing oder in ihrer eigenen Wohnung war.

Ich hatte recht; ich fand Joyce in ihrer Wohnung, wo sie in ihrem Sessel saß und fernsah. Wenn der Fernseher an gewesen wäre, was er nicht war. Stattdessen saß sie da und starrte auf einen leeren Bildschirm. Es war irgendwie traurig. „Hallo, Audrey", sagte sie mit einem Lächeln. „Was führt dich her?"

„Ich muss dich über Hayden und Paul befragen und was du über ihre Affäre weißt." Denn was ich heute miterlebt hatte, passte nicht zusammen. Hayden wirkte anfangs wie eine starke und selbstbewusste Frau, doch kurz darauf war sie weinend aus Pauls Büro gestürmt, eine komplette Kehrtwende. Ihr Verhalten war... seltsam. Ganz zu schweigen von Pauls Wut und dem Geheimnis, das sie bewahrten, das mich vor Neugier fast umbrachte.

„Natürlich, Liebes", sagte Joyce. „Was brauchst du?"

Ich holte tief Luft. „Ich muss wissen, in was Hayden und Paul verwickelt waren. Ich weiß, dass du Paul mit diesem Foto erpresst hast, was übrigens nicht der entscheidende Schnappschuss war, den du darin gesehen hast. Ich bin überrascht, dass er nicht verlangt hat, Beweise dafür zu sehen, bevor er auf deine Erpressung einging."

Joyces Gesichtsausdruck wurde ernst. „Sie waren ein seltsames Paar, Hayden und Paul. Ich habe ihre Romanze nie wirklich verstanden."

„Was meinst du damit?"

„Eines Tages stolperst du über sie im Garten oder findest sie in einer Ecke, wo sie miteinander flüstern und sich in die Augen schauen, manchmal sogar zusammen singen. Am nächsten Tag streiten sie sich. Immer so dramatisch und, oh, ich weiß nicht, was ist das Wort? Extravagant?"

„Singen?" Meine Augenbrauen schossen nach oben. Ich konnte mir Paul Wilson beim Singen nicht vorstellen. Er schien ein wütender Mann zu sein, einer, der eher zum Schreien und Wände einschlagen neigte. Nicht zum Singen. Aber dann hatte Joyce ihn in Frauenkleidern gefunden, also war er offensichtlich ein tiefgründiger Mensch.

Joyce ignorierte mich. „Aber immer, immer schienen sie so heimlich. Deshalb dachte ich, sie hätten eine Affäre und die Geheimhaltung wäre das Wichtigste."

Eine Idee begann Gestalt anzunehmen. Wahrscheinlich eine schlechte Idee, aber jetzt, wo der Samen gepflanzt war, konnte ich nicht widerstehen. „Joyce, ich brauche einen Gefallen."

„Natürlich, Liebes. Was ist es?"

„Ich brauche dich als Wachposten."

„Wachposten?" Sie kratzte sich verwirrt am Kopf.

„Ich muss in Pauls Büro kommen.

„Oh." Sie nickte. „Ein bisschen Einbruch und Hausfriedensbruch. Kein Problem. Ich bin die perfekte Frau dafür."

Ich liebte, wie sie sofort bei meinem zwielichtigen Plan an Bord war. Wenn Joyce jünger wäre – und am Leben –, könnte ich mir vorstellen, dass wir großartige Freundinnen sein könnten. So war sie jedoch weder das eine noch das andere, und die Zeit lief. Ich musste ihren Mord aufklären, damit sie weitergehen konnte, oder ich riskierte, dass sie hier feststeckte, möglicherweise für immer.

Ich ging meinen Weg zurück und kehrte zu den Verwaltungsbüros zurück, lehnte mich lässig an die Wand und gab mein Bestes, unbefangen zu wirken, während ich mein Handy ans Ohr hielt. „Also", sagte ich zu Joyce und hielt meine Stimme leise, „ich brauche dich, um zu prüfen, ob Paul in seinem Büro ist."

„Bin dabei." Joyce flitzte den Gang hinunter und hielt gelegentlich an, um ihren Rücken gegen die Wand zu drücken und ihren Hals zu recken, erst in die eine, dann in die andere Richtung, als würde sie Ausschau halten, als wäre sie in Gefahr, entdeckt zu werden. Ich senkte meinen Kopf und versuchte nicht zu lachen. Als sie gegenüber von Pauls Tür war, ging sie halb in die Hocke und sprintete dann mit einem laufenden Sprung hinein. Gott allein wusste, was sie zu tun glaubte. Mehrere Minuten vergingen, und ich begann mich zu fragen, ob sie ihre Mission vergessen hatte, als sie zurück in den Flur sprang und mir zuwinkte. Sie legte ihre Hände wie einen Trichter um ihren Mund und rief: „Alles frei!"

Ich ließ mein Handy in meine Tasche gleiten, eilte den Gang hinunter, umschloss den Türknauf zu Paul Wilsons Büro mit meinen Fingern und drehte. Glücklicherweise war es nicht abgeschlossen, obwohl ich das Schloss hätte knacken können, wenn nötig. Aber es war viel einfacher – und unendlich schneller –, wenn es bereits offen war. Ich trat ein und schloss die Tür hinter mir so leise wie möglich.

„Also", sagte ich und hielt meine Stimme leise für den Fall, dass jemand, der vorbeikam, mich hörte. „Ich brauche dich, um Wache zu halten. Lass mich wissen, wenn jemand kommt."

„Mach ich." Joyce gab mir einen gespielten Salut und trat durch die Tür, während ich mich daran machte, die Papiere auf Pauls Schreibtisch zu durchsuchen. Ordner mit Finanzberichten, Protokollen von Vorstandssitzungen und eine Hamburgerverpackung waren auf einem Papierkalender gestapelt. Ich öffnete den Kalender und blätterte beiläufig durch. Nichts sehr Aufregendes. Seine Termine drehten sich um die Leitung von Torres Place, außer zwei Abendterminen, wo er das Wort *reverse* hingekritzelt hatte.

„Was bedeutet reverse?" Nahm er Fahrstunden? Irgendeine Therapie zur Rückführung in ein früheres Leben? Jeden Montag und Donnerstagabend, für eine Stunde, nahm Paul an etwas teil, das reverse genannt wurde. Ich hatte gerade den Kalender weggelegt und die oberste Schublade geöffnet, als ein Geräusch an der Tür mich darauf aufmerksam machte, dass jemand da war. Meine Augen weiteten sich, als ich zusah, wie sich der Türknauf drehte. Ohne eine Sekunde zu verlieren, duckte ich mich und kroch unter den Schreibtisch, dankbar, dass es einer mit einer Rückwand war, die die Beine des Insassen verbarg. Ich setzte mich auf den Boden, zog meine Knie an meine Brust und schlang meine Arme um sie, hielt fest.

„Oh, Mist!" hörte ich Joyce keuchen. Dann war sie hinter Pauls Schreibtisch, beugte sich hinunter und schaute mich an. „Tut mir leid, er ist vorbeigeschlüpft, ohne dass ich es bemerkt habe." Wie das möglich war, wusste ich nicht, aber ich schüttelte den Kopf und hielt einen Finger an meine Lippen.

„Audrey! Du musst hier raus. Sofort!" Joyce schrie praktisch. Ich schüttelte wieder den Kopf. Es war zu spät, denn Paul war bereits im Raum, seine Schritte kamen auf den Schreibtisch zu. Wenn er sich hinsetzte, war ich erledigt. Ich hielt den Atem an, während Joyce eine Art irischen Stepptanz aufführte und versuchte, Paul wegzuscheuchen. Wenn ich nicht Angst gehabt hätte, entdeckt zu werden, hätte ich gelacht.

„Ah, da ist es ja." Er blieb am Schreibtisch stehen, seine Füße nur wenige Zentimeter von der Stelle entfernt, wo ich kauerte. Ich hörte über mir ein Rascheln und stellte mir vor, wie er die Akten durchsuchte.

„Was macht er?" formte ich lautlos mit den Lippen zu Joyce.

„Hä?" Sie runzelte die Stirn.

„Was. Macht. Er?" versuchte ich es erneut.

„Das Wetter?" Sie drehte sich um, um aus dem Fenster zu schauen. „Es ist ein schöner, feiner Tag. Warum? Was hat das mit irgendetwas zu tun?"

Ich presste meine Lippen zusammen und zeigte über mich. „Was macht er?"

„Oooooh! Was macht er da?

Ich nickte.

Sie kam näher, bis sie teilweise im Schreibtisch stand. „Er hat eine Datei namens Okkulter Arbeitsschutz aufgeschlagen."

Ich prustete los und schlug mir schnell die Hand vor den Mund, um das Geräusch zu ersticken.

„Keine Sorge", sagte Joyce. „Er hat dich nicht gehört. Oder falls doch, hat er nicht bemerkt, dass es unter seinem Schreibtisch herkam. Weißt du", fuhr sie fort, „ich wusste gar nicht, dass sie hier Treffen über Okkultismus abhalten. Wie interessant. Ich frage mich, ob das nur für Mitarbeiter ist oder ob auch Bewohner teilnehmen können."

„Gut", sagte Paul, drehte sich auf dem Absatz um und verließ das Büro. Die Tür schloss mit einem Klicken hinter ihm. Ich wartete ein paar Sekunden, bevor ich herausgekrochen kam.

„Nicht okkult", sagte ich zu Joyce, griff an die

Kante des Schreibtischs und zog mich auf die Füße. „Arb-Sicherheit. Abkürzung für Arbeitsschutz."

„Oh. Das klingt bei weitem nicht so interessant."

„Glaub mir, ist es auch nicht." Ich streckte meinen protestierenden Körper und stieß dabei versehentlich den Papierkorb um. „Ups."

Ich schwöre, jeder Wirbel in meiner Wirbelsäule knackte, als ich mich bückte, um den Korb aufzuheben und die verschütteten Papiere wieder hineinzuschaufeln. Der größte Teil seines Mülls bestand aus aufgerissenen Umschlägen, Lebensmittelverpackungen und zerknüllten Post-its mit Erinnerungen an Dinge, die er erledigen musste. Alles langweilig und arbeitsbezogen. Bis ich einen leuchtend gelben Flyer entdeckte, der zu einem Ball zusammengeknüllt worden war.

„Hallo, was ist das?" Ich glättete den Flyer und war etwas überrascht, die Frau auf der Vorderseite zu sehen, die ein riesiges Ballkleid trug und deren Augen ausgekratzt waren.

„Was ist das?" fragte Joyce und lehnte sich über meine Schulter, um es zu sehen.

„Es ist ein Flyer für eine Aufführung von *Cinderella* im Peacock Theater, aber jemand – Paul? – hat ihr die Augen ausgekratzt."

„Unheimlich."

„Okay, wir müssen uns beeilen, und da du eine lausige Wache bist, kannst du mir genauso gut beim Suchen helfen." Ich steckte den Flyer in meine Tasche, um ihn mitzunehmen.

„Wonach suchen wir?"

„Augentropfen oder Nasenspray."

Während Joyce ihren Kopf in den Aktenschrank steckte, durchsuchte ich schnell Pauls Schubladen. Nichts. Keine Augentropfen oder Nasenspray. Überhaupt nichts Persönliches, und ich fragte mich, ob das eine Männersache oder einfach eine Paul-Sache war. Als ich in Zeitarbeitsjobs gearbeitet hatte, nahm ich immer ein paar persönliche Gegenstände mit, um meinen Arbeitsplatz aufzuhellen, aber davon gab es in Pauls Büro nichts. Er hielt sein Privatleben – und seine Persönlichkeit – komplett aus seinem Büro heraus.

Wir waren gerade fertig, als mein Handy zu vibrieren begann und einen Videoanruf von Seb ankündigte. Ich drückte auf Antworten, während ich aus Pauls Büro ging, und hatte gerade einen Blick auf Seb erhascht, der Bandit hielt, als ich direkt mit einem harten, unbeweglichen Objekt zusammenstieß. Ich taumelte rückwärts und versuchte, den Griff um mein Handy nicht zu verlieren, während ich in das wütende Gesicht von Paul Wilson blickte.

„Er hat es total geglaubt", flüsterte ich, während ich den Flur hinuntereilte und Pauls stechender Blick sich in meinen Rücken bohrte.

„Ich glaube schon", stimmte Joyce zu und hastete neben mir her.

Ich hatte das Gespräch mit Seb beendet und ihm gesagt, dass ich zurückrufen würde. Dann hatte ich Paul dreist angelogen und behauptet, ich würde meine Sonnenbrille suchen, die ich wahrscheinlich fallen gelassen hatte, als Hayden mir eine Führung gab. Er hatte höhnisch darauf hingewiesen, dass die Führung nicht sein Büro eingeschlossen hatte, weshalb ich meine Brille unmöglich dort hätte fallen lassen können. Ich hatte mit der Theorie gekontert, dass jemand sie gefunden und bei Paul abgegeben haben könnte. Er hatte genervt erwidert, dass er kein Fundbüro sei, und mich dann aufgefordert zu verschwinden. Ich kam der Aufforderung nach.

„Was jetzt?", fragte Joyce.

„Zurück zu deiner Wohnung." Am Aufzug angekommen drückte ich auf den Knopf für abwärts und weigerte mich, über meine Schulter zu schauen, ob Paul noch immer zusah. Ich vermutete, dass er es tat. Ein unangenehmes Gefühl ließ die Haare in meinem Nacken zu Berge stehen, und ich war mir sicher, dass es an dem Mann lag, der mich vom Ende des Korridors aus anstarrte.

„Oh, gut, dann können wir Tee trinken." Joyce lächelte und rieb ihre Hände aneinander, bevor ihr Lächeln in eine Grimasse überging. „Wir haben *Murder, She Wrote* aber verpasst."

„Ich bin sicher, es gibt etwas anderes, was du anschauen kannst", versicherte ich ihr, während ich in den Aufzug trat. Als ich mich umdrehte, um zur Tür zu blicken, sah ich noch, wie Paul sich auf dem Absatz umdrehte und zurück in sein Büro stürmte. Sobald sich die Aufzugstüren schlossen, stieß ich meinen Atem in einem Schwall aus. Das war knapper gewesen, als mir lieb war. Eines war sicher: Ben gab einen besseren Wachposten ab als Joyce.

„Geht es dir gut, Audrey?“

Ich straffte die Schultern und nickte. „Mir geht's gut. Das war nur knapp, das ist alles. An diesem Mann ist irgendetwas, das mir einen Schauer über den Rücken jagt.“

„Wer, Paul? Der ist harmlos.“

„Du glaubst also nicht, dass er hinter deinem Mord steckt?“ Ich war schockiert. Ich hatte gedacht, Joyce verdächtige Paul.

„Paul? Großer Gott, nein. Dazu fehlt ihm der Mumm.“

„Wer, glaubst du, hat dich getötet?“

Sie schaute mich von der Seite an. „Ich habe keine Ahnung.“

Und genau da spürte ich es. Die Lüge. Joyce Harrison log wie gedruckt. Mein sechster Sinn sagte es mir.

„Joyce“, begann ich und versuchte, meine Stimme ruhig zu halten. „Wer hat dich getötet?“

Joyce tätschelte meine Schulter. Eisige Splitter schossen meinen Arm und Rücken hinunter und ließen mich erschaudern. „Liebes, ich weiß es wirklich nicht. Warum lassen wir das Thema nicht fallen und trinken eine schöne Tasse Tee, hmm?“

Der Aufzug kam ruckartig im sechsten Stock zum Stehen, und bevor sich die Türen öffnen konnten, trat Joyce einfach hindurch. „Das wird von Minute zu Minute seltsamer", murmelte ich vor mich hin, während ich wartete, bis sich die Türen öffneten, bevor ich Joyce zu ihrer Wohnung folgte.

Einmal drinnen schaltete ich pflichtbewusst den Fernseher für Joyce ein und kicherte über die Wiederholung von *The Golden Girls*, die lief. Wie passend, denn mit Joyce, Sally und Hazel fühlte ich mich, als wären wir in unserer eigenen Sitcom. Ich begann, das Badezimmer zu durchsuchen, dann die Küche, wühlte im Müll und suchte nach Augentropfen oder Nasenspray. Ich fand nichts. Als ich auf dem Küchenboden saß, die Überreste von Joyces Mülleimer um mich herum verstreut, musste ich die Niederlage eingestehen. Wer auch immer Joyces Essen manipuliert hatte, hatte entweder alles mitgebracht und anschließend wieder mitgenommen, als er fertig war, oder es war nicht in ihrer Wohnung geschehen.

Mein Handy begann zu vibrieren, Sebs Gesicht leuchtete auf dem Display auf und erinnerte mich daran, dass ich versprochen hatte, ihn zurückzurufen, was ich völlig vergessen hatte.

„Hey, Seb." Ich lächelte strahlend und tat so, als

würde ich nicht auf dem Küchenboden einer toten Frau sitzen, umgeben von Müll. „Tut mir leid, ich habe vergessen, dich zurückzurufen."

Er winkte meine Entschuldigung ab. „Mach dir keine Gedanken. Du warst offensichtlich beschäftigt."

Ich beschloss, dass er nichts von meinem kleinen Einbruch und der anschließenden Durchsuchung von Pauls Büro wissen musste. Schließlich konnte er nicht aussagen, was er nicht wusste.

„Dein Gesicht sieht... besser aus?" Seb kniff die Augen zusammen und brachte das Handy näher, um besser sehen zu können.

„Ja, die Schwellung ist stark zurückgegangen, und die blauen Flecken sind nicht mehr so schlimm." Das heißt, wenn man tiefviolette Augen mit grüngelben Akzenten mochte. „Ist alles in Ordnung? Bandit? Thor?"

„Entspann dich, denen geht's gut. Sie vermissen dich, glaube ich."

Hinter ihm sah ich einen Fellblitz, dann das Geräusch von Pfoten, die über den Holzboden donnerten, ein Rutschen und ein dumpfer Aufprall.

„Was um alles in der Welt ist da los?"

„Also." Seb nahm Haltung an. „Bandit hat damit angefangen, meine Socken zu klauen. Ich kann beim besten Willen nicht herausfinden, wo sie sie versteckt hat. Dann habe ich sie erwischt, wie sie versuchte, in die Speisekammer zu kommen. Gott sei Dank warst du so vorausschauend, ein Schloss an dieser Tür anzubringen."

„Sie ist *sehr* empfänglich für Cheez-its." Darum hatte ich auch die Speisekammertür abschließen müssen. Bandit war, wie der Name schon andeutete, sehr gut darin, Dinge zu stehlen.

„Mama?" rief Bandit im Hintergrund, dann noch mehr donnernde Schritte, bevor sie in Seb hineinraste und ihn fast von seinem Platz auf dem Sofa stieß. Er machte ein gurgelndes *Uff*-Geräusch, bevor er sich wieder aufrichtete.

„Entspann dich, sie ist genau hier", sagte er zu Bandit und rückte zurecht, damit sie sich auf seinen Schoß setzen konnte.

„Ist sie das?" Ich beugte mich näher. „Trägt sie Socken?"

„Was?" Seb blickte auf den Waschbären in seinem Schoß, dann warf er den Kopf zurück und lachte. „Da sind sie ja!"

„Bandit." Ich kicherte. „Warum trägst du Sebs Socken?"

„Weil ich *heimlich* bin", flüsterte sie übertrieben laut. „Und Thor hat gesagt, dass meine Krallen zu viel Lärm auf dem Boden machen und Seb mich hören wird."

„Seb wird dich wobei hören?"

Sie öffnete den Mund, um zu antworten, hielt dann inne und legte den Kopf schief. „Ich kann mich nicht erinnern."

„Petze", knurrte Thor, der gerade außerhalb des Kamerablickfelds war. „Habe ich dir gar nichts beigebracht?"

„Du hast mir beigebracht, dass das Tragen von Socken meine Pfoten auf dem Boden rutschen lässt und das Spaß macht!" verkündete Bandit, sprang von Sebs Schoß, um es zu demonstrieren, und schoss über den Boden im Hintergrund, rutschte, bis sie mit einem dumpfen Schlag gegen die Küchentheke prallte.

Ich brach in Gelächter aus.

„Wie läuft die Ermittlung?" fragte Seb.

Ich warf einen Blick auf meine Umgebung, den Müll, die unmögliche Aufgabe, die Augentropfen zu finden, die Joyce getötet hatten. „Das ist es nicht." Ich seufzte. „Wenn ich nur die Mordwaffe finden könnte."

„Was ist es denn? Ein Messer? Eine Pistole?"

„Augentropfen. Oder Nasenspray." Aber wahrscheinlicher waren es Augentropfen. Ich hatte etwas recherchiert, und es stellte sich heraus, dass der Tod durch Augentropfen häufiger vorkam, als ich je gedacht hätte. Wer hätte das gedacht? Ich jedenfalls nicht.

„Wirklich?"

Ich erkannte die Skepsis in Sebs Gesicht, denn ich hatte diesen Ausdruck selbst schon oft getragen. „Ich weiß. Verrückt, oder? Dass man jemanden töten kann, indem man eine Flasche Augentropfen in sein Essen oder Getränk leert."

„Ein Gelegenheitsverbrechen?"

„Was, denkst du, der Mörder trug eine Flasche Visine mit sich herum, falls er zufällig auf Joyce treffen und sich die perfekte Gelegenheit bieten würde?" Es war so weit hergeholt, dass es durchaus plausibel sein könnte. Joyce und ihre Freunde aßen häufig im Sunset Café. Wenn es jemals eine Gelegenheit gab, das Essen von jemandem zu vergiften, dann wäre es in einem belebten Café. Vorbeigehen, gegen den Kellner stoßen, ein schnelles Fingerspiel, und die Sache ist erledigt.

Ich begann, den Müll, in dem ich saß, aufzusammeln und zurück in die Tonne zu stopfen, während der Hamster in meinem Kopf auf seinem Rad doppelt so schnell lief.

„Was um alles in der Welt machst du da?“ fragte Seb. „Ist das... Müll?“

„Wo?“ Thor war sofort interessiert, und ich hielt lange genug inne, um zu sehen, wie sein graues, felliges Gesicht den Bildschirm füllte.

„Hey, Thor.“ Ich lächelte und wischte mir mit dem Handrücken über die Stirn. „Bist du brav bei Seb? Überredest Bandit nicht dazu, in die Speisekammer einzubrechen oder so?“

Seine orangefarbenen Augen verengten sich. „Würde ich so etwas tun?“

„Auf jeden Fall. Warum ziehst du dir nicht ein paar Socken an und rutschst auf dem Boden herum?“

Er hob seinen Kopf in die Luft, als ob der bloße Gedanke an solche Streiche unter seiner Würde wäre. Dann schaute er mich mit *Gestiefelter Kater*-Augen an und ich schmolz dahin. „Ich vermisse dich“, sagte er. „Wann kommst du nach Hause?“

„Nicht morgen, aber übermorgen. Die Zeit wird wie im Flug vergehen, du wirst schon sehen.“

„Du weißt schon, dass er mich nicht füttert, oder?“ Sein finsterer Blick war zurück und brachte mich zum Lachen.

„Er füttert dich. Du bist auf Diät, erinnerst du dich? Nur weil du gelegentlich den Boden deiner

Schüssel sehen kannst, heißt das nicht, dass kein Futter darin ist."

„Was sagt er?" verlangte Seb zu wissen. „Beschwert er sich, dass ich ihn nicht füttere? Meine Güte, Audrey, du solltest deinen Kater morgens hören. Das Jammern, als ob er tagelang in Gefangenschaft gehalten, geschlagen und ausgehungert worden wäre. Diese Dramatik. Du solltest einen Agenten für ihn besorgen. Er würde sich gut in Filmen oder im Fernsehen machen."

Seb hatte nicht Unrecht. Ich kannte genau die Art von Theatralik, auf die er sich bezog. „Vielleicht war er in einem früheren Leben Schauspieler?" schlug ich vor.

„Entweder das oder er wird in seinem nächsten Leben einer sein. Jedenfalls habe ich angerufen, um dir zu sagen, dass Amanda vorbeigekommen ist—" Ich öffnete meinen Mund, eine Reihe von Flüchen bereit auf der Zungenspitze, aber Seb unterbrach mich. „Und bevor du ihr die Hölle heiß machst, sie kam vorbei, um die Kuchen abzuholen. Was sich eigentlich als ziemlich günstig erwies. Ich konnte ein kleines Tête-à-tête mit ihr führen und ihr erklären, dass wir zwar ihren Enthusiasmus für die Hochzeit zu schätzen wissen, es aber tatsächlich *deine* Hochzeit ist, *nicht* ihre, und wenn du in Jeans und T-

Shirt um Mitternacht am Strand heiraten willst, dann ist das deine Entscheidung und sie soll sich raushalten."

Ich seufzte sehnsüchtig. „Jeans und ein T-Shirt um Mitternacht am Strand klingt ziemlich gut. Und? Wie hat sie es aufgenommen? Was hat sie gesagt?" Ich hatte die Nase voll von dem Drama, das meine Schwägerin verursachte. Kade hatte recht. Wir brauchten ein Familientreffen, bei dem wir alle daran erinnerten, dass ich, die Jüngste zwischen meinem Bruder, meiner Schwester und mir, und daher das Nesthäkchen der Familie, tatsächlich eine erwachsene Frau in ihren Dreißigern war, die auf sich selbst aufpassen konnte.

„Wenn ich ehrlich bin, wirkte sie ein bisschen beschämt", überraschte mich Seb mit seiner Aussage. „Fast... kleinlaut."

Ich schnaubte bei dem Wort „fast". Amanda war eine wunderschöne, stilvolle, selbstbewusste Frau, die durchs Leben schritt, als gehöre es ihr. Ich konnte mir nicht vorstellen, dass sie jemals kleinlaut oder zerknirscht wirkte. Das lag einfach nicht in ihrer DNA. „Bezweifle ich, aber danke, und es tut mir leid, dass du in dieses ganze Drama hineingezogen wurdest."

„Mädchen"—Seb winkte abwehrend mit der

Hand—"ich bin nicht nur Lehrer, sondern auch schwul. Ich lebe für Drama. Mach dir darüber keine Sorgen." Das Letzte sagte er mit einem gespielten südstaatlichen Akzent, der mich zum Lachen brachte. „Aber jedenfalls", fuhr er fort, ohne mir Zeit zum Antworten zu geben, „weißt du noch, dass wir die Hochzeitsmesse in der Stadt verpasst haben? Die gute Nachricht ist, dass eine abgespeckte Version nach Firefly Bay kommt, und ich habe Karten für uns."

„Uns?"

„Du, ich – natürlich –, deine Mutter, Laura und"—er machte eine dramatische Pause —"Amanda."

„Juhu." Ich konnte meine Begeisterung zu hundert Prozent zurückhalten, weil ich keine hatte. Ich schauderte allein bei dem Gedanken an eine Hochzeitsmesse.

„Und das Gute an Messen ist, neben all dem Tüll und Glitzer, dass es Rabatte gibt."

„Rabatte?"

„Genau. Buche am selben Tag und bekomme einen Rabatt. Ich denke an Fotograf, Blumen. Nicht die Location, weil die offensichtlich weit im Voraus gebucht werden muss, aber wenn du immer noch auf eine Sommerhochzeit bestehst?"

„Ehrlich gesagt, ist es mir egal", gestand ich. „Herbst würde auch gehen. Wie du schon sagtest, ich bin glücklich, wenn wir es um die Verfügbarkeit der Location herum planen. Haben wir schon eine Location?"

„Ich gehe heute Nachmittag raus, um diese umgebaute Scheune zu besichtigen, von der alle schwärmen. The Harvest Moon."

„Eine Scheune?" Ich meine, ich wusste, dass ich es locker und ungezwungen wollte, aber eine Scheune? Stinkend nach Tiermist und mit Gummistiefeln beim Empfang war nicht genau das, was mir vorschwebte.

„Umgebaute Scheune", korrigierte mich Seb. „Das heißt, umgebaut zu einer Veranstaltungslocation zum Mieten. Mit Toiletten mit Spülung und allem. Vertrau mir, wenn ich denke, dass du sie nicht lieben wirst, suche ich weiter, bis ich den perfekten Ort für dich finde."

„Danke, Seb. Ich weiß, ich habe es schon einmal gesagt, aber ich sage es nochmal – ich wäre ohne dich verloren."

„Liebes." Er klimperte mit den Wimpern und verstärkte seine Theatralik um tausend Prozent. „Es ist mir eine ehrliche und gottesfürchtige Freude."

Mein Handy piepte und eine eingehende

Nachricht von Kade, dass ich ihn im Café treffen soll, leuchtete auf meinem Display auf.

„Muss los, Seb. Ich glaube, Kade hat eine Spur."

„Geheimnis und Intrige sind im Gange! Leb wohl." Nach einer übertriebenen Verbeugung legte Seb auf, und ich räumte Joyces Küche auf, bevor ich mich zum Sunset Café aufmachte.

KAPITEL 15

Ich erspähte Dennis, Sylvia und Kade an einem Tisch auf der Terrasse. Sie schauten auf, als ich mich näherte, und natürlich stolperte ich über nichts und taumelte den Rest des Weges.

„Hast du es ihm gesagt?", fragte ich Sylvia.

„Was gesagt?", fragte Kade neugierig.

Sylvia schüttelte den Kopf. „Nein, das ist deine Neuigkeit, die du teilen solltest. Ich habe ihnen allerdings gesagt, dass das Foto, das Joyce von Paul gemacht hat, nichts gebracht hat."

Ich setzte mich neben Kade und griff nach seiner Hand. „Ich habe ein Kleid gefunden!" Ich konnte meine Erleichterung kaum verbergen. „Es ist perfekt."

„Ein Kleid? So wie... ein Hochzeitskleid?" Klang er, wage ich zu behaupten, hoffnungsvoll?

Ich nickte, und mein Gesicht verzog sich zu einem Lächeln, das meine Wangen schmerzen ließ.

„Schatz, das ist fantastisch! Aber... wie? Du hast ein Kleid im Kameraladen gefunden?"

Ich lachte. „Nein, Dummerchen. Während wir darauf gewartet haben, dass der Film entwickelt wird, haben deine Mutter und ich eine kleine Brautboutique ein paar Türen weiter besucht, und da war es."

Kade beugte sich hinunter und küsste mich, lang und intensiv. „Ich bin glücklich, dass du glücklich bist."

Ich lehnte mich zurück und fühlte mich, als wäre mir eine Last von den Schultern genommen worden. Ich hatte ein Kleid. Ich war aufgeregt wegen des Kleides. Das Leben war gut. Jetzt mussten wir uns um die Aufklärung von Joyces Mord kümmern.

„Habt ihr es geschafft, einen Blick auf die Überwachungsaufnahmen zu werfen?" Ich nickte diskret in Richtung der Kameras, die strategisch um das Café herum platziert waren.

Dennis verschränkte die Arme vor der Brust, mit einem finsteren Blick im Gesicht. „Sie haben Worte wie Durchsuchungsbefehl benutzt", brummte er.

Ich schaute erwartungsvoll von Kade zu seinem Vater. Sicherlich hatten sie einen Weg um das Problem mit dem Durchsuchungsbefehl gefunden? Nur schienen sie das nicht getan zu haben, denn beide Männer saßen da schweigend – oder in Dennis' Fall nicht ganz so schweigend – und grübelten darüber nach.

Ich seufzte und schüttelte den Kopf. „Überlasst das mir."

„Was hast du vor?" Dennis sah mich scharf an.

„Audrey", warnte Kade. „Denk daran, wir sind Polizeibeamte."

„Ihr zwei vielleicht. Ich nicht." Und manchmal hatte es mehr Gewicht, kein Polizist zu sein, als eine glänzende Marke zu haben.

„Audrey." Kade durchbohrte mich mit einem Blick, den ich abschüttelte.

„Was?", sagte ich verteidigend. „Ihr zwei seid seit gestern dran, und ihr habt immer noch nicht die Aufnahmen bekommen. Zeit, mich versuchen zu lassen."

„Kann sie das?", blinzelte Dennis.

„Sie ist nicht an die gleichen Regeln gebunden wie wir."

„Verdammt richtig. Schaut und lernt, Jungs, schaut und lernt." Ich machte mich mit einem gewissen Schwung auf den Weg zur Theke und konzentrierte mich stark darauf, nicht zu stolpern. Ich lehnte mich mit einem Ellbogen auf die Theke und fing den Blick des Bedienenden ein, desselben Mannes, der gestern Morgen Dienst hatte.

„Hallo. Was kann ich für dich tun?" Sein Lächeln war strahlend und erinnerte mich ein wenig an Seb und seine unglaublich weißen Zähne. Ich senkte meinen Blick auf sein Namensschild.

„Hallo, Liam, ich heiße Audrey und ich recherchiere etwas, das hier gestern passiert ist. Ich würde gerne mit Ihnen sprechen, wenn Sie ein paar Minuten Zeit haben."

Er legte den Kopf schief. „Habe ich Sie nicht gestern hier gesehen? Sind Sie mit diesen Polizisten zusammen?" Sein Blick fiel auf den Tisch der Galloways auf der Terrasse.

„Ich bin keine Polizistin, falls Sie das beunruhigt." Ich lächelte und behielt einen freundlichen Ton bei. „Aber mein Verlobter ist einer. Und sein Vater. Na ja, sein Vater ist im Ruhestand, aber Sie wissen schon..." Ich verstummte.

„Einmal Polizist, immer Polizist", sagte Liam und wischte die Theke ab. „Hören Sie, Sie müssen etwas bestellen. Wenn der Chef mich beim Plaudern sieht, wird er mir Geld vom Lohn abziehen."

„Oh! Richtig, klar." Ich richtete mich von meiner lässigen Haltung an der Theke auf und studierte die Speisekarte. „Geben Sie mir einen Eiskaffee mit einem Espresso-Shot."

„Kommt sofort."

Während Liam sich damit beschäftigte, meine Bestellung zuzubereiten, sagte er: „Ich nehme an, du möchtest etwas über Joyce wissen? Ich weiß nicht, was ich dir sonst sagen soll. Sie kommt regelmäßig mit Sally und Hazel herein. Gestern Morgen haben sie zusammen gefrühstückt und sind dann zu einer Runde Golf gegangen."

„Ich bin sicher, du hast inzwischen den Klatsch gehört, oder? Ich versuche, der Sache auf den Grund zu gehen.

Er hielt inne und musterte mich. „Dass sie ermordet wurde?" Er schnaubte. „Klar." Sein Ton verriet mir, dass er keine Sekunde lang glaubte, Joyce wäre ermordet worden.

„Ich versuche nur herauszufinden, was hier passiert ist. Glaubst du, du könntest mir helfen?

„Was brauchst du?

„Wäre es zu viel verlangt, wenn ich einen Blick auf die Überwachungsaufnahmen werfen dürfte?

Seine Augen verengten sich. „Brauchen Sie dafür nicht einen Durchsuchungsbefehl?"

Ich schüttelte den Kopf. „Ich bin kein Polizist. Also nein, das bleibt unter uns. Du wirst nicht in Schwierigkeiten geraten." Ich zögerte, dann zwinkerte ich. „Es sei denn, du hast Joyce etwas in den Drink gemischt, dann könnte es Ärger geben."

Ihm klappte der Kiefer herunter. „Du denkst, Joyce wurde *vergiftet?*"

Ich zuckte mit den Schultern. „Wie gesagt, ich versuche nur, der Sache auf den Grund zu gehen."

Liam überdachte seine Optionen für ganze zwei Nanosekunden, bevor er nachgab. „Okay, gut. Aber erzähl es nicht meinem Chef."

„Sonst kürzt er deinen Lohn." Ich legte die Hand aufs Herz. „Verspreche, dass ich ihm nichts sage."

Liam beugte sich hinunter und holte ein Tablet unter der Theke hervor. Seine Finger wischten über den Bildschirm, gaben eine PIN oder ein Passwort ein, bevor er es mir entgegenhielt. „Hier. Hier sind die Aufnahmen von gestern."

„Danke."

Es gab drei Kameras im Café – eine auf die Theke gerichtet, eine, die den Hauptraum des Cafés und die Tür, die ins Innere des Torres Place Gebäudes führt, abdeckte, und eine weitere draußen, die auf die Terrasse fokussiert war.

Ich wählte die, die auf die Tische im Inneren

gerichtet war und drückte auf Play. Auf dem Bildschirm sah ich zu, wie Liam am Morgen alles vorbereitete, um zu öffnen. „Was passiert mit den Aufnahmen?“, fragte ich und beschleunigte die Wiedergabe, wodurch Liam auf dem Bildschirm in doppelter Geschwindigkeit arbeitete. „Werden sie gelöscht? In der Cloud gespeichert?“

„Keine Ahnung.“ Liam schob mein Getränk zu mir hin. „Das macht fünf Dollar.“

„Danke.“ Ich bezahlte, gab großzügig Trinkgeld und nahm einen Schluck, während ich die Aufnahmen beobachtete. Als ich zu der Stelle kam, wo Joyce mit Hazel und Sally ankam, verlangsamte ich die Wiedergabe. Es war surreal, sie auf dem Bildschirm zu beobachten. Ich wechselte die Kamera und folgte den Frauen nach draußen auf die Terrasse.

„Joyce hatte Orangensaft und Rührei.“

„Genau. Ihre übliche Bestellung. Diese Frau liebte ihre Eier“, sagte Liam. Ich hatte vergessen, dass er da war, also zuckte ich zusammen, als er sprach, und verschüttete mein Getränk.

„Oh Mist, tut mir leid“, murmelte ich und tastete blindlings nach einer Serviette, unfähig, meine Augen vom Bildschirm zu lösen. Irgendetwas musste im Café passiert sein. Ich wollte es nicht verpassen.

„Nimm deine Finger da weg", ermahnte Liam mich und schob meine Hand beiseite. „Ich mache das sauber."

Auf dem Bildschirm kamen zwei Sanitäter an. Beide männlich. Beide winkten den Frauen am Tisch von Joyce zu, dann gingen sie zur Theke, um ihre Bestellung aufzugeben. Sie kehrten der Kamera den Rücken zu, sodass ich ihre Gesichter nicht gut erkennen konnte, aber sie sahen nicht aus wie die Typen, die gekommen waren, um Joyce' Leiche abzuholen. Ich war zu achtzig Prozent sicher, dass sie eine andere Statur hatten, obwohl es schwer zu sagen war von hinten und mit ihren Uniformen.

„Liam, wer sind diese Typen?" Ich zeigte ihm das Tablet.

„Äh, das sind Sanitäter, Audrey." Er ließ mich klingen, als wäre ich ein Idiot, weil ich das nicht wusste.

„Nein, ich meine, kennst du sie persönlich? Sie haben Joyce, Hazel und Sally zugewunken."

„Oh ja, ich glaube, sie kennen sie?" Liam kniff die Augen zusammen und zeigte auf den Bildschirm. „Der eine hat ihnen eine Runde Getränke bestellt."

„Wow. Das war nett von ihm."

„Ich schätze, sie sind einfach nette Typen." Liam zuckte mit den Schultern, ohne viel darüber nachzudenken. „Diese Jungs werden ständig hierher gerufen. Die Hälfte der Zeit ist es Fehlalarm. Wie diese Beurteilungen, die sie machen müssen, wenn jemand gestürzt ist?"

„Dann kennen sie vermutlich viele der Bewohner."

„Auf jeden Fall." Liam schaute über meine Schulter. „Sie kennen wahrscheinlich jede einzelne Person hier. Außer dir."

„Danke", murmelte ich unter meinem Atem, während ich die Kameras wechselte und nach denselben Aufnahmen aus einem anderen Blickwinkel suchte. Schließlich fand ich sie und spulte die Kamera vor, die den Tresen abdeckte, bis ich zu den beiden Sanitätern kam. Immer noch keine besonders klare Aufnahme, die Kamera war auf das Personal hinter dem Tresen gerichtet, nicht auf die Kunden. Beide Sanitäter standen seitlich, keiner drehte sich direkt zur Kamera.

So unauffällig wie möglich zog ich mein Handy heraus und schoss ein Foto, dann schaute ich mir weiter die Aufnahmen der Hauptcafé-Kamera an. Die Sanitäter holten ihre Bestellung ab. Einer von ihnen schnappte sich eine Serviette, wischte den Tresen ab, wo sein Becher gestanden hatte, und warf sie auf dem Weg nach draußen in den Mülleimer.

„Irgendwas?", fragte Liam.

Ich schüttelte den Kopf. „Leidest du unter Allergien?"

Er schien von der Frage überrascht. „Nein. Warum?"

„Also benutzt du kein Nasenspray oder Augentropfen?"

„Nein, und selbst wenn ich Allergien hätte, würde ich einfach ein Antihistaminikum einwerfen."

„Guter Punkt." Ich gab ihm das Tablet zurück. „Danke, Liam, ich weiß deine Hilfe zu schätzen."

„Und?" Er nahm das Tablet und legte es wieder unter den Tresen. „Hast du gesehen, wer sie getötet hat?"

Ich seufzte, ließ die Schultern hängen und trank aus. „Nein, habe ich nicht. Niemand hat sich ihrem Tisch genähert außer dem Servicepersonal, das ihre Mahlzeiten servierte."

„Denkst du, einer von uns hat es getan?"

„Hast du es getan?"

„Ich habe dir bereits gesagt, dass ich es nicht war." Er runzelte die Stirn. „Denkst du, es war Chef?"

„Du meinst euren Koch? Derjenige, der die Mahlzeiten im Café zubereitet?"

„Nein. Also ja, aber wir nennen ihn tatsächlich

Chef. Das ist sein Spitzname. Aber ja, er ist auch der Koch."

„Verstehe... also hatte Chef ein Problem mit den Damen? Mit Joyce? Er kennt doch ihre Bestellungen, nicht wahr, da sie Stammgäste sind?"

„Chef hat mit niemandem ein Problem. Er ist einer dieser ständig freundlichen Menschen, immer gut gelaunt. Selbst wenn ein Kunde ihn ausschimpft, lächelt er, entschuldigt sich und macht mit seinem Tag weiter, ohne nachzutragen."

„Er ist also kein Gordon Ramsey?"

„Das komplette Gegenteil."

„Würde ich unsere Freundschaft überstrapazieren, wenn ich darum bitte, mich in der Küche umzusehen?" Ich senkte meinen Kopf und schaute ihn durch meine Wimpern an. Ich zielte auf süß und liebenswert ab, kam aber wahrscheinlich eher wie manisch und leicht gestört rüber, angesichts des blauen Flecks in meinem Gesicht.

„Geht nicht. Nur für Personal. Es gibt keine Möglichkeit, dich dort reinzubekommen." Aber er gab mir diesen Blick. Einen, den ich nicht entschlüsseln konnte. Denn während seine Worte Nein sagten, sagten seine Augen Ja.

Ich grübelte hektisch, was Liam nicht aussprach. „Das ist schade, Liam", sagte ich mit übertriebener

Ruhe. „Ich hätte gern eure Einrichtung dort hinten gesehen."

„Chef macht von zwei bis vier Pause. Das ist wirklich ein schlechter Zeitpunkt für einen Besuch."

„Von zwei bis vier, ja? Was passiert dann... mit dem Menü, meine ich?"

„Keine warmen Speisen. Wir haben vorbereitete Sandwiches und Croissants. Ich kann eine Quiche in der Mikrowelle aufwärmen. Aber es ist Quiche. In der Mikrowelle."

„Ich verstehe schon. Nun, danke, Liam. Das war der beste Kaffee, den ich heute hatte." Ich gab ihm einen Salut und schlenderte zurück zur Terrasse. Wenn er meinte, was ich dachte, dass er meinte, sollte ich meinen Hintern irgendwann zwischen zwei und vier wieder hierher bewegen, um heimlich in der Küche herumzustöbern.

„Es ist ein Schuss ins Blaue", sagte Dennis. Er war etwas verstimmt gewesen, als ich siegreich zum Tisch zurückkehrte, nachdem ich dort Erfolg hatte, wo er gescheitert war.

„Hundertprozentig." Es war definitiv ein Schuss ins Blaue. Ich hatte gehofft, Aufnahmen von Paul Wilson im Café an diesem Morgen zu bekommen, aber er war erst angekommen, nachdem Joyces Leiche gefunden worden war. Wenn er der Mörder war, und ich dachte inzwischen wirklich, dass er es war, dann hatte er sie woanders vergiftet. Ich musste nur herausfinden, wo. Ich bezweifelte, dass ich in der Küche etwas Belastendes finden würde, aber kein Stein sollte unumgedreht bleiben und so weiter.

Ich griff in meine Tasche und holte den

zerknüllten Flyer für das *Aschenputtel*-Stück heraus, den ich in Pauls Mülleimer gefunden hatte.

„Was hast du da, Audrey?", fragte Sylvia.

Ich reichte ihr den Flyer. „Ich habe das in Pauls Büro gefunden."

„Du bist in sein Büro eingebrochen?" Kades Augenbrauen schossen fast bis zum Haaransatz. Das Problem, wenn man mit einem Polizisten zusammen ist: Sie wollen, dass man die Regeln befolgt, diese lästigen kleinen Regeln, die auch als Gesetz bekannt sind.

„Es war nicht abgeschlossen, also bin ich technisch gesehen nirgendwo eingebrochen."

Kade seufzte und schüttelte den Kopf, nahm den Flyer aus den Fingern seiner Mutter und betrachtete ihn. „Was ist daran bedeutsam?"

„Keine Ahnung. Aber die Art, wie die Augen zerkratzt wurden, hat mich neugierig gemacht."

„Du denkst, Paul hat sie zerkratzt?"

„Ich denke, es ist eine Möglichkeit. Er scheint ein sehr wütender Mann zu sein."

Dennis nahm Kade den Flyer ab und hielt ihn auf Armeslänge, während er die Frau betrachtete. „Sie kommt mir bekannt vor." Er hielt den Flyer zu Sylvia. „Kennen wir sie?"

Sylvia legte den Kopf schief. „Es ist schwer, über

die Augen hinwegzusehen, sich auf ihr Gesicht zu konzentrieren, ohne den Vandalismus zu bemerken."

„Ich weiß es!" Dennis schlug auf den Tisch, sodass das Besteck hüpfte und klapperte. „Sie sieht aus wie die Frau von gestern, die mit Paul herauskam, als wir Joyces Leiche fanden."

„Hayden?" Ich nahm ihm den Flyer ab. Sylvia hatte recht, es war schwer, sich auf etwas anderes als die zerkratzten Augen zu konzentrieren, aber Dennis hatte auch recht: Die Frau auf dem Flyer hatte eine Ähnlichkeit mit Hayden Lee, nur dass Hayden rothaarig war und die Frau auf dem Flyer blond.

Als sie sah, dass ich nicht überzeugt war, sagte Sylvia: „Nimm das Ballkleid und die Perücke weg und schau auf die Knochenstruktur, die Form ihres Kiefers, die Länge ihres Halses."

„Du denkst, das ist Hayden in der Rolle des Aschenputtels?" Ich konnte es immer noch nicht erkennen. Kade lehnte sich nah an mich, sein Körper an meinen gepresst, als er den Flyer erneut betrachtete.

„Ihr könntet recht haben", sagte er schließlich.

„Was spielt das überhaupt für eine Rolle?", seufzte ich. „Es ist kaum relevant."

„Ah!" Dennis deutete mit dem Finger auf mich

von der anderen Seite des Tisches, seine Augen tanzten vor Begeisterung. Er genoss den Nervenkitzel der Jagd wirklich. „Da liegt oft die Antwort. Im Unerwarteten. In den kleinen Hinweisen, die du als irrelevant abtust."

„Bist du sicher, dass du kein Detektiv bist?", neckte ich ihn.

„Ich war glücklich auf meinem Streifendienst." Er mochte als Streifenpolizist glücklich gewesen sein, aber ich übersah nicht, wie sich seine Brust vor Stolz blähte, als ich seine Detektivfähigkeiten erwähnte. Wie sein Sohn wäre Dennis Galloway ein brillanter Detektiv geworden.

„Joyce sagte, sie dachte, Paul und Hayden hätten eine Affäre", sagte ich an alle am Tisch gewandt. „Ich habe Hayden heute besucht, und sie hat bestätigt, dass es wahr ist, aber dann hat Paul uns beim Reden erwischt und Hayden in sein Büro gerufen, wo er sie zusammengestaucht hat, weil sie mit mir gesprochen hat. Irgendetwas über ein Geheimnis, das, wenn es rauskommt, sie beide ruinieren wird. Ich paraphrasiere hier."

„Also schlafen sie miteinander?" Sylvias Hand fuhr an ihre Kehle, und ich war mir nicht sicher, ob sie überrascht oder entsetzt war. Ja, ich konnte mir auch nicht vorstellen, dass jemand mit Paul Wilson schlafen wollte.

„Haben sie. Sie sagte, es dauerte nur wenige Wochen."

„Was hat Joyce sonst noch gesagt?", fragte Kade.

„Dass sie oft auf sie getroffen sei, wie sie sich seltsam in der Einrichtung verhielten, wie versteckt in einem kleinen Schlupfwinkel, manchmal wie Turteltauben, manchmal streitend, sogar singend."

„Singend?" murmelte Sylvia, dann packte sie meinen Arm, ihre Stimme dringend. „Ich hab's!"

„Ist es ansteckend?", neckte Dennis, aber Sylvia ignorierte ihn und starrte mich eindringlich an.

„Füge alles zusammen", drängte sie mich. „Paul Wilson in einem Kleid, ein Flyer für *Cinderella*, Paul und Hayden *verhalten* sich seltsam. Das Singen." Sie machte eine Pause und schob dann den Flyer zu mir, auf den sie zeigte. Unter dem Wort Cinderella stand in kleineren Buchstaben das Wort Pantomime.

„Oh mein Gott." Ich legte den Kopf in den Nacken und schaute auf die Pergola, die das Dach der Terrasse bedeckte, und lachte. „Natürlich. Sogar der Eintrag in seinem Tagebuch ergibt jetzt Sinn. Es war nicht reverse, wie in 'rückwärts'. Es war 'proben'. Paul Wilson ist ein Schauspieler in einer Pantomime – *Cinderella* um genau zu sein – und ich vermute,

Hayden spielt die Hauptrolle, etwas, worüber Paul nicht allzu begeistert ist."

„Ich verstehe nicht", gestand Dennis. „Du meinst, Paul und Hayden sind Schauspieler?"

Ich nickte. „Darsteller in einer Pantomime. Vielleicht wollte Paul die Hauptrolle, deshalb hat er Ethels Kleid anprobiert. Das würde auch die ausgekratzten Augen erklären. Er ist eifersüchtig."

„Ja, aber was hat das mit Joyces Tod zu tun?", fragte Sylvia und tippte sich nachdenklich an die Lippe.

Ich sank in mich zusammen wie ein Luftballon. „Vielleicht gar nichts?" Ich war so überzeugt gewesen, dass Paul hinter Joyces Mord steckte, aber unsere neue Theorie, in der er ein Schauspieler in einem Theaterstück war, ergab perfekten Sinn. Ich musste nur bestätigen, dass es stimmte. „Wer hat Lust, heute Abend ins Theater zu gehen?"

„Abendessen und eine Show klingt wunderbar!", klatschte Sylvia begeistert in die Hände. „Wir haben sowieso Reservierungen im Etoile. Lass mich die Spielzeiten für *Cinderella* überprüfen, und ich besorge uns Tickets."

„Sieht so aus, als würden wir *Cinderella* anschauen gehen, Sohn", sagte Dennis trocken.

„Sieht so aus, Dad."

„Jungs", ermahnte Sylvia und musterte die beiden streng. „Benehmt euch. Es wird schön, auszugehen. Dennis, wir gehen zuerst ins Etoile, dein Lieblingsrestaurant, also hör auf zu meckern und setz ein Lächeln auf und tu wenigstens so, als würdest du dich amüsieren. Das gilt auch für dich, Kade."

„Hey", protestierte Kade und hob abwehrend die Hände. „Ich habe nichts gesagt."

„Das musstest du auch nicht. Dein Gesicht hat alles für dich gesagt."

Als wir unser Mittagessen beendeten, wanderten meine Gedanken zu Joyce und wer sie getötet hatte. Ich hatte noch keine Spur von Visine gefunden, was verwirrend war, weil ich dachte, dass fast jeder auf der Welt eine Flasche davon in seinem Medizinschrank versteckt hatte. Ich sah immer wieder auf meine Uhr und konnte es kaum erwarten, dass es zwei Uhr wurde, damit ich in der Küche schnüffeln konnte, denn ich hatte mich überzeugt, dass Joyce dort vergiftet worden war und ich dort die Beweise finden würde, nach denen ich suchte.

„Was ist los?", flüsterte Kade mir ins Ohr.

Ich zuckte zusammen und eine schuldbewusste Röte stieg mir in die Wangen. „Was? Nichts!"

„Du schaust dauernd auf die Uhr. Hast du ein Date?", neckte er. Ich lachte und lehnte mich an ihn.

„Nein, aber ich glaube nicht, dass du wissen willst, was ich vorhabe."

„Audrey." Da war es wieder. So viel Emotion und Bedeutung in einem einzigen Wort. Eine Warnung – was auch immer du vorhast, lass es. Resignation – du wirst es trotz meiner Bedenken tun, oder? Akzeptanz – um Gottes willen, lass dich nicht erwischen. Brauchst du Kautionsgeld?

„Schatz." Ich tätschelte seine Wange. „Es ist alles gut. Warum verbringst du nicht etwas Zeit mit deinen Eltern? Ich bin nicht lange weg."

Nachdem Kade und seine Eltern gegangen waren, musste ich noch Zeit totschlagen, also machte ich einen Spaziergang durch die Gärten und genoss für einen Moment die schöne Umgebung und die Ruhe. Ich saß auf einer Bank unter einem Baum, als ich Joyce erblickte, die neben einer jüngeren Frau herging. Von der Familienähnlichkeit her nahm ich an, dass es ihre Tochter Anne war.

Joyce sah mich und winkte, und ich hob automatisch meinen Arm, um die Geste zu erwidern, als ich Annes verwirrten Blick bemerkte.

„Entschuldigung", sagte sie, als sie näher kam. „Kenne ich Sie?"

„Äh, nein, tut mir leid. Ich dachte, Sie wären jemand anderes." Annes Augen waren blutunterlaufen und geschwollen und ihre Nasenspitze rot, als hätte sie geweint. Was sie zweifellos hatte, weil ihre Mutter kürzlich gestorben war, erinnerte ich mich. Natürlich war sie aufgewühlt.

„Ist alles in Ordnung?", fragte ich und klopfte dann auf die Bank neben mir. „Möchten Sie sich setzen?"

Zu meiner völligen Überraschung tat sie es.

„Danke. Ich bin Anne."

„Audrey.

Ein paar Sekunden Stille verstrichen. „Meine Mutter ist gestorben."

„Oh, das ist hart. Es tut mir wirklich leid für deinen Verlust." Es war so ein abgedroschener Satz, aber was soll man in solchen Situationen schon sagen? Ich konnte ja schlecht herausplatzen, dass der Geist ihrer toten Mutter gerade bei uns war und die Blumen in einem nahegelegenen Beet bewunderte und den Schmetterlingen zusah, wie sie in der Luft tanzten.

„Leben deine Eltern hier?", fragte Anne und zog ein Taschentuch heraus, um sich die Nase zu putzen.

„Meine Schwiegereltern sind vor kurzem in eine

der betreuten Wohnungen gezogen. Wir sind für ein paar Tage zu Besuch hier.

„Deine Schwiegereltern sind reizend“, warf Joyce ein.

„Das ist schön. Du kommst also nicht aus Chicago?

Ich schüttelte den Kopf. „Aus einer kleinen Stadt namens Firefly Bay.“

„Das klingt bekannt.

„Oh? Warst du schon mal in Firefly Bay?

„Nein... war das nicht in den Nachrichten? Irgendwas mit einer korrupten Polizeibehörde. Eine Untersuchung und ein Haufen Polizisten wurden verhaftet?

„Ach ja, das.“ Nicht gerade das, wofür Firefly Bay in Erinnerung bleiben sollte, aber wenn das Aufdecken der Polizisten, die meinen besten Freund Ben aus seinem Beruf gedrängt hatten, das Ergebnis war, war ich absolut dafür. „Die Dinge sind jetzt viel besser.

Anne sah mich mit ihrem blassen Gesicht interessiert an. „Hast du sie *gekannt*?“

Ich presste die Lippen zusammen und nickte. „Leider ja. Mein Verlobter ist Detektiv – keiner von den korrupten“, beeilte ich mich hinzuzufügen. „Aber er war Teil der Ermittlung, und mein bester

Freund war einer der Beamten, die unter den korrupten Cops zu leiden hatten. Er wurde aus einem Job gedrängt, den er liebte."

„Das ist furchtbar!", rief Joyce und richtete sich von der Stelle auf, wo sie versucht hatte, eine Blume zu berühren, um mich anzusehen.

„Das ist furchtbar", echote Anne. „Es tut mir so leid, dass das deinem Freund passiert ist. In was für einer Welt leben wir eigentlich?

„Ich weiß, oder?" Ich seufzte. Aber für Ben hatte sich alles zum Guten gewendet. Er hatte Delaney Investigations gegründet. Er hatte ein wunderschönes Haus, ein schickes Auto und stand finanziell gut da. Bis er starb und alles mir hinterließ. Ich beobachtete gedankenverloren die Schmetterlinge und lauschte dem Zwitschern der Vögel und konnte kaum fassen, dass wir in Chicago waren, da der Verkehrslärm und allgemeine Geräusche irgendwie aus dem geschlossenen Garten ausgeschlossen waren. Es war ein kleines Stückchen Paradies, und ich dachte, die Architekten waren brillant mit ihrer Platzierung, wie die hohen Gebäude, die den Garten umgaben, den Lärm abschirmten, aber Licht durchließen.

„Ich weiß nicht, wie ich dafür bezahlen soll",

flüsterte Anne, während ihre Hände das Taschentuch so lange kneteten, bis es zerriss.

„Wofür bezahlen?" Ich hielt meine Stimme leise, da ich spürte, dass Anne kurz vor einem Zusammenbruch stand. Sie wirkte zerbrechlich, als ob der leiseste Windhauch sie in eine Million Stücke zerbrechen lassen könnte. Mein Herz schmerzte für sie. Ich konnte mir nicht vorstellen, wie es sich anfühlen würde, meine Mutter zu verlieren. Zu sagen, ich wäre am Boden zerstört, würde es nicht annähernd beschreiben.

Eine einzelne Träne quoll hervor und rann ihre Wange hinunter.

„Ich kann die Beerdigung meiner Mutter nicht bezahlen", flüsterte Anne, schloss die Augen und schluchzte lautlos.

„Was?" Joyce setzte sich auf die andere Seite ihrer Tochter. „Darüber brauchst du dir keine Sorgen zu machen, Anne. Ich hatte eine Versicherung. Es ist alles bezahlt.

„Weißt du", ich legte eine beruhigende Hand auf Annes Schulter, „manchmal schließen Leute Versicherungen ab, um Beerdigungskosten zu decken. Besteht die Möglichkeit, dass deine Mutter vielleicht so etwas getan hat?

Anne hob den Kopf und sah mich an.

„Versicherung?" Sie schniefte. „Sie hat nie etwas gesagt."

„In meinem Schrank, oberstes Regal, ist ein Ordner mit all meinen Dokumenten. Testament und so weiter. Es ist alles dort", sagte Joyce.

„Wenn sie eine hatte, ist sie bestimmt bei ihrem Testament." Ich lächelte und versuchte mein Bestes, beruhigend zu wirken. „Vielleicht schaust du mal nach?

Anne schniefte wieder. „Danke. Das werde ich." Sie wandte sich zu mir, Augen voller Tränen. „Das klingt jetzt schrecklich, und ich kenne dich nicht einmal, aber ich weiß nicht, was ich ohne meine Mama machen soll."

„Ich kannte deine Mutter nie, aber von dem, was ich höre, war sie eine großartige Frau.

Anne schluckte, wischte sich mit den Fingern unter den Augen und legte den Kopf schief. „Moment mal. Woher weißt du das? Woher weißt du, wer meine Mutter ist?"

Oh, Mist. Ich setzte ein hoffentlich beruhigendes Lächeln auf und erklärte: „Ich nehme an, deine Mutter ist Joyce Harrison? Sie ist am Tag unserer Ankunft gestorben. Eigentlich waren wir es – ich, mein Verlobter und seine Eltern –, die sie gefunden haben."

„Oh mein Gott, das wart ihr?"

Ich nickte. „Ihre Freundinnen, Sally und Hazel, haben mir ein bisschen über dich erzählt."

„Sie meinten, dass irgendeine Besucherin ihren Tod untersucht. Sie sagten, du glaubst, es war Mord!"

„Hat die Polizei nicht mit dir gesprochen?"

„Ich bekam einen Anruf, aber ich war wohl zu verstört, um wirklich zu verstehen, was sie sagten."

Ich nahm ihre Hand in meine und erklärte: „Sie haben hohe Konzentrationen einer Substanz namens Tetrahydrozolin in ihrem System gefunden. Das ist typischerweise in Augentropfen und Nasensprays enthalten."

Anne runzelte die Stirn. „Willst du damit sagen, dass jemand meine Mutter mit Augentropfen überdosiert hat? Wie haben sie die verabreicht? Ich bin ziemlich sicher, dass sie nicht einfach dasitzen und jemanden Tropfen in ihre Augen geben lassen würde – schon gar nicht genug, um sie zu töten."

„Nein, nein. Tetrahydrozolin ist giftig, wenn es geschluckt wird. Jemand hat es in ihr Essen getan."

Anne riss ihre Hand aus meiner und starrte mich entsetzt an bei dem Gedanken, dass jemand ihre Mutter getötet haben könnte.

„Glaubst du, dass *ich* es getan habe?"

Was? Wie kam sie auf diesen Gedanken? Wir waren in weniger als drei Sekunden von der Erklärung, dass ihre Mutter nicht eines natürlichen Todes gestorben war, zu einer Mordanschuldigung gegen sie übergegangen.

„Hast du?" Warum nicht den Advocatus Diaboli spielen? Immerhin hatte sie das Thema angesprochen. Ehrlich gesagt glaubte ich aber nicht, dass Anne ihre Mutter getötet hatte. Sie war aufrichtig erschüttert über ihren Tod. Es sei denn, diese Trauer rührte daher, dass sie ihre eigene Mutter ermordet hatte? Jetzt zweifelte ich an mir selbst, nie ein gutes Zeichen.

„Audrey!" tadelte Joyce. „Meine Tochter hat mich nicht umgebracht."

„Ich habe meine Mutter nicht getötet", weinte Anne. „Ich habe sie geliebt. Ich weiß nicht, wie ich ohne sie leben soll. Sie war meine beste Freundin und jetzt? Jetzt ist sie einfach... weg." Die Tränen kamen mit voller Wucht zurück.

„Ist schon gut, Liebes", beruhigte Joyce. „Ich bin immer noch hier."

„Und es ging nicht nur ums Geld, obwohl es Gott weiß wie peinlich war, sich darauf zu verlassen, dass deine Mutter dir jede Woche Geld schickt, weil du es nicht alleine schaffst." Annes Stimme wurde lauter, ein Hauch von Hysterie schlich sich ein. „Aber wir konnten die Rechnungen nicht bezahlen, verstehst du. Sie haben uns den Strom abgestellt. Wenn Mom uns nicht ausgeholfen hätte, würden wir jetzt im Dunkeln sitzen und kalte Bohnen aus der Dose essen.“

Ich sah zu Joyce, die versuchte, ihre aufgelöste Tochter zu trösten. Sie schaute herüber und bemerkte meinen Blick. „Was?“ schnauzte sie. „Tu doch was. Siehst du nicht, dass sie aufgebracht ist?“

„Du hast ihr Geld geschickt?“ formte ich lautlos mit den Lippen.

„Ob ich Honig habe? Warum um Himmels willen sollte ich Honig haben?“

Ich schüttelte den Kopf und versuchte es noch einmal. „Du. Hast. Ihr. Geld. Geschickt?“

„Tuh mir den Tiss lorry? Du redest wirres Zeug. Hast du einen Schlaganfall?“

Seufzend klopfte ich Anne auf den Rücken und sagte laut: „Sally hat mir erzählt, du bist Lehrerin... arbeitest du zurzeit nicht?“

Anne schluchzte. „Doch. Und mein Mann ist Sanitäter. Man würde meinen, wir kämen gut zurecht, nicht wahr? Zwei Einkommen. Obwohl mein Gehalt ein Witz ist, und wenn ich die Kinder nicht so lieben würde, würde ich aufhören und als

Kellnerin arbeiten oder so... ich würde wahrscheinlich mehr verdienen."

„Ich weiß, wie es ist, wenn man kaum über die Runden kommt", sagte ich. Das war keine Lüge. Ich hatte länger von Gehaltsscheck zu Gehaltsscheck gelebt, als ich zugeben mochte, und wenn nicht Bens Erbe gewesen wäre, wäre ich heute nicht da, wo ich bin. Ich würde wahrscheinlich von einem Aushilfsjob zum nächsten stolpern, und Eigenheimbesitz und Tropenurlaube wären ein weit entfernter Traum.

Anne sprang auf die Füße und wischte sich mit den Händen übers Gesicht. „Ich muss gehen." Sie verschwand, bevor ich noch etwas sagen konnte, Joyce eilte ihr nach und ließ mich zurück, um über die Tatsache nachzudenken, dass Joyce offenbar ihre Tochter und ihren Schwiegersohn finanziell unterstützte. Ein Motiv für Mord? Wohl kaum. Man würde doch nicht die Kuh schlachten, die Milch gibt, oder?

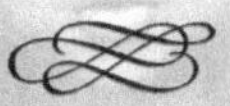

Um vierzehn Uhr fünfzehn schlich ich mich ins Café. Liam sah mich und schnappte sich prompt ein Tablett und ein Wischtuch und ging auf die Terrasse, um Tische abzuräumen. Drinnen war das Café leer, der Mittagsansturm vorbei. Draußen saßen zwei Männer, die bei ihren Getränken verweilten und vielleicht ihren Golfvormittag Schlag für Schlag Revue passieren ließen. Oder war es eher Putt für Putt? Jedenfalls war die Luft rein, und ich huschte hinter die Theke, duckte mich tief für den Fall, dass jemand unerwartet hereinkommen würde.

Die Küche war winzig. Makellos, aber winzig. Bei einer schnellen Durchsicht der Regale fand ich nichts, aber man würde seine Augentropfen ja auch kaum offen sichtbar in einer Gewerbeküche liegen lassen. Ich durchforstete den Raum eine gute Stunde lang, von oben bis unten, und fand absolut nichts. Sogar die Mülleimer waren leer.

Liam erschien in der Türöffnung. „Irgendwas gefunden?"

Ich schüttelte den Kopf. „Nein."

Er bemerkte, dass ich den Mülleimer-Deckel in der Hand hielt. „Wir leeren die Eimer zweimal täglich in den Container hinter dem Haus."

„Wann wird der Container abgeholt?"

„Jeden Samstagmorgen. Hör mal" – Liam sah auf die Wanduhr – „vielleicht solltest du gehen? Manchmal kommt der Chef früher zurück." Ich wusste, dass er nervös war, weil er Ärger bekommen könnte, wenn er mich hier reingelassen hatte, also setzte ich den Deckel wieder auf den Eimer, klopfte mir den Staub von der Jeans und lächelte.

„Danke für deine Hilfe, Liam. Du warst spitze. Ich verschwinde jetzt."

Er nickte, verlagerte sein Gewicht von einem Fuß auf den anderen und sagte dann: „Hältst du mich auf dem Laufenden, was du herausfindest? Du weißt schon, wer sie getötet hat und so? Ich fühle mich jetzt irgendwie beteiligt."

„Klar." Ich drängelte mich an ihm vorbei,

vergewisserte mich, dass das Café leer war, und eilte dann zurück zur Wohnung der Galloways. Mit jedem Schritt formte sich ein Plan in meinem Kopf. Wenn mein Verdacht stimmte und die Augentropfen im Café verabreicht wurden, hätte der Mörder die Flasche wahrscheinlich so schnell wie möglich entsorgt, um nicht mit möglichen Beweismitteln erwischt zu werden. Das bedeutete, dass sie die Tropfen vermutlich in einen der Mülleimer im Café geworfen hatten. Die leere Augentropfen-Flasche könnte also in diesem Moment im Container vor sich hin modern.

Aber jetzt war keine Zeit, den Container zu durchsuchen. Außerdem war es hell draußen. Mülltonnentauchen war definitiv eine Aktivität für nach Einbruch der Dunkelheit, wenn man nicht erwischt werden wollte.

„Wage ich es zu fragen?" begrüßte mich Kade, als er die Tür öffnete und mich hereinließ.

„Alles bestens!" strahlte ich, wobei die Muskeln in meinem Gesicht sich spannten und Schmerzwellen über meine Wangenknochen schickten. „Wie sieht mein Gesicht aus?" Ich legte eine Hand an meine Nase und bog ins Badezimmer ab statt ins Wohnzimmer, wo ich ursprünglich hin wollte.

„Es sieht heute besser aus", sagte Kade, während er mich von der Tür aus beobachtete.

Ich schnaubte, als ich einen Blick auf mich selbst warf. Ich sah grauenhaft aus. Ich war erstaunt, dass Anne mich überhaupt begrüßt hatte, da ich aussah, als wäre ich verprügelt und rückwärts durch eine Hecke gezogen worden.

„Wann ist das Abendessen?"

„Um sechs. Mom hat uns eine frühe Reservierung besorgt."

„Und das Theaterstück?"

„Um acht."

Das bedeutete, dass das Stück erst gegen halb elf zu Ende sein würde. Bis wir wieder zu Hause wären, wäre es wahrscheinlich elf, was bedeutete, dass ich mein heimliches Mülltonnentauch-Abenteuer für Mitternacht planen musste.

„Audrey Fitzgerald." Kade seufzte. „Was heckt du jetzt aus? Und versuch gar nicht erst, es zu leugnen. Ich kann die Rädchen von hier aus arbeiten sehen."

Ich legte den Kopf schief und flatterte mit den Wimpern, was ihn zum Lachen brachte.

„Es wird mir nicht gefallen, oder?" kicherte er.

„Wahrscheinlich nicht", stimmte ich zu. „Wie stehst du zum Mülltonnentauchen?"

„Als Freizeitbeschäftigung? Kein Fan. Verstehe den Reiz nicht.

„Stimmt, oder? Eklig. Aber...

„Ist das das, was du heute Nachmittag gemacht hast?" Kade trat einen Schritt zurück.

„Nein! Mensch, du musst nicht zurückweichen. Ich stinke nicht nach Müll." Als würde ich es beweisen wollen, schmiegte ich mich an ihn und legte meine Arme um seinen Hals. „Aber ich habe vor, mich später heute Abend damit zu beschäftigen. Lust mitzukommen?"

Kade legte seine Hände auf meine Hüften und seufzte. „Wenn es bedeutet, dass du aus Schwierigkeiten bleibst, warum nicht?"

Ich zuckte überrascht mit dem Kopf zurück. Ich hatte nicht erwartet, dass er ja sagen würde. „Wirklich?" Meine Stimme klang hoffnungsvoller, als mir lieb war.

„Ja, wirklich." Er drückte seine Stirn gegen meine. „Mir ist klar, dass ich dich auf dieser Reise ein bisschen vernachlässigt habe und dich vielleicht zu lange dir selbst überlassen habe."

„Das ist schon okay. Diese Reise war dafür gedacht, dass du deine Eltern besuchst. Außerdem habe ich Joyces Mord untersucht. Alles gut."

„Diese Reise war für uns beide gedacht, um

meine Eltern zu besuchen, damit sie dich kennenlernen und du sie kennenlernst."

Mein Herz setzte einen Schlag aus und raste dann mit doppelter Geschwindigkeit. „Mögen sie mich nicht?" flüsterte ich, entsetzt bei dem Gedanken, dass ich sie mit meiner Fähigkeit, mit Geistern zu sprechen, und meiner Leidenschaft für die Lösung von Rätseln verschreckt hatte. Ich war nicht jedermanns Geschmack, aber ich hatte gedacht, dass Sylvia, Dennis und ich gut miteinander auskamen. Hatte ich die ganze Situation falsch eingeschätzt?

„Sie lieben dich", versicherte Kade mir. „Fast so sehr wie ich, vermute ich."

„Oh, Gott sei Dank, weil ich sie auch liebe. Ich finde sie großartig!" schwärmte ich.

„Was ich sagen will, Audrey, ist, dass ich gerne etwas Zeit mit dir allein verbringen würde, und wenn der einzige Weg dafür ist, Mülltonnentauchen zu gehen, dann werde ich das tun."

Ich schlang meine Arme um seine Taille, legte meine Wange auf seine Brust und staunte darüber, wie viel Glück ich hatte, den gutaussehendsten, unterstützendsten, emotional intelligentesten, sexiesten Mann der Welt abbekommen zu haben.

Wer sonst würde mit dir Mülltonnentauchen gehen, nur um Zeit mit dir zu verbringen?

„Ich bin so froh, dass ich dich heirate", flüsterte ich.

„Dito." Seine Lippen streiften mein Ohr und schickten Schauer über meinen Rücken. „Wir haben noch ein paar Stunden, bevor wir uns fertig machen müssen."

„Mhm."

Seine Hände bahnten sich einen Weg meinen Rücken hinunter und umfassten meinen Hintern. „Wie wäre es mit einem Nickerchen?"

Ich lächelte und drückte mich näher an ihn. „Ich könnte wirklich ein *Nickerchen* gebrauchen."

Ich betrat Etoile mit meinem Arm in Kades verschränkt und war dankbar, dass ich vorausschauend genug gewesen war, ein kleines Schwarzes einzupacken. Es half, dass ich das Restaurant gegoogelt hatte, und ich weiß nicht, was mich auf die Idee gebracht hatte, dass wir dort essen würden – vielleicht weibliche Intuition – aber was auch immer es war, ich war extrem dankbar dafür. Ich bezweifle, dass sie mich reingelassen hätten, wenn ich in meiner üblichen Jeans und T-Shirt aufgetaucht wäre.

Etoile hatte ein elegantes Ambiente. Sanftes Licht und klassische Musik sorgten für Stimmung, und während wir darauf warteten, zu unserem Tisch geführt zu werden, nahm ich die wunderschöne Einrichtung und die Liebe zum Detail wahr, die in jeden Aspekt des Restaurants eingeflossen war. Die Tische waren mit knackiger Tischwäsche und glänzendem Besteck gedeckt, mit einer kleinen Vase frischer Blumen in der Mitte.

„Es ist so schön", flüsterte ich Sylvia zu, die für den Anlass ein atemberaubendes silbernes Paillettenkleid trug, das ihre Kurven umschmeichelte und in sanften Wellen bis zum Boden fiel. Sie hatte ihr Make-up schlicht gehalten, aber sich für einen kräftigen roten Lippenstift entschieden, den ich gestehen muss, beneidete. Für eine Frau Anfang sechzig sah sie fantastisch aus – und jünger als sie tatsächlich war.

„Wir mögen es. Offensichtlich kein Ort, an dem wir jeden Abend essen, aber wenn man etwas Besonderes möchte, ist Etoile genau das Richtige."

Wir saßen an einem Tisch im hinteren Bereich, und ich war erleichtert über die gedämpfte Beleuchtung, die hoffentlich etwaige Missgeschicke verbergen würde. Angesichts meiner Tollpatschigkeit machten mich noble Restaurants sehr nervös. Daher das schwarze Kleid, die perfekte Farbe, falls ich etwas darauf verschütten sollte.

„Was kannst du empfehlen?", fragte ich Dennis, während ich die Speisekarte durchsah und die köstliche Auswahl an französischer Küche überflog.

„Ich mag besonders den Coq au Vin", sagte Dennis. „Und natürlich sollte man die Crème Brûlée nicht verpassen. Leider erlaubt mir Sylvia nicht, ein Dessert als Hauptgang zu bestellen." Er zwinkerte seiner Frau zu, und sie kicherte, lehnte sich in ihrem Stuhl zurück, als der Kellner an ihrer Seite erschien, um ein Glas Champagner einzuschenken.

„Ich hoffe, ihr habt nichts dagegen", sagte sie zu mir und Kade, „aber ich habe bereits bei unserer Ankunft Champagner bestellt."

„Überhaupt nicht." Ich beobachtete, wie die Bläschen in ihrem Glas sprudelten und zerplatzten. Ich konnte etwas alkoholische Stärkung gebrauchen. Kade griff unter den Tisch und legte seine Hand auf meinen Oberschenkel, drückte ihn leicht.

„Danke, Mom", sagte Kade und behielt den Ablauf im Auge, während der Kellner am Tisch herumging und unsere Gläser füllte.

„Ich möchte einen Toast ausbringen",

verkündete Sylvia, als er fertig war. „Als Mutter wollte ich immer nur das Beste für dich, Kade, und zu sehen, wie glücklich du mit Audrey bist, erfüllt mein Herz mit Freude. Ich habe beobachtet, wie du zu dem Mann herangewachsen bist, der du heute bist, und ich bin stolz auf die Liebe, den Respekt und die Hingabe, die du deiner Verlobten entgegenbringst. Eure gemeinsame Reise hat gerade erst begonnen, aber ich weiß, dass sie voller Liebe, Glück und endloser Möglichkeiten sein wird.

„Audrey, ich möchte dich mit offenen Armen in unserer Familie willkommen heißen. Ich könnte nicht glücklicher sein, dich als Schwiegertochter zu haben. Du bist eine bemerkenswerte Frau mit vielen Talenten und Eigenschaften, und ich weiß, dass du Kade sehr glücklich machen wirst. Ich wünsche euch beiden ein Leben voller Glück, Liebe und Abenteuer. Prost auf das glückliche Paar!"

Ich gebe zu, dass ich bei diesem unerwarteten Toast etwas gerührt war und Tränen zurückblinzeln musste, während ich einen Schluck Champagner nahm, wobei die Bläschen in meiner Nase kitzelten. Dennis fügte seine herzlichen Glückwünsche hinzu, und ich überließ es Kade, ihnen in unserem Namen zu danken, da ich mir nicht sicher war, ob ich angesichts des Kloßes in meinem Hals überhaupt Worte herausbekommen würde.

Nachdem der Toast beendet war und alle wieder in ihren Speisekarten stöberten, beugte sich Kade zu mir. „Alles gut?"

„Mir geht's gut." Ich lächelte und tupfte diskret mit meinen Fingerspitzen unter meinen Augen. Ich hatte mir heute Abend besondere Mühe mit meinem Make-up gegeben, nicht nur, um die blauen Flecken zu verbergen, sondern auch, weil ich gut aussehen wollte, und das Letzte, was ich wollte, waren Tränen, die meine ganze harte Arbeit ruinierten. „Nur ein bisschen emotional."

„Du siehst wunderschön aus." Er küsste meine Wange und verschränkte dann seine Finger mit meinen. Sylvia beobachtete uns mit einem zufriedenen Grinsen auf ihren Lippen. Sie zwinkerte mir zu und wandte sich dann dem Kellner zu, der bereitstand, um ihre Bestellung aufzunehmen.

„Weißt du, ich glaube, ich fange mit der Quiche mit Bouillabaisse an, und wie Dennis schon sagte, an der Crème Brûlée als Dessert führt kein Weg vorbei", sagte sie.

„Sehr gut, Madame. Und für Sie, mein Herr?" Ich bemerkte, dass der Kellner nichts aufgeschrieben hatte, und war erstaunt, dass er sich nicht nur

Sylvias Bestellung merken konnte, sondern die des gesamten Tisches. Das erforderte Können, und ich war beeindruckt.

Nachdem Dennis bestellt hatte, war ich an der Reihe. Ich entschied mich für einen Lyoner Salat, Boeuf Bourguignon und die Crème Brûlée, weil ich spürte, dass der Tisch revoltieren würde, wenn ich es nicht täte.

Als das Essen kam, sah es wunderschön aus, und ich war beeindruckt, wie farbenfroh und kunstvoll mein Salat angerichtet war. Er stellte meine Bemühungen, eine Handvoll Salatblätter und gehackte Tomaten zusammenzuwerfen, komplett in den Schatten.

Gespräche und Champagner flossen, und als wir unsere Mahlzeiten beendet hatten, summte mein Kopf, und ich fühlte mich ziemlich beschwingt. Es war wahrscheinlich gut, dass wir gleich ein zweieinhalbstündiges Theaterstück sehen würden. Das würde mir die Chance geben, wieder nüchtern zu werden. Ich konnte mir nicht vorstellen, später in diesem Zustand in der Mülltonne zu wühlen.

Sylvia und Dennis bestanden darauf zu bezahlen, während Kade und ich die ganze Zeit protestierten. Fünf-Sterne-Restaurants sind nicht billig, und es war nicht so, als könnten wir es uns nicht leisten.

Letztendlich mussten wir jedoch klein beigeben, als Dennis seine Kreditkarte auf den Tisch legte und das Dinner für einen vollen Erfolg erklärte.

Nach einer kurzen Auffrischung auf der Toilette riefen wir ein Taxi, und dann ging es weiter zum Peacock Theater für das *Cinderella*-Pantomimenstück. Sylvia hatte uns Karten für die erste Reihe besorgt, und während wir darauf warteten, dass das Stück begann, blätterte ich durch das Programmheft, das ich in der Eingangshalle mitgenommen hatte.

„Oh, herrje, herrje, herrje", flüsterte ich mit weit aufgerissenen Augen. Im Programmheft war ein Bild eines Schauspielers zu sehen, der eine der hässlichen Stiefschwestern spielte. Das Erste, was mir ins Auge fiel, war das übertriebene Kostüm. Das Kleid war in einem grellen Pink, fast neonfarben, mit unzähligen Schichten von Rüschen und Volants. Es war so voluminös, dass es eine ganze Sitzreihe im Theater einzunehmen schien.

Aber es war das Gesicht des Schauspielers, das wirklich meine Aufmerksamkeit fesselte. Er trug eine dicke Schicht Make-up, die seine Gesichtszüge übertrieben darstellte und ein komisch-groteskes Aussehen erzeugte. Seine Nase war knollig und rot, und seine Augenbrauen waren so hoch gezogen, dass sie fast seinen Haaransatz berührten. Aber sein Mund stahl wirklich die Show. Der Schauspieler hatte es geschafft, seine Lippen zu einer verdrehten Grimasse zu verziehen, mit entblößten Zähnen, die gleichzeitig urkomisch und beunruhigend wirkte.

Trotz des übertriebenen Make-ups und Kostüms erzählten die Augen des Schauspielers eine andere Geschichte. Obwohl er eine Figur spielte, die gemein und grausam sein sollte, lag ein Funken Humor und Schelmerei in seinem Blick. Es war, als wäre er Teil des Scherzes und hätte genauso viel Spaß wie das Publikum. Es waren die Augen von Paul Wilson.

„Was?", flüsterte Kade, legte seinen Arm um meine Schultern und zog mich für eine Umarmung an seine Seite.

„Das" – ich tippte auf das Programm auf meinem Schoß – „ist Paul Wilson. Er spielt eine der hässlichen Stiefschwestern.

„Nicht möglich." Kade nahm mir das Programm aus den Fingern und hielt es hoch, während er in der schummrigen Beleuchtung des Theaters die Augen zusammenkniff. „Heilige Scheiße. Du hast recht. Hier steht es. Stiefschwester Nummer zwei gespielt von Paul Wilson.

Ich riss das Programm zurück und blätterte durch die Seiten, bis ich zur Mitte kam. Und da war sie, Aschenputtel, atemberaubend in ihrem Kleid und den gläsernen Schuhen. Hayden Lee.

Kade und ich tauschten einen Blick aus, meine Gedanken überschlugen sich mit Fragen. War das das große Geheimnis, das Paul so verzweifelt verbergen wollte? Dasjenige, wegen dem er Hayden angefahren hatte? Aber warum? Was war schon dabei, dass sie zusammen in einem Stück spielten? Oder war es die Tatsache, dass Paul die Rolle einer Frau spielte? Aber das war nichts Ungewöhnliches, besonders in einem Pantomime.

„Das alles ergibt keinen Sinn", murmelte ich und knirschte mit den Zähnen.

Das Licht wurde gedimmt, und das Gemurmel des Publikums verstummte zu einem leisen Summen. Der Vorhang teilte sich, und die Bühne erwachte zum Leben und offenbarte eine magische Welt voller Märchen und Verzauberung.

Die Kulisse war ein Wunderland aus glitzernden Schlössern, üppigen Wäldern und funkelnden Sternen, das uns in eine weit, weit entfernte Welt entführte. Das Orchester begann zu spielen, und die vertraute Melodie von *A Dream Is a Wish Your Heart Makes* erfüllte das Theater und jagte mir Schauer über den Rücken.

Plötzlich änderte sich die Szene, und die Bühne

war voller bunter Charaktere, einer beeindruckender als der andere. Aschenputtel selbst erschien, ihr wunderschönes Kleid funkelte unter den Bühnenlichtern. Meine Augen weiteten sich vor Staunen, als die Geschichte sich vor mir entfaltete. Ich vergaß Paul Wilson und Hayden Lee, denn ich war eingetaucht in eine märchenhafte Welt der Fantasie, transportiert in eine Welt voller Romantik und Zauber.

Als das Stück zu Ende ging, brach das Publikum in donnernden Applaus aus, und ich wandte mich an Kade. „Glaubst du, Paul versucht, sein Schauspiel-Hobby geheim zu halten?", flüsterte ich.

Kades Augen weiteten sich überrascht, und er beugte sich näher zu mir. „Was meinst du?"

„Ich meine, er probierte Ethels Kleid an – ein Kostüm aus ihren Broadway-Tagen. Joyce sagte, sie habe ihn mit Hayden gesehen, häufig, und manchmal haben sie gesungen. Ich glaube nicht, dass sie überhaupt eine Affäre hatten. Ich glaube, sie haben geprobt. Und ich glaube, als operativer Leiter von Torres Place macht er sich Sorgen um seinen beruflichen Ruf, wenn *das*" – ich deutete auf die Bühne – „herauskäme.

Sobald das Licht anging, eilten wir hinter die Bühne. Es ist erstaunlich, was man mit dem Blitzen einer Dienstmarke erreichen kann. Kade hatte seine Polizeistimme aufgesetzt, und der ungepflegte Teenager, der mit einem Klemmbrett herumlief, hatte uns ohne zu zögern durchgelassen.

Hinter der Bühne herrschte rege Betriebsamkeit. Schauspieler beeilten sich, ihre Kostüme und ihr Make-up abzulegen, während andere das Bühnenbild und die Requisiten abbauten. Die Luft war erfüllt von Geplauder, Gelächter und gelegentlichen Glückwunsch-Umarmungen oder Händeschütteln.

Ich folgte Kade durch das Chaos, wich herumliegenden Kabeln und Kostümen aus, bis wir die Garderobe erreichten, mit Sylvia und Dennis dicht auf den Fersen. Der Raum war voll mit Schauspielern, die sich jeweils einen Platz suchten, um ihr Make-up zu entfernen und sich in ihre normalen Klamotten umzuziehen. Es war eng und heiß, aber alle waren zu sehr von der Aufregung der Vorstellung gefangen, um sich daran zu stören.

Während wir uns zu Pauls Schminkplatz durchschlugen, erhaschte ich Blicke auf andere Schauspieler, einige noch in ihren aufwendigen Kostümen, andere bereits in Alltagskleidung. Es herrschte ein Gefühl der Kameradschaft, eine gemeinsame Verbindung unter denen, die gerade eine Show für ein Publikum aufgeführt hatten.

Ich schnappte Gesprächsfetzen auf, Schauspieler, die ihre Auftritte diskutierten, sich Komplimente und Feedback austauschten. Andere schmiedeten bereits Pläne für die Afterparty oder sprachen über ihre nächsten Projekte. Trotz der Erschöpfung, die nach einer Vorstellung kommt, erfüllte den Raum eine unbestreitbare Energie.

Paul trug bereits Straßenkleidung und saß an einem Schminktisch, während er das schwere Bühnen-Make-up von seinem Gesicht wischte. Er sah uns im Spiegel kommen und erstarrte, halb aufstehend, bevor ein Anflug von Resignation ihn dazu brachte, sich wieder zu setzen.

„Ich sehe, ihr habt es herausgefunden", sagte er und suchte meinen Blick im Spiegel.

„Tolles Stück", erwiderte ich. „Du und Hayden habt brillante Arbeit geleistet."

„Danke." Er schien von meinem Lob nicht begeistert.

„Warum die Geheimniskrämerei? Darum ging es also bei all der Heimlichtuerei, oder? Du und Hayden hattet keine Affäre."

Er schnaubte lachend. „Nein. Hatten wir nicht." Sein Tonfall verriet mir, dass der bloße Gedanke, mit Hayden zu schlafen, für ihn etwa so angenehm war wie in Hundekacke zu treten. Gut zu wissen, dass meine Intuition nicht falsch gelegen hatte – trotz dem, was Joyce mir erzählt hatte und was Hayden gestanden hatte, war ich mir sicher gewesen, dass Paul nicht im Geringsten romantisch an Hayden interessiert war.

„Warum die Lügen?"

„Glaubst du, der Vorstand würde das gutheißen?" Seine Stimme wurde um ein paar Oktaven höher, als er mit seiner Hand auf die Garderobe zeigte. „Das sind ein Haufen altmodischer, homophober Idioten, die in veralteten Idealen feststecken."

„Du denkst, sie würden dich feuern, weil du in einem Theaterstück spielst?" Sylvia klang so schockiert, wie ich mich fühlte.

„Herrgott, du hast *die* mitgebracht?" fauchte Paul und starrte mich wütend an.

„Wir werden es niemandem erzählen, falls das deine Sorge ist", schnaubte Sylvia. „Aber wenn du so große Angst davor hast, entdeckt zu werden, warum machst du es dann überhaupt?"

„Ausgezeichnete Frage", sagte ich zu ihr und wandte mich dann Paul zu. „Also? Wenn es deiner Karriere so sehr schadet – was meiner Meinung nach übrigens nicht der Fall ist, es gibt Kündigungsschutzgesetze, die dich vor so etwas schützen – warum riskierst du es überhaupt?"

„Ich habe das Theater schon immer geliebt. Als Kind habe ich im Garten Theaterstücke aufgeführt und mich natürlich selbst in der Hauptrolle besetzt. Ich habe meine Leidenschaft für die Schauspielerei während der Schulzeit und des Studiums weiterverfolgt, an Schulaufführungen teilgenommen und Schauspielunterricht genommen.

„Aber als ich älter wurde, erkannte ich, dass meine Liebe zur Schauspielerei mich nie finanziell tragen würde. Ich wusste, dass die Chancen, als Vollzeitschauspieler durchzukommen, gering waren, und ich wollte nicht ständig um mein Auskommen kämpfen müssen. Also schlug ich einen praktischeren Karriereweg ein und ging zur Wirtschaftsschule.

„Nach Jahren harter Arbeit und Hingabe wurde ich zum Geschäftsführer von Torres Place, und versteh mich nicht falsch, ich liebe meinen Job und bin gut darin, aber ich habe meine Liebe zur Schauspielerei nie verloren. Als ich eine Anzeige in der Zeitung sah, dass sie für *Cinderella* Besetzung suchten, ergriff ich sofort die Chance vorzusprechen.

„Stell dir meine Überraschung vor, als ich als eine der hässlichen Stiefschwestern besetzt wurde. Ich gebe zu, zuerst war ich enttäuscht – schließlich hatte ich für die Rolle der Cinderella vorgesprochen. Nur leicht erschreckend, dass eine Kollegin diese Rolle bekam. Aber als ich mich darauf einließ, hatte ich einen Riesenspaß. Ich stürzte mich in die Rolle und genoss die Möglichkeit, übertrieben und lächerlich zu sein.

„Ist das der Grund, warum du so gemein zu Hayden bist? Weil sie die Rolle der Cinderella bekommen hat – die Rolle, die du wolltest?

Paul senkte den Kopf und konnte meinem Blick nicht standhalten. „Das Ego ist eine mächtige Sache."

Er holte tief Luft. „Aber seien wir ehrlich, ich bin der bessere Schauspieler. Die Rolle hätte mir gehören sollen."

Ich wollte mich nicht auf eine Diskussion darüber einlassen, wer der bessere Schauspieler sei, also stellte ich die Frage, auf deren Antwort wir alle brannten.

„Hast du Joyce Harrison getötet?

Paul zuckte zusammen und ließ das Wattepad fallen, mit dem er das dicke Make-up von seiner Haut gewischt hatte. „Nein. Ich habe Joyce nicht getötet. Ich würde niemals einem meiner Bewohner etwas antun."

„Aber du gibst zu, dass sie dich erpresst hat?", warf Kade ein.

Paul lachte, nahm ein sauberes Wattepad und fuhr fort, sein Gesicht zu reinigen. „Das? Das war keine echte Erpressung. Joyce dachte, sie hätte ein kompromittierendes Foto von mir. Ich habe sie in dem Glauben gelassen. Das brachte mich in ihre kleine Operation, wo ich genau beobachten konnte, was sie vorhatten."

„Also wusstest du über den Kauf und Verkauf von Drogen Bescheid?

„Auf keinen Fall!" Paul sah Kade entsetzt an. „Ernsthaft? Sie haben mit Drogen gehandelt? Ich

dachte, es ging um Bücher, Süßigkeiten und Nagellack. Deshalb ließ ich Joyce glauben, dass sie mich erpressen würde, damit ich es im Auge behalten und sicherstellen konnte, dass sie sich nicht in etwas Gefährliches verstricken." Er schüttelte den Kopf und fuhr sich mit der Hand über den Nacken. „Diese gerissenen alten Damen. Ich habe nie an Drogen gedacht. Wovon reden wir hier? Cannabis? Kokain?"

Dennis schnaubte und warf seinem Sohn einen Blick zu. „Valium und Viagra. und das in kleinen Mengen."

„Okay. Verstehe." Paul holte tief Luft und blies sie zwischen seinen übermäßig fuchsiafarbenen Lippen heraus. „Ich werde das melden müssen. Wir können nicht zulassen, dass sie mit verschreibungspflichtigen Medikamenten handeln. Das ist gefährlich."

„Sehr gefährlich", brummte Kade und runzelte seinem Vater die Stirn.

„Wo warst du zum Zeitpunkt von Joyces Tod? Und in den Momenten davor?", hakte ich nach, unfähig, die dämmernde Erkenntnis loszulassen, dass es höchst unwahrscheinlich aussah, dass Paul sie getötet hatte. Ich war so sicher gewesen, dass er es war.

„Ich war in einem Zoom-Meeting mit dem Vorstand. Diese Meetings dauern jeden Monat fast zwei Stunden, und wir waren etwa eineinhalb Stunden dabei, als wir mit der Nachricht über Joyce unterbrochen wurden."

„War Hayden auch bei dem Meeting dabei?"

„Ja. All unsere Manager waren da." Er blickte scharfsinnig von Dennis zu Kade und zu mir. „Aber wenn ihr diese Aufnahmen sehen wollt, braucht ihr einen Durchsuchungsbefehl."

„Sie werden von der Polizei hören", versicherte ihm Dennis.

Kade starrte den Mann schweigend eine ganze Minute lang an, bevor er sagte: „Danke für Ihre Zeit. Glückwunsch zum Theaterstück – darf ich vorschlagen, um sich ein Magengeschwür zu ersparen, dass Sie es dem Vorstand einfach sagen? Warum laden Sie sie nicht zu kostenlosen Vorstellungen ein? Sie könnten von ihrer Reaktion überrascht sein."

Paul räusperte sich und sah verlegen aus. „Ja, nun, ich werde das wahrscheinlich tun müssen, da ihr Leute anscheinend nicht vertrauenswürdig genug seid, um es für euch zu behalten."

„Ich versichere Ihnen, wir haben Besseres mit unserer Zeit zu tun, als zurück nach Torres Place zu laufen und allen von *Ihrer* Schauspielkarriere vorzuschwärmen", sagte Sylvia zu ihm mit blitzenden Augen. "Sie haben definitiv die Hybris eines Schauspielers."

Ich konnte ein Kichern nicht zurückhalten, das ich schnell hinter meiner Hand versteckte. "Wir sollten gehen", sagte ich zu Kade. "Es wird spät." Und wir hatten ein Date mit einer Mülltonne.

Ich holte tief Luft und wappnete mich, als wir uns dem dreckigen Müllcontainer näherten, der in einer Nische am Ende des Torres Straight Gebäudes versteckt war. Mein Herz pochte in meiner Brust, während wir uns darauf vorbereiteten, den Müll nach der Mordwaffe zu durchsuchen. Augentropfen. Es war ein riskanter Schritt, wahrscheinlich ergebnislos, aber irgendeine unsichtbare Kraft drängte mich dazu, die Augentropfen zu finden, die benutzt wurden, um Joyce zu töten, und ich konnte nicht ruhen, bis ich sie gefunden hatte. War das ein Schuss ins Blaue? Absolut.

"Bereit?", fragte Kade. Wir waren ganz in Schwarz gekleidet, die Taschenlampen-Apps auf unseren Handys die einzige Lichtquelle. Es war dunkel am Ende des Gebäudes. Und ein bisschen unheimlich.

Meine frühere Begeisterung ließ ein wenig nach, aber ich nickte. „Lass uns loslegen."

Der Gestank von verfaultem Essen und Abfall traf mich, als Kade den Deckel anhob, und brachte mich zum Würgen.

„Hier, ich geb dir Schwung." Kade ging in die Hocke und verschränkte seine Finger ineinander, um eine Fußstütze für mich zu bilden. Ich stellte meinen Fuß in seine Hände und stieß mich ab, wobei ich seinen Schwung nutzte, um mich nach oben zu katapultieren. Ich kletterte auf die Oberseite des Containers, mein Herz hämmerte von der Anstrengung.

Von meinem Aussichtspunkt aus konnte ich über die Seite in die Tiefen des Ungetüms sehen. Der Gestank war überwältigend, und ich konnte ihn kaum ertragen. Aber ich zwang mich, mich auf die Aufgabe zu konzentrieren, und ließ mich hineinfallen. Ich begann, durch den Müll zu suchen, während Kade über die Seite sprang und sich zu mir gesellte. Unsere Taschenlampen tanzten über die ekligen Wände, die mit Gott weiß was beschichtet waren. Unter meinen Füßen war es matschig und feucht, und ich bedauerte die Tatsache, dass ich meine Sneaker nach dieser Aktion wahrscheinlich wegwerfen müsste.

„Was macht ihr da?“, fragte eine neugierige Stimme.

Ich schrie auf und warf mein Handy in die Luft, wo es mit einem lauten Scheppern gegen die Seite des Containers schlug, bevor es zwischen die Müllsäcke fiel. Es war eine Kettenreaktion. Joyce, die neben mir aufgetaucht war, hatte mich so sehr erschreckt, dass ich schrie, was wiederum Kade erschreckte, der nach vorne zuckte und seinen Kopf gegen die Seite des Containers schlug und nun wie ein Rohrspatz fluchte.

„Audrey“, flüsterte er scharf. „Was zum Teufel?“

„Tut mir leid, tut mir leid.“ Ich watete zu ihm hinüber, um seine Stirn zu untersuchen, wo er mit dem Container kollidiert war. „Joyce ist aufgetaucht. Sie hat mich erschreckt.“

„Oh.“ Er drückte seine Hand gegen seine Stirn und runzelte die Stirn, als sie mit Blut zurückkam.

„Oh mein Gott, du blutest!“ Ich begann, nach meinem Handy zu suchen, damit ich seine Verletzung genauer betrachten konnte. Eine Verletzung, die er sich in einem keimverseuchten Container zugezogen hatte. Visionen von fleischfressenden Bakterien blitzten vor meinem geistigen Auge auf, beschleunigten meinen Herzschlag und steigerten meine Ungeschicklichkeit. Ich fuchtelte herum und versuchte verzweifelt, mein Handy zu erreichen, das immer wieder aus meiner Reichweite rutschte, gerade wenn ich dachte, ich hätte es.

„Audrey!" Kade packte meinen Arm und zog mich hoch. „Hör auf. Es ist okay. Mir geht's gut. Es ist nur ein Kratzer. Meine Tetanus-Impfung ist aktuell. Wir säubern es, wenn wir bei Mama sind." Dann bückte er sich und hob mein Handy auf, um es mir zu reichen.

Ich nahm es ihm ab und richtete es auf sein Gesicht, wodurch ich ihn blendete.

„Mensch, Audrey", protestierte er und kniff die Augen zusammen. „Ich hab dir doch gesagt, es ist alles in Ordnung."

Joyce betrachtete die Wunde mit mir. „Er hat recht. Es ist wirklich nur ein Kratzer. Gut reinigen, etwas Antiseptikum drauf, und alles ist golden", sagte sie.

„Hoffentlich kein goldener Staph", erwiderte ich trocken. „Das war eine schlechte Idee. Was hab ich mir nur dabei gedacht, hier eine Flasche Augentropfen zu finden? Augentropfen, von denen wir nie beweisen könnten, dass sie diejenigen waren, die benutzt wurden, um Joyce zu töten. Wir sollten gehen.“

Kade starrte mich an. „Du gibst auf? Audrey Fitzgerald gibt auf?“

„Du bist verletzt!“, protestierte ich und zeigte auf seine Stirn, wobei ich durch die plötzliche Bewegung das Gleichgewicht verlor und fast umgefallen wäre. Kade fing mich auf und lachte leise, während er meinen Arm festhielt, bis ich wieder sicher auf den Füßen stand.

„Das bist du auch, aber das hat dich bisher nicht gebremst“, stellte er fest. „Du weißt, dass es okay ist, wenn wir nicht herausfinden, wer Joyce getötet hat. Die Polizei ermittelt. Sie werden sich darum kümmern.“

Ich ließ mich wie ein Heliumballon mit einem langsamen Leck in mir zusammensinken. „Ich kann nicht einfach weggehen und Joyces Geist hier zurücklassen. Das fühlt sich nicht richtig an.“

„Ahhh.“ Kade zog mich an seine Brust und umarmte mich tröstend. „Du willst sicherstellen, dass sie ins Licht geht?“

Ich nickte. Das war es, was ich tat. Geister kamen nach ihrem vorzeitigen Tod zu mir, und ich half ihnen, ins Jenseits zu gehen, indem ich ihre Morde aufklärte. Wegzugehen, ohne Joyces Mord aufzuklären, fühlte sich... falsch an. Es fühlte sich an, als würde ich aufgeben, als würde ich sie allein lassen. Und was, wenn die Polizei nie herausfinden würde, wer es getan hat? Joyce würde für immer hier gefangen sein. Nein. Das war nicht akzeptabel.

Ich löste mich aus Kades Umarmung und setzte meine Suche fort. Joyce hockte auf dem Müllcontainer und plapperte über dies und das. Ich hatte schon längst abgeschaltet, als ich etwas Interessantes fand. „Schau", sagte ich zu Kade und zeigte auf den Müllsack, den ich gerade aufgerissen hatte. Darin lag oben auf dem anderen Müll ein Paar blauer Nitrilhandschuhe. Die Art, die Sanitäter und Ersthelfer tragen. Sie waren zerknüllt, als hätte derjenige, der sie getragen hatte, sie zu einem Ball zusammengeknüllt, bevor er sie in den Müll geworfen hatte.

Als ich die Handschuhe aus der Tüte hob, sah ich etwas, das darin eingewickelt war, und ich hielt den Atem an und schaute Kade an. Er richtete seine Taschenlampe auf die Handschuhe in meiner Hand und entfaltete mit seiner freien Hand langsam die Finger. Dort, im Inneren des Handschuhs eingebettet, war eine Flasche Visine.

„Oh mein Gott", flüsterte ich und wagte kaum zu

glauben, dass wir es geschafft hatten. Wir hatten die Augentropfen gefunden, die Joyce getötet hatten. Ich meine, das mussten sie sein... oder?

„Habt ihr etwas gefunden?", fragte Joyce, und dann, bevor ich antworten konnte: „Oh, Tom trägt solche Handschuhe."

„Tom?"

„Ja, mein Schwiegersohn. Annes Ehemann. Er ist Sanitäter."

Und genau in diesem Moment drehten sich die Zahnräder, und alles fiel an seinen Platz. Ich schob die Handschuhe und Augentropfen zu Kade und kramte in meinem Handy nach dem Foto, das ich von der Sicherheitsaufnahme aus dem Café gemacht hatte.

„Joyce." Ich bedeutete ihr, herzukommen und zu schauen. „Ist das Tom?"

Sie nickte. „Oh ja, das ist er."

Ich drehte das Handy, damit Kade es sehen konnte. „Diese beiden Sanitäter waren am Morgen von Joyces Tod im Café. Konnte keine gute Aufnahme von ihren Gesichtern bekommen, aber Liam hat mir gesagt, dass dieser hier" – ich zeigte auf Tom – „eine Runde Getränke für die Damen gekauft hat."

„Das stimmt, das hat er." Joyce nickte. „Noch

einen Orangensaft für mich. Birnensaft für Sally, weil sie momentan ein bisschen verstopft ist, und Birnensaft ist gut, um den Stuhlgang anzuregen. Oh, und Hazel hatte Kaffee."

„Woher wusste er, was ihr trinkt?", fragte ich.

„Ich trinke immer Orangensaft zum Frühstück." Joyce zuckte mit den Schultern. „Liam hat einfach wiederholt, was wir bereits bestellt hatten. Aber Tom kam nicht zu uns rüber. Er hat gewunken und uns die Getränke geschickt, während sie auf ihre Bestellung zum Mitnehmen warteten. Ich glaube, sie hatten noch einen anderen Einsatz."

„Ich weiß, wie er es gemacht hat", flüsterte ich mit auf Kade fixierten Augen, während die Aufnahmen, die ich gesehen hatte, vor meinem inneren Auge abliefen. „Er hat Essen zum Mitnehmen für sich und seinen Kollegen bestellt und dann eine Runde Getränke für Joyce, Hazel und Sally. Liam hat zuerst den Orangen- und Birnensaft eingegossen, dann Hazels Kaffee gemacht. Während Tom Zucker oder so was zu seinem eigenen Getränk hinzufügte, hat er die Augentropfen in Joyces Orangensaft gekippt, weil er wusste, dass sie jeden Morgen zum Frühstück Orangensaft trinkt. Ich erinnere mich, dass er auf den Aufnahmen eine Serviette nahm und scheinbar die Theke abwischte.

Ich glaube, da hat er die Handschuhe und die Visine-Flasche zusammengeknüllt, und dann hat er sie auf dem Weg nach draußen in den Müll geworfen."

Kade wickelte die Visine-Flasche vorsichtig wieder in die Handschuhe und steckte sie in seine Tasche. „Hat er die Handschuhe getragen?"

Ich schloss meine Augen und stellte mir die Aufnahmen vor. „Ja, ja." Ich nickte. „Er hatte sie an, als er reinkam, hat sie an der Theke ausgezogen."

„Nachdem er die Augentropfen verabreicht hatte", sagte Kade.

„Clever. So tun, als hätte er vergessen, sie auszuziehen, sie dann an der Theke ausziehen, sie benutzen, um die Visine-Flasche zu verstecken, alles in den Müll werfen und keiner wird's merken."

„Er wusste, dass die Kameras da waren.

Ich sah Kade wieder an. „Natürlich. Er ist schlau."

Joyce, die bemerkenswert ruhig und still gewesen war, meldete sich zu Wort. „Willst du damit sagen, dass Tom mich umgebracht hat? Tommy? Der Mann meiner Tochter?"

„Ich denke schon, Joyce. Es tut mir so leid." Wie schrecklich für sie. Die Tatsache, dass Tom wusste, wo die Kameras waren und sich so positioniert hatte, dass sie nie eine klare Aufnahme seines Gesichts bekamen, sagte mir, dass das keine spontane *lasst-uns-meine-Schwiegermutter-umbringen* Aktion war. Er hatte das geplant. Und als Sanitäter musste er wissen, wie giftig Augentropfen sind, wenn man sie schluckt.

„Ich hatte gehofft, dass es nicht wahr ist", sagte Joyce niedergeschlagen.

„Du wusstest, dass es Tom war?" Meine Stimme schnellte hoch und hallte um uns herum wider, prallte von den Wänden der Mülltonne ab.

„Ich hab's irgendwie vermutet", gab sie zu. „Ich wusste es nicht sicher."

„Äh, könnten wir dieses Gespräch vielleicht außerhalb der Mülltonne fortsetzen?" unterbrach Kade. „Wir haben gefunden, wonach wir gesucht haben."

„Klar, auf jeden Fall." Ich steckte mein Handy in meine Tasche und ließ mich von Kade wieder hinaushelfen. Sekunden später war er herausgesprungen und klopfte neben mir den Staub von seiner Kleidung.

„Wie geht's dem Kopf?" fragte ich.

„Brennt ein bisschen, aber es ist okay." Er nahm meine Hand und führte mich von der Mülltonne weg. „Lass uns sauber machen und einen Aktionsplan ausarbeiten. Obwohl wir die Handschuhe und Augentropfen gefunden haben,

haben wir noch nicht bewiesen, dass Tom Joyce umgebracht hat.“

„Joyce“, sagte ich zu dem traurigen Geist, der hinter uns herschlurfte. „Warum denkst du, dass Tom dich umgebracht hat? Und warum hast du früher nichts gesagt?“

„Weil ich es nicht glauben wollte“, rief sie. „Ich wollte nicht, dass er es ist. Aber als du anfingst Fragen zu stellen, brachte es mich zum Nachdenken, nicht *wer* mich tot sehen wollte, sondern wer von meinem Tod *profitieren* würde.“

„Deine Tochter zum Beispiel“, wies ich hin.

„Und ihr Mann indirekt“, erwiderte Joyce. „Ich habe alles Anne hinterlassen. Und obwohl ich keineswegs eine Millionärin bin, habe ich ein Nest-Ei zurückgelegt, das ihnen sicherlich helfen würde. Sie haben nämlich Geldprobleme.“

„Ja, Anne hat mir erzählt, dass du ihnen bei der Bezahlung einiger Rechnungen geholfen hast.“

Joyce seufzte. „Sie wollte mir nicht sagen, warum das Geld so knapp war, nur dass es so war und sie meine Hilfe brauchte. Und natürlich bin ich ihre Mutter. Ich würde alles für meine Tochter tun.“

„Was sagt sie?“ fragte Kade mit gespitzten Ohren. „Ging es um Geld?“

„Joyce hat ihrer Tochter mit ein paar

Rechnungen geholfen, ihr jede Woche Geld gegeben, so was in der Art. Anne und ihr Mann hatten finanzielle Schwierigkeiten."

„Geld ist ein großer Motivator", murmelte Kade halblaut.

„Joyce." Ich drehte mich um und sah über meine Schulter zu ihr. „Sally hat nicht gelogen wegen der Kamera, oder? Du hast sie wirklich gebeten, sie aufzubewahren, weil du dachtest, Tom würde dich bestehlen?"

Sie nickte. „Tut mir leid, dass ich gelogen habe", flüsterte sie. „Was passiert jetzt?"

„Jetzt werden Kade und ich uns erstmal sauber machen, weil wir nach Mülltonne stinken. Morgen früh werden wir mit Tom reden."

KAPITEL 19

Ich hatte den schönsten Traum. Da waren bunte Wolken, in allen Farben des Regenbogens, weich wie Zuckerwatte, verstreut über dem blausten Himmel, den ich je gesehen hatte. Und da war ein Hochzeitsbogen, geschmückt mit Wildblumen, und darunter stand Kade in einem weißen Anzug. Er drehte sich um, sein Gesicht verwandelte sich in ein breites Lächeln. Ich ging auf ihn zu. Nur meine Füße wollten nicht gehorchen. Als ich nach unten schaute, runzelte ich die Stirn. Ich war am Boden gefesselt, hässliche Metallbänder um meine Knöchel mit rostigen Ketten. Ich trug nicht mehr das Hochzeitskleid, in dem ich noch Momente zuvor gesteckt hatte. Jetzt trug ich Jeansshorts und ein fleckiges T-Shirt.

Musik begann zu spielen. Meine Augen weiteten sich ungläubig – es war Ben, der Harfe spielte. Den Hochzeitsmarsch, um genau zu sein. Vögel zwitscherten, dann trotteten Bandit und Thor einen Gang aus dem weichsten, grünsten Gras entlang, der mit gelben Gänseblümchen übersät war. Sie erreichten Kade, der sich hinhockte, um etwas aus den niedlichen kleinen Westen zu nehmen, die sie trugen. Licht blitzte auf Gold, und ich kniff die Augen zusammen, um genauer hinzusehen. War das ein Ehering?

„Kade!" rief ich. „Warte!"

Aber er konnte mich nicht hören. Seb erschien in einem knallrosa Anzug und stellte sich unter den Bogen. Kade legte die Ringe auf das offene Buch, das Seb hielt, und drehte sich dann wieder zu mir um. Aber er sah mich nicht an. Er sah mich nicht. Er beobachtete die Braut, die so elegant den Gang entlang schritt. Die Braut mit den Perlen und dem makellosen Haar. Sie war wie Schneewittchen, mit Vögeln, Schmetterlingen und kleinen Waldtieren, die um sie herum tanzten.

Sie blieb am Bogen stehen, und Kade streckte vorsichtig, liebevoll die Hand aus und hob den Schleier von ihrem Gesicht. Ich war nicht die Braut.

Ich war es nicht, die unter dem Bogen stand und Kade heiratete. Es war Amanda.

Ich wachte schreiend auf.

„Schatz!" Kade schüttelte mich wach, und ich lag da, benommen und entsetzt. Ich starrte ihn an, bevor ich ihm ins Gesicht schlug.

„Autsch." Er wich zurück. „Wofür war das denn?"

„Dafür, dass du Amanda geheiratet hast." Ich warf die Decke zurück, sprang aus dem Bett und begann auf und ab zu gehen.

„Ich habe nicht, und würde auch niemals, Amanda heiraten", brummte Kade. „Es war nur ein Traum."

„Eher ein Albtraum", schnaubte ich und rieb mir mit den Handflächen die Oberschenkel hoch und runter. „Tut mir leid, dass ich dich geschlagen habe."

„Entschuldigung angenommen." Kade ließ sich zurück in die Kissen fallen, und ich ging um das Bett herum zu seiner Seite und beugte mich über ihn, um die Schürfwunde zu untersuchen.

„Es sieht nicht infiziert aus."

„Sollte es auch nicht. Ich schwöre bei Gott, du hast gestern Abend unter der Dusche gut sechs Hautschichten weggeschrubbt. Ganz zu schweigen von der ultadicken Schicht Antiseptikum. Kein Keim würde es wagen, das zu überleben."

„Oh gut, ihr seid wach." Joyce erschien und ließ mich zusammenzucken. Mit einer Hand auf meinem pochenden Herzen drehte ich mich zu ihr um.

„Joyce! Du kannst nicht einfach so in unser Schlafzimmer platzen. Was, wenn wir nackt gewesen wären?"

„Aber ihr seid es nicht." Sie zeigte auf meine Baumwollshorts und das verblichene Top, in dem ich geschlafen hatte. „Egal, das ist jetzt nicht wichtig. Was wichtig ist, ist, dass Anne und Tom in meiner Wohnung sind."

„Sind sie?" Ich wandte mich Kade zu und erklärte: „Joyce sagt, Tom und Anne sind in ihrer Wohnung."

„Sie durchwühlen meine Sachen. Du musst ihn aufhalten."

„Ähm, Joyce, sie werden deine Wohnung irgendwann ausräumen müssen."

„Ja, das weiß ich. Aber ich will nicht, dass er es macht. Er wird alles Wertvolle verstecken und versetzen, das weiß ich einfach. Er beraubt meine Tochter ihres Erbes."

„Komm schon", sagte ich zu Kade. „Joyce sagt, sie packen ihre Sachen zusammen, und sie macht sich Sorgen, dass Tom alles Wertvolle stehlen wird."

Kade setzte sich auf, die Decken fielen bis zu

seiner Taille und enthüllten seine breite, gemeißelte, *nackte* Brust.

„Oh, meine Güte!" Joyce fächelte sich Luft zu.

„Entspann dich, Joyce", neckte ich sie. „Er trägt Boxershorts."

„Wie schade", murmelte sie und musterte Kade mit einem anerkennenden Blick.

„Okay, Schluss mit dem Glotzen", sagte ich streng. „Geh zurück in deine Wohnung und behalt Tom im Auge. Wir kommen gleich rüber."

„Spielverderberin." Aber sie verschwand prompt.

„Darf ich fragen, worum es da ging?", fragte Kade gedehnt, während er sich streckte und aus dem Bett stieg.

„Joyce hat nur die Aussicht genossen. Sie ist jetzt weg." Ich schlüpfte in eine Jeans, zog mir ein sauberes T-Shirt über den Kopf und ging zur Tür. „Ich setze Kaffee auf." Es war unmöglich, Joyces Tochter und Schwiegersohn ohne Koffein zu begegnen.

„Bin gleich da", rief Kade mir hinterher.

Ich hätte mir keine Sorgen machen müssen, den Kaffee aufzusetzen, denn der verlockende Duft von Kaffeebohnen führte mich direkt in die Küche, wo Sylvia barfuß in Jeans und einem T-Shirt stand, das meinem nicht unähnlich war.

„Guten Morgen", begrüßte sie mich, ohne den Blick vom Fenster abzuwenden, halb hypnotisiert von der Aussicht, während sie auf ihren Kaffee wartete. „Gut geschlafen?"

„Ja, danke. Du auch?"

Sie blinzelte, riss sich aus ihren Tagträumen und konzentrierte sich auf mich. „Seid ihr und Kade gestern Abend nochmal ausgegangen? Nachdem wir vom Theater zurückkamen?"

Mist. Sie hatte uns gehört. Ich hatte gehofft, wir wären leise genug gewesen, um sie nicht zu stören. „Ja, sind wir. Tut mir leid, wenn wir euch geweckt haben."

„Ich habe die Dusche gehört."

„Ach so. Ich hatte diese Theorie, weißt du. Ich war überzeugt, dass derjenige, der Joyce vergiftet hat, das im Café getan hat, nur war ich völlig verwirrt, weil ich die leere Augentropfenflasche nicht finden konnte."

„Der Täter könnte sie mitgenommen haben", merkte Sylvia sehr vernünftig an.

„Ja. Ich weiß. Aber jedenfalls habe ich in einem Anfall von inspiriertem Wahnsinn Kade überredet, mit mir Mülltonnen zu durchwühlen. Um nach den Augentropfen zu suchen."

Sylvia zuckte nicht einmal mit der Wimper. Die

Kaffeemaschine piepte, und sie nahm ihre Tasse heraus und trat zur Seite, um mir Platz zu machen.

„Und habt ihr?", fragte sie. „Die Augentropfen gefunden?"

„Ich glaube schon."

Sylvia stellte ihre Tasse mit einem Knall ab, der Kaffee schwappte gefährlich nah an den Rand. „Ihr was?", keuchte sie. „Entschuldige, ich glaube, ich bin noch nicht ganz wach. Hast du gesagt, ihr habt die Augentropfen gefunden, mit denen Joyce getötet wurde?"

Ich nickte. „Uh-huh. Sie waren in ein Paar Handschuhe eingewickelt, wie sie Sanitäter benutzen."

„Morgen, Mom." Kade gab seiner Mutter eine Umarmung. Sie erwiderte die Umarmung, lehnte sich dann zurück und ihre Augen fixierten die Schürfwunde an seiner Stirn.

„Magst du das erklären?", fragte sie gedehnt. Jetzt wusste ich, woher Kade seinen schleppenden Tonfall hatte – er klang genau wie seine Mutter.

„Hab mir gestern Nacht den Kopf in der Mülltonne gestoßen." Er winkte ihre Besorgnis ab. „Ist nichts. Audrey hat sehr gründliche Erste Hilfe geleistet."

Sylvia prustete los. „Das glaube ich sofort."

Ich wurde knallrot und beide lachten.

„Ist Dad schon auf?"

Sylvia schüttelte den Kopf. „Noch nicht. Er nimmt abends ein ziemlich starkes Schmerzmittel. Das haut ihn völlig um. Audrey erzählt mir gerade, dass ihr die Augentropfen gefunden habt?"

„Ja, darüber wollte ich mit Dad sprechen. Kann er seine Kumpels auf der Wache kontaktieren und sie ihnen übergeben? Sie sind in einem Ziplock-Beutel auf meinem Nachttisch. Wahrscheinlich werden sie keine Fingerabdrücke finden, aber man weiß nie."

„Können sie keine Abdrücke von der Innenseite der Handschuhe nehmen?", fragte ich und reichte Kade meinen Kaffee, während ich mir einen neuen machte. „Ich dachte, das könnten sie heutzutage."

„Das Problem ist, die Handschuhe könnten tatsächlich von Tom sein, die er bei seiner Arbeit benutzt. Sie beweisen weder das eine noch das andere. Wir brauchen seine Fingerabdrücke auf der eigentlichen Flasche."

„Er ist zu schlau dafür."

„Tom?" warf Sylvia ein, ihre Augen wanderten von mir zu Kade und wieder zurück.

„Wir glauben, Tom Fraser hat Joyce getötet", erklärte Kade. „Eigentlich müssen wir jetzt los. Tom und seine Frau sind gerade in Joyces Wohnung und packen ihre Sachen zusammen, und wir müssen mit ihm reden.“

Sylvia griff nach Kades Arm und hielt ihn auf, als er an ihr vorbeigehen wollte. „Er ist doch nicht gefährlich, oder?“

„Entspann dich, Mom, es ist alles gut. Audrey und ich sind beide ausgebildete Profis.“

Meine Brust blähte sich auf wie ein Bantam-Hahn. Er hatte mich einen Profi genannt. Man hat mich schon schlimmer genannt. „Wir kriegen das hin, Frau G“, sagte ich und hoffte inständig, dass wir es tatsächlich im Griff hatten und Tom kein durchgeknallter Psychopath war, sondern nur ein gewöhnlicher Mörder. Ich stürzte meinen Kaffee hinunter und verbrannte mir dabei heftig die Speiseröhre, aber wie heißt es so schön: Heißer Kaffee ist besser als gar kein Kaffee.

In Joyces Wohnung lief mir ein kalter Schauer über den Rücken. Die Tür stand offen, Kisten waren im Flur draußen gestapelt. Als ich über die Schwelle trat, rief ich: „Hallo?“, um unsere Anwesenheit anzukündigen.

Anne und Tom waren im Wohnzimmer und packten Joyces Besitztümer ein, wickelten jedes Teil sorgfältig in Zeitungspapier und legten es in eine Kiste. Mein Herz tat mir weh für Anne, die völlig am

Boden zerstört aussah. Tom schaute nicht auf, vertieft ins Einpacken der Sachen.

„Oh." Anne runzelte die Stirn, als sie mich sah, ein Aufblitzen des Wiedererkennens zog ihre Augenbrauen nach unten, bevor ihr Blick zu Kade wanderte, der hinter mir stand. „Sie sind die Dame aus dem Garten. Tut mir leid, ich erinnere mich nicht an Ihren Namen."

„Ich bin Audrey. Und das ist mein Verlobter, Kade."

„Detektiv Kade Galloway." Kade holte seine Brieftasche heraus und zeigte seine Marke. „Tut mir leid, dass wir uns unter diesen Umständen treffen. Mein Beileid zu Ihrem Verlust."

Toms Kopf schnellte hoch. „Detektiv? Was macht die Polizei hier?"

„Ich habe es dir bereits gesagt", flüsterte Anne, ihre Stimme schwer vor Kummer. „Die Polizei hat angerufen. Mamas Tod wird als verdächtig eingestuft."

„Das ist lächerlich." Tom packte weiter ein. „Sie war eine alte Frau mit einem wackeligen Herz."

Mein Bauchgefühl sagte mir, dass er log. Da war etwas in seiner Art zu sprechen, etwas darin, wie er meinem Blick auswich, das mich misstrauisch machte.

„Müssen wir das hier tun?" flüsterte Anne, ihre Augen glänzten vor ungeweinten Tränen. „Sobald ich hereinkam, wurde ich vom vertrauten Duft ihres Kochens begrüßt. Ihr Lieblingssessel steht leer, und ihre Sammlung von Nippes steht in den Regalen. Und trotzdem fühlt sich die Wohnung kälter, leerer an, ohne ihre Anwesenheit."

„Überall, wo ich hinschaue, werde ich von Erinnerungen an sie überflutet. Ich packe ihr Zuhause zusammen, was an sich schon ein Akt des Abschließens ist, aber es fühlt sich auch an, als würde ich ein Stück ihres Lebens auslöschen. Also wiederhole ich: Müssen wir das hier tun? Müssen wir das ausgerechnet heute tun?" Eine einzelne Träne floss über und rann ihre Wange hinab.

„Oh, Liebling." Joyce versuchte, ihre Tochter zu trösten, aber natürlich war sie körperlos, ihre Sorge unsichtbar.

„Ich weiß, das ist schwer." Ich musste meine Kehle räuspern, um den Kloß zu überwinden. Oder vielleicht war es die Kaffeeverbrennung. „Aber wir müssen wirklich mit Ihrem Mann sprechen."

„Mit Tom? Warum?" Annes Hand flatterte an ihrem Hals, während Tom sich zu seiner vollen Größe aufrichtete und mich anstarrte. Kade legte eine Hand auf meine Schulter, und Toms Augen verfolgten die Bewegung, ohne etwas zu verpassen.

„Worüber? Ich hatte Joyce seit letzter Woche nicht mehr gesehen."

„Das stimmt nicht", korrigierte Anne ihn leise. „Du hast sie am Morgen ihres Todes beim Frühstück gesehen. Das hast du mir erzählt. Als sie anriefen und sagten, sie wäre..." Sie erstickte an einem Schluchzen, ihre Wangen nun nass von Tränen. „Als ich dich anrief und du sagtest *was? Aber ich habe sie doch erst heute Morgen gesehen.*"

„Ja, klar, aber das zählt nicht wirklich. Ich hab sie nur aus der Entfernung gesehen. Hab ihr zugewinkt. Ich hab nicht mal mit ihr gesprochen – sie frühstückte mit ihren Freundinnen. Du solltest mit diesen verrückten alten Schachteln reden. Ich wette, die stecken bis zum Hals in der Sache drin.

„Hazel und Sally?" Anne war entsetzt. „Sie waren Mamas beste Freundinnen! Natürlich haben sie nichts mit ihrem Tod zu tun. Wie kannst du so etwas sagen, Tom?

„Äh, hallo? Haben die nicht ihre Leiche auf den Golfplatz geschleppt?

„Tom!" rief Anne, erschüttert von der Härte seiner Worte.

Ich gebe zu, die Schwiegermutter so beiläufig als

Leiche zu bezeichnen, war alles andere als einfühlsam.

„Tut mir leid." Er hatte den Anstand, zerknirscht auszusehen. „Ich bin Sanitäter. Ich sehe ständig den Tod. Ich hätte das besser formulieren können." Er legte tröstend einen Arm um seine Frau und umarmte sie. „Jedenfalls ist mein Punkt, Hazel und Sally haben sie zuletzt gesehen. Sie haben mit ihr gefrühstückt. Es macht nur Sinn, dass eine von ihnen das Visine in ihr Getränk geschüttet hat.

Kade und ich tauschten einen Blick, während Anne sich von ihrem Mann löste. „Woher weißt du das?" flüsterte sie. „Ich habe dir das nie erzählt."

„Was habe ich dir nie erzählt?"

„Dass Joyce Harrison an einer Überdosis Tetrahydrozolin, auch bekannt als Augentropfen, gestorben ist", sagte Kade.

„Das!" Anne zeigte auf Kade, ihr Arm zitterte. „Das. Was er gesagt hat. Dass jemand sie mit Augentropfen vergiftet hat... das habe ich dir nie erzählt."

„Hast du Joyce umgebracht?" platzte es aus mir heraus.

Tom sah mich an, sein Gesichtsausdruck eine Mischung aus Verwirrung und Schock.

„Was? Nein, natürlich nicht!" rief er. Annes

Augen weiteten sich und sie trat einen Schritt zurück.

„So ist's richtig, Mädchen!" jubelte Joyce und klopfte mir auf den Rücken, die eisigen Splitter ihrer Berührung froren kurzzeitig meine Lungen ein, sodass der Atemzug, den ich nahm, rau und laut war und mich zum Husten brachte. Ich stupste Kade an, gab ihm stumm zu verstehen, dass er übernehmen sollte, während ich versuchte, wieder zu Atem zu kommen.

„Du warst an diesem Morgen im Café, richtig?" fragte Kade. „Und hast du, oder hast du nicht, deiner Schwiegermutter und ihren Freundinnen eine Runde Getränke spendiert?"

Tom räusperte sich. „Nun ja. Es war eine freundliche Geste. Wir hatten keine Zeit, anzuhalten und zu plaudern – und weiß Gott, Joyce liebt nichts mehr als einen guten Plausch – du weißt, dass das stimmt, Anne." Anne nickte, sagte aber nichts, und Tom fuhr fort. „Mein Partner und ich sind vorbeigekommen, um einen Kaffee zum Mitnehmen zu holen, wie gesagt, wir hatten keine Zeit zum Plaudern, also habe ich den Typ hinter der Theke gebeten, ihnen eine Runde Getränke zu bringen – was auch immer sie zum Frühstück bestellt hatten."

„Orangensaft", flüsterte Anne. „Mama hatte

immer Orangensaft zum Frühstück. Sie schwor darauf, dass das Vitamin C Erkältungen und Grippe fernhielt."

„Es stimmt, das tut es. Ich habe mich kaum je erkältet", erklärte Joyce mit viel Kopfnicken und verschränkte die Arme vor der Brust. „Du solltest es versuchen, Audrey. Es hält dich stark und gesund."

„Orangensaft würde den Geschmack von Tetrahydrozolin effektiv überdecken", sagte Kade. „Eine Tatsache, die dir sehr wohl bewusst wäre."

Tom sah vorsichtig aus, aber er nickte. „Klar", sagte er, seine Stimme zurückhaltend.

„Seien wir ehrlich. Du hattest die Mittel und du hattest die Gelegenheit." Ich hatte wieder zu Atem gefunden. „Das einzige Stück, das fehlt, ist das Motiv. Willst du uns verraten, warum du deine Schwiegermutter getötet hast?"

Tom sah mich an, seine Augen weit vor Schock. „Was? Ich habe Joyce nicht getötet! Wie kommst du überhaupt darauf?"

Anne stieß ein Geräusch aus, halb Keuchen, halb Schrei, das mich zusammenzucken ließ.

„Was? Was ist los?" fragte ich sie, aber sie starrte ihren Mann an, als würde sie ihn zum ersten Mal sehen.

„Ich kann es nicht glauben“, flüsterte sie. „Oh mein Gott, ich glaube, mir wird schlecht.“

„Anne?“ Sie sah aus, als würde sie gleich ohnmächtig werden. „Hier, setz dich, setz dich.“ Ich machte Platz für sie auf dem Sofa und drückte sie nach unten. „Steck deinen Kopf zwischen deine Knie.“

„Du hast mich ständig nach Mamas Testament gefragt. Nach ihrem Vermögen.“ Anne sprach nicht mit mir, sondern mit ihrem Mann, und damit fiel das letzte Puzzlestück an seinen Platz. Sie hatte mir im Garten erzählt, wie sehr sie finanziell zu kämpfen hatten. Und Joyce sagte, sie hatte ein hübsches kleines Sparguthaben, das Annes Erbe war.

„Du hast sie wegen des Geldes umgebracht“, sagte ich.

Toms Gesicht wurde blass, und ich konnte die Schuld darin deutlich erkennen.

„Was ich nicht verstehe, ist, warum Sie sie getötet haben? Sie hat Ihnen doch sowieso geholfen, gab Anne jede Woche Geld für die Rechnungen. Es sei denn…“

„Es sei denn, er brauchte eine größere Summe auf einmal“, warf Kade ein. „Du brauchtest eine beträchtliche Menge Geld und zwar schnell.“

„Bitte sag mir, dass du das nicht getan hast“,

weinte Anne, ihr Gesicht blass und nass von Tränen. „Sag mir, dass du es nicht getan hast!"

Tom zögerte einen Moment, und ich konnte die Panik in seinen Augen sehen. „Es tut mir leid!" Er fuhr sich mit den Händen durch die Haare und wandte sich ab, seine Stimme war voller Qual. „Es tut mir leid."

„Sag uns einfach warum", sagte ich leise, weil ich verstehen musste, was so wichtig war, dass er die Mutter seiner Frau töten musste.

„Er ist Spieler", sagte Anne, ihre Stimme ohne jede Emotion, als wäre das Leben aus ihr gesogen worden. „Er hat versprochen, dass er es unter Kontrolle hat. Deshalb haben wir Geld von Mama geliehen."

Ich tauschte einen Blick mit Kade aus, der mir bereits zwei Schritte voraus war. „Ich vermute, du hast jede Woche deinen Gehaltsscheck verzockt, und dann was? Du hast Geld geliehen? Nur hast du nicht gewonnen. Du hast weiter verloren. Und ich schätze, dass diese Schulden fällig wurden und du keine Möglichkeit hattest, sie zurückzuzahlen. Richtig?", sagte Kade.

„Sie wollten mich verletzen, wenn ich nicht zahle!", rief Tom. „Anne, es tut mir leid. Es tut mir so, so leid. Das ist alles meine Schuld."

Anne brach in Tränen aus, lange, laute Schluchzer, ihr ganzer Körper bebte unter der Wucht ihrer Qualen.

„Warum hat er mich nicht einfach nach dem Geld gefragt?", sagte Joyce, ihre Stimme von Traurigkeit gefärbt. „Ich hätte es ihm wahrscheinlich gegeben. Vielleicht."

„Warum hast du Joyce nicht nach dem Geld gefragt?", fragte ich pflichtbewusst, denn Joyce hatte einen Punkt.

„Wegen meines dummen Stolzes. Und sie hätte es mir bei jeder Gelegenheit unter die Nase gerieben."

Joyce nickte. „Sehr wahr. Das hätte ich."

Zumindest war sie ehrlich.

„Also dachtest du, die beste Lösung wäre, sie zu *ermorden*? Ist dir klar, dass das Testament durch den Nachlass gehen muss, dass du nicht sofort an das Geld kommen?", wies Kade darauf hin.

„Ich hoffte, es würde reichen, um sie aufzuhalten, bevor sie mir die Beine brechen."

Kade schnaubte. „Für einen scheinbar intelligenten Mann bist du ziemlich dumm. Wie glaubst du, verdienen Kredithaie ihren Lebensunterhalt? Indem sie Wucherzinsen verlangen. Je länger dein Kredit überfällig ist, desto mehr schuldest du. Und damit sie dir mit körperlicher Gewalt drohen, schätze ich, dass du seeeehr überfällig bist. Wird das Erbe deiner Frau das überhaupt abdecken?“

„Das meiste davon.“

Wie aus dem Nichts stürzte sich Anne auf ihn. Eben saß sie noch auf dem Sofa und schluchzte, im nächsten Moment kreischte sie wie eine Furie und flog durch die Luft, zerkratzte Toms Gesicht mit ihren Nägeln, während sie auf ihn eintrat und einschlug.

„Du selbstsüchtiges Arschloch!“, schrie sie, ihre Stimme so laut, dass Hunde drei Straßen weiter sie gehört hätten. „Ich hasse dich! Ich hasse dich dafür, dass du sie mir weggenommen und dann gestohlen hast, was mir gehörte. Du bist ein Stück Scheiße.“

„Whoa!“ Ich taumelte zurück, überrascht von ihrem gewalttätigen Ausbruch. Nicht dass ich es ihr übel nahm, kein bisschen.

„Los, Mädchen, schnapp ihn dir“, feuerte Joyce sie an. „Vergiss nicht den Tritt in die Kronjuwelen, wie ich es dir beigebracht habe!“

„Okay, okay, genug“, rief Kade, packte Anne um die Taille und zog sie von ihrem Ehemann weg.

„Was zum Henker ist hier los?“, fragte Hazel von der Tür aus, während Sally mit großen Augen über ihre Schulter spähte.

„Meine Damen, jetzt ist nicht der beste Zeitpunkt." Kade stöhnte, als Anne sich gegen seinen Griff wand und wehrte.

„Was tun Sie mit Anne?", stürmte Hazel nach vorne, Sally dicht auf den Fersen. „Lassen Sie sie sofort los!"

Hazels Besorgnis musste durch Annes wuterfüllten Ausbruch gedrungen sein, denn plötzlich sackte sie in Kades Armen zusammen. Er hielt sie einen Moment lang fest. „Alles okay?", fragte er und schaute ihr ins Gesicht.

Sie nickte. „Tut mir leid. Ich habe nur... ich habe nur..."

„Rot gesehen. Ich verstehe das." Kade führte sie zu mir, wo ich sie wieder auf dem Sofa Platz nehmen ließ, diesmal mit einer Hand auf ihrer Schulter, falls sie wieder das Bedürfnis verspüren sollte, ihren Mann zu Brei zu schlagen. Nicht, dass es nicht gerechtfertigt wäre, und nicht, weil ich mir Sorgen um Tom machte. Vielmehr wollte ich nicht, dass Anne sich versehentlich selbst verletzte. Es tut weh, wenn man jemanden schlägt – sie könnte sich einen Finger brechen.

„Ich wiederhole", schnaufte Hazel. „Was zum Henker geht hier vor?"

„Tom hat Joyce getötet", sagte ich unverblümt.

„Er brauchte das Erbe, das Anne bekommen würde, um seine Spielschulden zu decken.“

„Aber Paul Wilson hat sie umgebracht!“, platzte Sally heraus. „Oder nicht?“

Kade und ich schüttelten den Kopf. „Das Einzige, was Paul Wilson sich hat zuschulden kommen lassen, ist, die Rolle einer hässlichen Stiefschwester in einem Theaterstück zu spielen“, sagte Kade. Er sah mich an. „Schaffst du das? Ich rufe es durch.“

„Ich schaffe das“, versicherte ich ihm und beobachtete, wie Hazel und Sally sich auf Tom stürzten und Antworten forderten. Antworten, die er nur allzu bereitwillig preisgab. Er war ein gebrochener Mann, der in einen Sessel zusammensackte, während die beiden Frauen ihn bedrängten. Ich zückte mein Handy und drückte auf Aufnahme, für den Fall, dass er nach seiner Verhaftung seine Meinung ändern und sein Geständnis widerrufen würde.

„Nun“, sagte Joyce neben mir. „Ich schätze, das war's dann.“

„Ja“, seufzte ich. „Es tut mir leid, dass es so enden musste.“

„Mir nicht. Wir haben die Wahrheit herausgefunden. Anne konnte endlich sehen, was für ein Mensch ihr Mann wirklich ist. Ein Lügner und ein Dieb."

„Und ein Mörder."

„Und ein Mörder", wiederholte sie. Ein helles Licht erfüllte den Raum, und Joyce keuchte. „Ist das für mich?"

Ich nickte. „Es ist für dich."

„Ist es in Ordnung zu gehen?" Sie machte einen Schritt auf das Licht zu, hielt dann inne und drehte sich um, den Blick auf ihre Tochter gerichtet, die mit dem Kopf in den Händen auf dem Sofa zusammengesunken war. „Ich sollte bei Anne bleiben."

„Sie wird es schaffen", versicherte ich ihr. „Traurig, aber sie wird es schaffen. Sally und Hazel werden sich um sie kümmern."

Ein breites Lächeln breitete sich auf ihrem Gesicht aus, als sie ihre beiden Freundinnen betrachtete, die gerade Tom zurechtstutzen. „Ja, das werden sie. Sag ihnen auf Wiedersehen von mir."

„Das werde ich."

Mit einem letzten Winken trat Joyce ins Licht. Ich winkte zurück und ließ meinen Arm sinken, als ich bemerkte, dass Anne mich beobachtete.

„War das Mama?", flüsterte sie.

„Ja", flüsterte ich zurück. „Sie ist hinübergegangen."

„Ich habe gespürt, wie sie gegangen ist. Seit sie gestorben ist, habe ich sie irgendwie um mich herum gefühlt, weißt du? Aber gerade eben war da dieser große Schwall von Liebe, als würde sie mich umarmen, und dann..."

„Sie ist hinübergegangen. Sie hat ihren Frieden gefunden."

KAPITEL 20

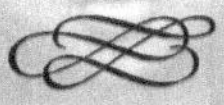

„**D**as kann *nicht* dein Ernst sein!"

„Was ist los?" Kade zog den Sicherheitsgurt fest und tief über seine Hüften.

„Der tote Typ ist hier", brummte ich, schnallte meinen Sicherheitsgurt zu und starrte den toten Mann auf dem Sitz neben mir an. „Verfolgst du mich etwa?"

Der tote Typ schnaubte. „Warum sollte ich dir folgen? Du bist die langweiligste Person, die ich kenne."

„Du kennst mich gar nicht", knurrte ich.

„Und ich will es auch nicht." Er wandte den Kopf, um aus dem Fenster zu schauen, was mir einen ungehinderten Blick auf seine grauenhafte Kopfverletzung gewährte.

Ich drehte mich weg und versuchte, nicht zu würgen. „Unhöflich."

„Audrey? Schatz?" Kades Hand auf meinem Oberschenkel erinnerte mich daran, dass wir nicht allein im Flugzeug waren und ich es schon wieder tat. Mit Geistern reden, die sonst niemand sehen konnte.

„Weißt du, trotz allem hatte ich eine gute Zeit in Chicago." Ich lächelte. Es war toll gewesen, seine Eltern kennenzulernen, und ich mochte sie wirklich. Dennis war mit der örtlichen Polizei aufgetaucht, um Tom zu verhaften, und Sylvia hatte sich ihnen angeschlossen, begierig darauf, mit Hazel und Sally zu plaudern, die mehr als bereit gewesen waren, ihr alles zu erzählen, was vorgefallen war. Unser letzter Tag in Chicago hatte graue Wolken und Nieselregen mit sich gebracht, also hatten wir den Tag damit verbracht, Brettspiele zu spielen und Essen zu bestellen, und es war perfekt gewesen.

„Gut. Das freut mich." Kade beugte sich zu mir und küsste mich. „Stell dir vor, das nächste Mal, wenn wir in einem Flugzeug sitzen, werden wir auf unseren Flitterwochen sein."

Mein Herz setzte einen Schlag aus. Unsere Flitterwochen. Es war so unwirklich, ich konnte nicht glauben, dass es passierte. Ich hatte ein Kleid.

Wir hatten einen Plan, wie wir mit Amanda umgehen würden. Meine Angstzustände hatten abgenommen, und ich machte mir keine Sorgen mehr wegen der Hochzeit. Tatsächlich freute ich mich darauf.

„Ich liebe dich, zukünftige Mrs. Galloway", flüsterte Kade und legte seine Stirn an meine.

„Ja, was das betrifft. Wie stehst du dazu, Mr. Fitzgerald zu werden?"

„Ich werde alles sein, was du willst." Er zuckte nicht einmal mit der Wimper, und ich brach in Gelächter aus.

„Nicht nötig. Ich bin mehr als glücklich damit, Mrs. Galloway zu sein." Ich verschränkte meine Finger mit seinen und lehnte mich zurück, wobei ich der Stewardess, die im Gang die Sicherheitsdemonstration durchführte, kaum Beachtung schenkte.

„Darauf solltest du achten", sagte der tote Typ. „Könnte eines Tages nützlich sein."

„Warum? Weißt du etwas, was ich nicht weiß?"

Er zögerte. „Vielleicht." Er verschwand, bevor ich ihn weiter befragen konnte und ließ mich den gesamten Heimflug damit verbringen, die Armlehnen so fest zu umklammern, bis meine Finger schmerzten. Erst als wir ausstiegen und ich ihn sah, wie er sich kaputtlachte, wurde mir klar, dass er mich verarscht hatte.

„Geister können solche Arschlöcher sein", flüsterte ich leise, während ich Kade zum Gepäckband folgte.

„Erzähl mir mehr davon", sagte eine Frau zu meiner Linken. Ich fuhr überrascht herum. Da stand eine Braut neben mir. Eine Braut mit einem großen roten Fleck auf ihrem makellosen weißen Kleid und einem klaffenden Loch in ihrem Bauch.

„Bist du ein... Omen?" Ich gebe ohne Scham zu, dass ich entsetzt war. War sie ein Zeichen dafür, dass Kade und ich nicht heiraten sollten? Gerade als alles ins Lot fiel und ich mich gut fühlte, tauchte sie auf.

„Wovon um Himmels willen redest du?"

„Du trägst ein Hochzeitskleid. Du heiratest offensichtlich. Ich bin kurz davor zu heiraten..." Ich ließ den Satz unvollendet, damit sie sich den Rest selbst zusammenreimen konnte.

Zu meiner Überraschung brach sie in Gelächter aus. „Nein, Dummerchen. Ich bin keine Braut. Ich bin ein Model. Und ich wurde ermordet."

„Ein Model? Gehörst du zu der Hochzeitsmesse, die nächste Woche nach Firefly Bay kommen soll?"

„Oh, ich sehe, du hast von mir gehört." Sie warf

ihre Haare über die Schulter und sonnte sich in der Aufmerksamkeit.

„Ähm, nicht von dir persönlich."

„Oh." Sie winkte ab. „Nun, wie auch immer, das ist nicht wichtig. Man munkelt, dass du die Geisterflüsterin bist. Ich brauche deine Hilfe, um herauszufinden, wer mich umgebracht hat."

„Man munkelt? Habt ihr sowas wie ein Geister-Schwarzes-Brett oder so?"

„Oder so ähnlich. Ich bin tot aufgewacht. Ich brauche dich, um herauszufinden, warum. Bevor eine weitere Leiche auftaucht."

„Bevor eine—warte, was meinst du damit?"

„Ich sage, ich glaube, ich weiß, wer mich getötet hat, und derjenige wird wieder töten."

ENDE

Vielen Dank fürs Lesen! Wenn Ihnen dieses Buch gefallen hat, würde ich mich sehr über eine Rezension freuen.

Eine vollständige Liste meiner Bücher, einschließlich aller Serien und in der Reihenfolge ihres Erscheinens, finden Sie auf meiner Website unter:

www.janehinchey.com

Eine vollständige Liste der deutschen Übersetzungen finden Sie unter: www.janehinchey.com/deutsch

Melden Sie sich hier für meinen deutschen Newsletter an: https://janehinchey.com/subscribe-deutsch/

Natürlich können Sie auch meiner Lesergruppe auf Facebook beitreten:

www.JaneHinchey.com/LittleDevils

Vielen Dank, dass Sie mein Buch gelesen haben. Lesende wie Sie machen diese Reise lohnenswert und schüren meine Leidenschaft für das Geschichtenerzählen. Ihre Unterstützung bedeutet mir sehr viel und ich kann es kaum erwarten, in Zukunft weitere spannende Geschichten mit Ihnen zu teilen.

xoxo

Jane

ÜBER JANE

ALLE ROMANE VON JANE FINDEN SIE HIER!

Jane Hinchey ist eine australische Autorin, die am liebsten Cosy Mystery Crimes schreibt, in denen es viel zu lachen gibt – wer sagt denn, dass ein Mord keinen Spaß machen kann? Ihre Bestseller-Geisterdetektivin-Reihe vereint all dies in einem faszinierenden Schmelztiegel aus paranormaler Gefahr, rasanter (aber nicht zu gefährlicher) Action und viel augenzwinkerndem, bissigem Humor.

Jane lebt in der Welt der Sterblichen mit ihrem nicht-paranormalen Mann, zwei Katzen, deren paranormaler Status noch nicht geklärt ist (sie hat sie einmal dabei erwischt, wie sie versucht haben, ein Portal in der Küche zu öffnen), und einer Schildkröte namens Squirt (die riesig ist!).

Kontaktieren Sie Jane über ihre Website und abonnieren Sie ihren Newsletter – www.janehinchey.com

VIP-Lesergruppe – www.janehinchey.com/littledevils

Facebook – facebook.com/janehincheyauthor

www.ingramcontent.com/pod-product-compliance
Lightning Source LLC
Chambersburg PA
CBHW030554170726
48283CB00002B/327